CHAPITRE 1

C'était le matin, après la nuit festive, et avant qu'ils n'aient découvert le corps mutilé.

Le parc était calme à sept heures, un contraste saisissant avec les lumières éclatantes et la musique assourdissante qui avaient empli l'air jusqu'à six heures auparavant.

Les deux énormes scènes qui avaient été construites en deux jours la semaine précédente étaient silencieuses, les structures d'éclairage en forme de U s'arquant au-dessus d'elles maintenant éteintes et – heureusement, étant donné les pitreries du groupe australien qui avait pris d'assaut la scène internationale et livré un spectacle de tête d'affiche du vendredi soir qui faisait le buzz sur les réseaux sociaux ce matin – nettoyées de la mousse séchée qui avait explosé et des rubans de papier toilette.

Maintenant, le doux gazouillis des alouettes porté par la légère brise d'été à l'extrémité du parc vallonné était ponctué par le *toc-toc-toc* rythmique d'un pic-vert.

Une douce teinte de rose et de bleu embrassait

l'horizon, atténuant les rayons les plus durs du soleil pour quelques heures et répandant une fine rosée sur l'herbe haute qui menaçait de se flétrir si la canicule se prolongeait au-delà du week-end.

Des pétales lilas et blanc fantomatique parsemaient l'herbe, avec du trèfle sauvage prospérant aux côtés de la vesce et de l'achillée millefeuille, créant un parfum enivrant qui attirait une myriade d'insectes en train de bourdonner joyeusement parmi le feuillage malgré les plongeons des martinets et des pinsons. De grands marronniers et hêtres projetaient des ombres tachetées sur les vieux chemins carrossables qui sillonnaient le paysage ondulant de l'ancien domaine, les bases de leurs troncs robustes jonchées de canettes de bière vides.

Au loin, près du parking, une douzaine de policiers en uniforme fraîchement sortis de formation s'attroupaient autour d'un des stands de nourriture qui faisait un commerce florissant de café corsé et de sandwichs au bacon, l'arôme des grains d'Arabica et de la graisse flottant jusqu'aux festivaliers endormis.

Une mince file de jeunes d'une vingtaine d'années en t-shirt les observait avec méfiance depuis leur position à côté de l'ouverture d'une tente d'une association caritative de conseil sur les drogues, jusqu'à ce que leur attention soit attirée par une jeune femme qui en émergeait, sa frêle silhouette enveloppée dans une étreinte rassurante par l'homme le plus proche avant d'être emmenée.

Le camping à côté du parking commençait par un étalage multicolore de tentes en polyester de toutes formes et tailles qui, après quelques centaines de mètres, cédait la place aux emplacements plus coûteux et aux options

UN SILENCE FATAL

LES ENQUÊTES DE DÉTECTIVE KAY HUNTER

RACHEL AMPHLETT

SAXON
PUBLISHING

d'hébergement de luxe construites pour l'occasion. Ici, de la toile blanche ondoyante abritait des lits doubles et des salles de bains privatives, des tapis épais en laine sur mesure recouvraient le sol imperméable.

Les agents de police furent bientôt rejoints par un groupe de bénévoles de St John's Ambulance, un mélange de gilets haute visibilité orange vif et jaunes se bousculant pour se positionner à côté des tables de tréteaux garnies de sachets de sucre et de bâtonnets en bois pour remuer leur café.

Encore plus de saletés à ramasser plus tard, donc.

Andrew Bressett tourna le dos aux scènes temporaires et aux structures d'éclairage imposantes, claquant la langue avec agacement tout en utilisant une paire de pinces en aluminium extensibles pour repêcher un autre mégot de cigarette usagé sous un arbuste épineux.

Il plissa le nez, puis laissa tomber l'objet incriminé dans le sac poubelle noir qu'il transportait.

Les gants qu'il portait offraient une protection minimale contre les objets tranchants et les germes mais, comme hier, il se badigeonnerait les mains de savon antiseptique une fois que lui et les autres bénévoles auraient terminé ici.

— Bon sang, encore une foutue seringue.

Il se retourna en entendant la voix de la femme et vit Susie Hinsen tenir prudemment une seringue usagée entre ses doigts gantés.

— Lewis a le bac pour les déchets biologiques dangereux, dit-il. J'en ai déjà trouvé trois ce matin.

— Je gagne, c'est ma cinquième.

Elle fit signe à un homme courbé d'une soixantaine

d'années plus loin sur le chemin et attendit qu'il les rejoigne.

— Merci, Lewis. Je pensais que tout le monde prenait des pilules de nos jours, non ?

— Différentes générations, répondit Andrew. J'ai entendu un des secouristes dire hier que les plus âgés préfèrent toujours les seringues, et que les plus jeunes ont trop peur. Ils pensent que les pilules sont l'option la plus sûre.

Susie leva les yeux au ciel en réponse, puis fit passer l'aiguille par le trou en forme de fente sur le dessus de la boîte et adressa un sourire reconnaissant à Lewis.

— Comment va ton dos ?

— Ça va.

Le sexagénaire secoua le bac pour déchets biologiques dangereux, faisant cliqueter le contenu.

— Je vais aller le vider.

Andrew regarda l'homme âgé s'éloigner d'un pas traînant, et il se protégea les yeux contre l'éclat des pare-brise des voitures.

— Rappelle-moi encore pourquoi j'ai accepté de faire ça ? Je pourrais être à Brighton, en train de faire de la planche à voile en ce moment.

— Parce que tu m'aimes.

Susie se dressa sur la pointe des pieds, l'embrassa puis sourit.

— Et puis, il n'y a pas assez de vent.

— Pas ici.

Il s'essuya le front avec le dos de son bras, puis examina le chemin qui serpentait entre deux hêtres avant de disparaître au-delà d'une légère élévation dans l'herbe.

— Encore vingt minutes, puis on retourne boire de l'eau, ça te va ?

— Ça me convient. Le premier groupe ne jouera pas avant dix heures de toute façon, donc on pourrait probablement travailler encore une heure avant ça.

Andrew gémit.

— Super.

Il la suivit péniblement, les bottes de sécurité à embout d'acier qu'elle avait insisté pour qu'il porte raclant la terre sèche et alourdissant ses pieds qui transpiraient déjà dans la chaleur matinale.

À vrai dire, l'opportunité de faire du bénévolat au festival de musique en échange de billets subventionnés avait été une bonne occasion – il n'avait tout simplement pas pris en compte les réveils matinaux en plus de faire la fête avec tous les autres festivaliers et d'essayer de dormir pendant que la plupart des autres participants poursuivaient leurs célébrations.

Quand son téléphone avait sonné à six heures, il avait failli le jeter hors de la tente avec dégoût.

Il ne serait pas ici si ce n'était pas pour Susie.

Ils ne sortaient ensemble que depuis quatre mois, mais il était déjà captivé par elle, et elle le savait.

C'était pour cela que, lorsqu'ils n'avaient pas réussi à obtenir des billets via l'agence en ligne et qu'elle avait suggéré une autre façon de franchir les portes et de voir leurs groupes préférés, il avait accepté l'idée.

Il perça un paquet de chips en aluminium, se demandant pour la énième fois pourquoi la saveur sel et vinaigre était dans *cette* couleur ces jours-ci, et il expira.

Si le nettoyage de ce matin était un indicateur, alors demain serait pire.

En levant la tête pour regarder de l'autre côté du parc, il pouvait voir des voitures déjà en file d'attente pour entrer sur le site du festival, s'ajoutant à ce qui serait une foule à pleine capacité pour la tête d'affiche de ce soir.

— Ils vont être géniaux, dit Susie alors qu'elle s'arrêtait et protégeait son front de sa main. Je le sais.

— J'espère qu'ils se sont entraînés. Ça fait quinze ans qu'ils ne sont pas montés sur scène ensemble, et ça ne s'est pas bien passé la dernière fois.

— C'était à Francfort, où Joey a frappé Thommo après la quatrième chanson ?

— Ouais. Apparemment, Thommo a essayé de le faire trébucher pour rire.

Andrew sourit.

— J'aurais bien aimé être une petite souris quand cette tournée a été suggérée.

Comme sur commande, le son d'une batterie frappée à des rythmes irréguliers leur parvint de l'endroit où ils se tenaient, la douce pente de la colline offrant une vue dégagée sur les scènes. Un technicien guitare commença à jouer des riffs et des fills bien connus, fournissant un puissant mélange de souvenirs.

— Comme tu l'as dit, ils ont peut-être tous besoin d'argent.

Susie fit un signe du menton vers la haie qui bordait le chemin au loin.

— Allez, plus vite on aura fini ça, plus vite on pourra retourner à la tente et se changer.

— Tu regrettes de t'être portée volontaire ?

Elle s'approcha de la haie enchevêtrée, le son de son ramasse-déchets en aluminium qui perçait le sol lui parvenant là où il travaillait.

— J'ai mal à la tête. Je ne toucherai pas au cidre aujourd'hui, c'est sûr.

Il rit.

— Je t'avais dit qu'il était fort.

Il s'arrêta près d'un fourré de houx enchevêtré et d'un buisson de prunellier en fleurs, puis tendit la pince et attrapa une culotte abandonnée, détournant le visage en la laissant tomber dans le sac.

— Bon sang, il y en a quand même...

— Hé, tu penses que je devrais mettre ça aux objets trouvés ?

Il leva les yeux à la voix de Susie pour la voir brandir un foulard en coton bleu, du genre qu'il avait vu beaucoup de femmes porter le soir pour se protéger du froid en se promenant autour des diverses tentes de nourriture et de bière.

Fronçant le nez, il s'approcha et remarqua que le tissu était maculé de saleté.

— Je ne sais pas, il pourrait être là depuis un moment. Tu l'as trouvé où ?

— Juste ici, par terre.

Elle le secoua, détachant un peu de la saleté.

— C'est de bonne qualité. Je pense que quelqu'un l'a perdu récemment. Même si ce n'est pas le cas, les objets trouvés pourraient le mettre avec le reste pour le donner après.

— Fais-le alors.

Il la regarda l'attacher autour de sa taille pour le garder

en sécurité, puis regarda par-dessus son épaule, son regard attiré par quelque chose qui reflétait la lumière du soleil au-delà des troncs enchevêtrés de la haie.

Il la dépassa, peu désireux de quitter des yeux l'objet brillant de peur de le perdre.

Quelque chose comme une canette ou un paquet de chips jeté, ou—

— Nom de Dieu, réussit-il à dire, avant de se retourner, le dos de sa main sur sa bouche alors qu'il avait un haut-le-cœur.

— Qu'est-ce qui ne va pas ?

Susie commença à marcher vers lui, l'inquiétude gravée sur ses traits.

— Chéri ?

— Ne t'approche pas, dit-il, sa voix tremblante.

Il sortit son téléphone portable de sa poche d'une main tremblante, l'autre saisissant le poignet de Susie pour la tirer en arrière et mettre autant de distance que possible entre eux et les ronces épineuses.

— Ne regarde pas.

— Andrew, que se passe-t-il ? Tu me fais peur.

Il la lâcha alors que l'appel passait, son estomac se soulevant lorsque l'opérateur répondit.

— J-J'ai besoin de la police, dit-il. Il y a une femme... Il y a tellement de sang... Je crois qu'elle est morte.

CHAPITRE 2

L'inspectrice principale Kay Hunter tambourinait des doigts sur le volant de la voiture de service argentée, cabossée et rayée, en réprimant les premiers mots qui lui venaient à l'esprit.

Pour commencer, la climatisation du véhicule avait cessé de fonctionner deux jours auparavant, alors qu'elle et son collègue, l'inspecteur Ian Barnes, étaient coincés sur la route de Sittingbourne après une réunion de quatre heures au quartier général de la police du Kent à Gravesend.

Ensuite, le mécanisme des vitres électriques avait refusé de fonctionner lorsqu'ils avaient quitté le poste de police de Palace Avenue ce matin, les enfermant dans un caisson métallique qui les cuisait lentement tandis que la file de voitures avançait centimètre par centimètre.

Un mois de mai maussade avait cédé la place à un juin torride, la ville grouillant de touristes et les pubs et boîtes de nuit pleins à craquer chaque soir alors que les gens commençaient leurs vacances d'été.

Dans quelques semaines, les écoles fermeraient également, ajoutant un autre élément perturbateur au centre-ville, les adolescents désœuvrés en train de chasser en meute des distractions faciles.

Kay souffla sur sa frange pour la dégager de son front et observa le jeune agent au-delà du pare-brise qui gérait un cordon de sécurité hâtivement érigé, le visage écarlate tandis qu'il tentait de raisonner une fêtarde ivre qui était assez âgée pour savoir se tenir.

— Vas-y, dis-le, murmura Barnes. Je te mets au défi.

Le détective plus âgé rangea son téléphone portable dans la poche de sa chemise et remonta ses manches, une bouffée du déodorant qu'il portait ces jours-ci parvenant jusqu'à elle.

— Ils font de leur mieux dans ces circonstances, dit-elle.

— Voilà les paroles d'une vraie leader.

— Hmm.

Le jeune agent l'aperçut alors, ses sourcils se haussant brusquement avant qu'il ne laisse passer deux autres voitures et se penche vers sa fenêtre.

Kay soupira, ouvrit sa portière et attendit qu'il recule de surprise.

— Ne demandez pas, dit-elle. Où est le cordon extérieur ?

Il se retourna et pointa au-delà du bar et stand de snacks permanent du parc.

— Si vous vous garez là-bas, chef, et que vous suivez le chemin en prenant la bifurcation à droite, vous trouverez l'enquêteur Piper sur la scène de crime près d'un bosquet d'arbres en haut de la colline. Le médecin légiste est arrivé il y a quinze minutes.

— Bien, merci.

Kay claqua la portière et fit avancer la voiture avec précaution, la manœuvrant soigneusement autour d'un groupe de quadragénaires vêtus de divers t-shirts de marques qui faisaient écho à ses propres goûts musicaux.

— Bon sang, je croyais que ce groupe s'était séparé il y a des années, dit Barnes en tendant le cou pour en fixer un du regard alors qu'ils passaient.

— Peut-être que les caisses de retraite avaient besoin d'être renflouées.

— Ne me dis pas qu'ils jouent ici ce week-end ?

— Ils devaient. Ils sont censés être la tête d'affiche sur la scène principale ce soir.

Kay grimaça.

— Je suis contente de ne pas être celle qui va annoncer à leur manager qu'ils devront reporter à l'année prochaine. S'ils tiennent jusque-là. Tu as vu la photo du batteur dans le journal la semaine dernière ?

Barnes gloussa.

— Ne me dis pas… tu as confié à Laura la tâche de leur annoncer, n'est-ce pas ?

— J'ai pensé que ses charmes adouciraient peut-être le coup.

Kay gara la voiture dans un espace à côté d'une camionnette blanche terne et coupa le moteur.

— Bon sang, Ian, quelle façon de commencer un week-end.

Elle se pencha, attrapa une veste d'été légère grise sur

la banquette arrière et sortit, emboîtant le pas à son collègue tandis qu'ils passaient devant le snack-bar.

Une foule s'était rassemblée près de la fenêtre de service, tous les yeux se tournant pour les regarder d'un air accusateur, comme si c'était de leur faute si le week-end avait été gâché.

Une femme d'une vingtaine d'années aux cheveux bruns emmêlés tombant jusqu'à sa taille, en short en jean et débardeur vert, trébucha vers eux, une bouteille d'alcopop à moitié vide à la main et un joint fumant écrasé entre les doigts de sa main gauche.

— Vous d'vriez faire que'qu'chose pour arranger ça. On a payé des centaines pour nos billets, vous savez.

Kay recula devant la puanteur d'alcool et de peau non lavée, et fit signe à la femme de s'éloigner.

— Il y aura une annonce depuis la scène principale en temps voulu. Et vous devriez peut-être y aller doucement avec ça. Ça va être une longue journée.

— Allez vous faire voir.

La fille gronda, puis pirouetta et tituba pour rejoindre ses amis.

Kay serra les dents.

— Dans des moments comme celui-ci, j'aimerais qu'on puisse leur dire. Au moins, ils seraient peut-être plus coopératifs.

— Ce sera aux infos très prochainement, dit Barnes.

Elle jeta un coup d'œil par-dessus son épaule là où une équipe de télévision s'installait à côté de la file de voitures, la présentatrice fourrant son microphone sous le nez de détenteurs de billets furieux qui se faisaient refouler.

— Bon sang, ça va passer au niveau national aussi, n'est-ce pas ?

Son téléphone portable sonna dans sa poche, et elle le sortit, soupirant en voyant le nom familier sur l'écran.

— Attends, Ian. Je dois prendre cet appel. Chef ?

— Tu es déjà sur les lieux ?

L'aboiement familier du commandant divisionnaire Devon Sharp passait facilement à travers le haut-parleur du téléphone, et elle baissa rapidement le volume avant de suivre Barnes vers le chemin qui s'éloignait du snack-bar.

— Je viens d'arriver, chef. Les cordons de sécurité ont été mis en place, et l'équipe de la circulation a des agents ici pour dévier les véhicules loin du site. Ça prend du temps apparemment, d'autant plus que les gens veulent une explication qu'on ne peut pas leur donner.

— J'ai parlé à la commissaire. Elle a accepté d'envoyer vingt officiers supplémentaires d'Ashford et de Sevenoaks pour aider sur place—

— Chef, avec tout le respect que je te dois, serait-il possible de s'assurer qu'ils soient expérimentés ?

Kay se retourna, ralentissant tout en marchant à reculons pour observer les agents fraîchement diplômés qui essayaient de calmer la foule de plus en plus agitée.

— Les choses pourraient dégénérer d'un moment à l'autre ici.

— Nous enverrons aussi quatre patrouilles montées, alors, dit Sharp. Il est temps que ces fichus chevaux fassent un peu d'exercice. Ils nous coûtent assez cher à nourrir.

— Ce serait parfait, merci.

Elle se hâta de rattraper Barnes, qui avait atteint le

sommet de la colline et l'attendait près du prochain cordon de ruban bleu et blanc délimitant la scène de crime.

— Je vais enfiler ma combinaison, alors je te donnerai une autre mise à jour dans une heure environ.

— J'attendrai, dit Sharp. Nous attendrons avant d'envoyer le communiqué de presse jusqu'à ce que j'aie de tes nouvelles au cas où nous pourrions partager plus de détails pour aider l'enquête.

— Merci, chef.

Barnes haussa un sourcil lorsqu'elle le rattrapa.

— Il envoie des renforts ?

— Et la cavalerie.

— Fichtre, tu as dû faire quelque chose de bien lors de ton évaluation cette semaine.

Il souleva le ruban pour qu'elle puisse passer dessous, puis s'arrêta pendant qu'un agent en uniforme familier s'approchait d'eux, un bloc-notes à la main.

— Bonjour, Aaron.

— Bonjour.

Aaron Stewart retira sa casquette et passa sa main dans ses cheveux bruns coupés court, déjà humides de sueur, puis il tendit le bloc-notes à Kay avec un stylo noir.

— Chef, nous avons établi un deuxième cordon autour de la scène de crime, celui-ci est juste pour tenir la foule à distance. Les deux personnes qui ont découvert le corps de la femme ont été interrogées, et nous les avons installées dans une des tentes de St John's Ambulance pour leur offrir un peu d'intimité. Gavin pensait que vous voudriez leur parler vous-même avant qu'il ne les renvoie chez eux.

— Bien, merci.

Kay griffonna son nom et rendit la feuille d'enregistrement officielle.

— Où habitent-ils ?

— Elle vient de Burnham, lui vit dans ce nouveau lotissement au bout de la route de Loose.

Aaron cala le bloc-notes sous son bras.

— J'ai aussi demandé à quelques agents de commencer à fouiller les sacs poubelles qui avaient été ramassés dans cette zone avant qu'ils ne trouvent la victime. Il semble qu'ils aient peut-être récupéré certains de ses vêtements, un foulard notamment, d'où ce cordon supplémentaire au cas où il y aurait autre chose qui traîne. J'attends juste quelques agents de plus pour que nous puissions commencer une fouille minutieuse.

Kay hocha la tête.

— On dirait que tu as tout sous contrôle. Par où est-ce qu'on doit passer ?

En guise de réponse, Aaron pointa du doigt une ligne de ruban lesté de pierres, dont le tracé sinueux menait à travers l'herbe vers une petite tente blanche en polyester.

— Suivez simplement ça, chef. Gavin a laissé quelques combinaisons de protection supplémentaires sous la tente pour vous.

Barnes ouvrit la marche, tous deux perdus dans leurs pensées alors qu'ils se dépêchaient vers la tente et enfilèrent à tour de rôle les combinaisons blanches intégrales par-dessus leurs vêtements.

En équilibre sur une jambe puis sur l'autre pour tirer les surchaussures en plastique sur ses chaussures plates, Kay s'arrêta pour gratter le filet de sueur qui se formait sous la capuche, et faisait démanger son cuir chevelu.

Le soleil traçait maintenant un chemin ardent dans le ciel matinal, et il ferait plusieurs degrés de plus avant qu'elle n'ait terminé ici.

Elle entendit des voix étouffées au-delà du rabat de la tente, et l'ouvrit pour trouver Barnes en train de parler au téléphone portable, le front plissé.

— Qu'est-ce qui se passe ? demanda-t-elle quand il termina l'appel. Un problème ?

— Le quartier général ne pourra fournir que cinq employés administratifs supplémentaires à partir de demain, répondit-il en remettant le téléphone dans la poche de sa chemise et en refermant la fermeture éclair de sa combinaison de protection. Et deux d'entre eux sont des contractuels à temps partiel, donc on pourrait les perdre à tout moment.

— Pu—

— Chef, tu as une minute ?

Kay se retourna en entendant la voix familière pour voir l'enquêteur Gavin Piper enveloppé dans une combinaison similaire à la sienne, en train de marcher d'un pas décidé vers eux sur l'herbe.

Alors qu'il approchait, il retira sa capuche, ses cheveux habituellement hérissés aplatis contre son front, et il y avait une expression déterminée dans ses yeux.

— Aaron nous a parlé du couple qui a trouvé la victime, dit Kay. Qu'est-ce que tu as découvert sur elle jusqu'à présent ?

— Lucas pense qu'elle a entre vingt-cinq et trente-cinq ans, répondit le jeune détective. Évidemment, il ne s'engagera sur rien officiellement avant d'avoir fait l'autopsie, mais il y a des marques de strangulation autour de son cou et des ecchymoses sur l'intérieur de ses cuisses...

Il s'interrompit, les yeux troublés, et Kay fronça les sourcils.

— Qu'y a-t-il, Gav ?

— Ses doigts, chef. Celui qui lui a fait ça, il a tranché le bout de ses doigts.

CHAPITRE 3

Kay fixa son collègue pendant un instant, stupéfaite.

Le gazouillis musical d'une grive résonnait autour d'elle, le bruit allant et venant entre les branches des hêtres qui bruissaient dans une légère brise qui remontait maintenant la colline vers eux, les notes légères en contradiction avec le poids qui pesait sur sa poitrine.

La gorge sèche, elle jeta un coup d'œil à Barnes pour voir une expression horrifiée creuser son visage.

— Elle a aussi des ecchymoses à l'orbite et aux pommettes, dit Gavin, sa voix se réduisant à un murmure. Il pourrait y en avoir plus, mais Lucas est toujours avec elle.

— Une pièce d'identité ? demanda Barnes, le désespoir palpable dans sa voix.

— Rien sur elle. Elle ne porte qu'une robe d'été. Les deux personnes qui l'ont trouvée, Susie Hinsen et Andrew Bressett, ont trouvé des sous-vêtements là-bas dans l'herbe de l'autre côté de la haie qui dissimulait son corps du chemin, et un foulard. Nous avons aussi trouvé une paire de sandales jetée parmi le lierre juste à côté de ce creux dans l'herbe.

Gavin tira sur le col froissé en polyester de sa combinaison et exhala.

— Nous n'avons pas encore trouvé de sac, de téléphone, ou quoi que ce soit d'autre. Les sacs de déchets qu'ils avaient collectés avant de la trouver ont été pris par les techniciens de la Crim' pour analyse, au cas où il y aurait autre chose qui pourrait être lié à elle.

— Où en est Lucas avec son examen initial ? demanda Kay.

— Il a couvert ses mains pour préserver toute preuve de son agresseur. Il y a des traces d'éclaboussures de sang le long de ses bras qui pourraient être les siennes, ou peut-être celles de son tueur si elle a réussi à le frapper.

— Seulement des traces ?

— Le sang sur ses bras et ses mains a été étalé, chef, peut-être que son agresseur a essayé de l'essuyer après coup, quelque chose comme ça.

Il jeta un coup d'œil par-dessus son épaule.

— Avec un peu de chance, nous trouverons ce qui a été utilisé pour faire ça une fois que nous élargirons la recherche, mais j'ai entendu dire que ça pourrait prendre un moment...

— Aaron a mentionné qu'il attendait de l'aide, donc ça pourrait changer au cours de la matinée.

Kay regarda autour d'elle vers le ruban de la scène de crime tendu entre deux piquets en acier inoxydable.

— Tu veux nous montrer à quoi nous avons affaire ?

— Bien sûr, suivez-moi.

Gavin retourna péniblement vers le cordon intérieur,

Kay le suivant alors qu'il se faufilait entre une série de marqueurs en plastique de couleur vive parsemés sur le chemin délimité.

Les hautes herbes bruissaient contre le tissu en polyester de sa combinaison, frôlant ses jambes alors qu'elle s'approchait d'un groupe de quatre enquêteurs de la police scientifique, leurs têtes baissées tandis qu'ils menaient une analyse méticuleuse de la zone immédiate.

Elle se força à réprimer ses émotions, la colère face à une femme brutalement assassinée. Le désespoir qu'une vie humaine ait été prise, et représente maintenant un spécimen scientifique à enregistrer et analyser pour trouver les réponses qu'ils recherchaient si désespérément.

— Kay.

Elle cligna des yeux et se secoua légèrement alors qu'une silhouette se levait, des yeux marron et vifs la scrutant par-dessus un masque qui dissimulait le reste de ses traits.

— Lucas. Merci d'être venu si vite.

— C'était mon week-end de repos, mais dans les circonstances...

Il baissa les yeux et soupira.

— Je ne pouvais pas refuser, n'est-ce pas ?

Kay s'approcha et entendit la brusque inspiration de Barnes.

La femme gisait sur le dos, un bras écarté de son corps comme pour amortir une chute, l'autre plié maladroitement sous sa hanche. Ses cheveux roux étaient coupés en un carré élégant à hauteur d'épaule, la couleur vive contrastant fortement avec la teinte bleu-gris de sa peau. Trois clous perçaient son oreille droite, chacun formant une étoile d'argent parfaite, et un fin bracelet de cheville en argent s'enroulait autour de son pied là où il avait glissé.

Puis le regard de Kay se porta sur les doigts de la femme enveloppés dans des sacs de protection en plastique, et elle fit involontairement un pas en arrière en voyant le sang séché qui les recouvrait.

— Gavin t'en a parlé alors, dit Lucas. J'ai vérifié, chacun d'entre eux a eu le bout tranché, mais à la hâte. Peut-être que ça a été fait pour rendre son identification plus difficile.

— Son tueur a-t-il fait ça avant ou après... ? demanda Barnes, la voix rauque.

— Je ne peux pas le dire, pas avant d'avoir effectué l'autopsie.

Le médecin légiste s'accroupit à nouveau et prit délicatement la main de la femme, ses doigts gantés soutenant son poignet.

— Je ferai aussi des prélèvements sur ces blessures, au cas où il y aurait des traces de son tueur, mais—

— Si celui qui a fait ça était déterminé à nous empêcher de découvrir son identité, alors il aura aussi été prudent pour cacher la sienne, dit Kay.

Elle fronça les sourcils, ses pensées s'entrechoquant déjà.

— Je me demande pourquoi aller à de telles extrémités ?

Lucas lui lança un regard, la peau au coin de ses yeux se plissant avec un triste amusement.

— Je vais te laisser ce genre de questions, Kay. En

attendant, j'ai besoin de finir ici pour que l'équipe de Harriet puisse se mettre au travail.

— D'accord. Merci. Quand est-ce que tu penses pouvoir faire l'autopsie ?

— Je vais appeler Simon quand j'aurai fini ici et je vais lui demander de vérifier l'agenda. Le plus tôt possible la semaine prochaine.

Le regard de Lucas revint sur la femme morte.

— Elle aura la priorité sur tous les cas hospitaliers, je peux te le promettre.

Kay fit une pause pendant que Barnes se détournait, gravant dans sa mémoire les traits brutalisés de la jeune femme.

Après un moment, elle serra les poings, puis se tourna vers Gavin.

— J'ai besoin de parler au couple qui l'a trouvée pendant que tu termines ici.

— Pas de problème, chef. Comme je l'ai dit, nous les avons mis dans une des tentes de St John's Ambulance à l'abri des regards indiscrets. J'allais aussi organiser une voiture pour les ramener chez eux, étant donné que les médias sont là maintenant.

— Sans parler du fait que tout le monde avec un téléphone portable va poster à ce sujet sur les réseaux sociaux dès qu'ils auront vent de ce qui se passe.

Kay soupira.

— Nous ne pouvons pas vraiment nous permettre la main-d'œuvre pour agir comme un service de taxi, mais je suis d'accord que c'est tout à fait sensé dans les circonstances.

— Laisse-moi m'en occuper. J'irai là-bas quand j'aurai

fini ici. Ça devrait te donner amplement le temps de leur parler.

— D'accord.

Elle se retourna pour partir, puis s'arrêta et jeta un coup d'œil par-dessus son épaule.

— Et, Gav ? Bon travail pour avoir géré tout ça si rapidement.

Il se redressa alors, un peu de stress quittant ses traits bronzés.

— Merci, chef.

CHAPITRE 4

Le temps que Kay et Barnes se débarrassent de leurs combinaisons de protection dans une poubelle pour déchets biologiques désignée et retournent au snack-bar, la foule s'était considérablement agrandie.

La plupart des gens arboraient des expressions perplexes, certains parlant aux bénévoles qui circulaient avec un air distrait, leurs mouvements nerveux tandis qu'ils s'affairaient à des tâches apparemment banales, tout pour éviter le contact visuel avec les détenteurs de billets.

Une des équipes de télévision avait bravé le tumulte, un caméraman et un ingénieur du son faisant face à un journaliste qui tentait d'interviewer des détenteurs de billets frustrés tout en ayant l'air manifestement mal à l'aise dans son pantalon de costume et sa chemise. Il arborait un sourire figé en écoutant deux hommes qui chantaient à tue-tête entre leurs réponses à ses questions et agitaient des canettes en l'air, renversant de la bière sur eux-mêmes à intervalles réguliers.

La femme qui avait interpellé Kay plus tôt était

maintenant assise en tailleur sur l'une des tables de pique-nique en bois, en train de gesticuler sauvagement des mains tout en criant sur l'un des hommes qui se pressaient autour d'elle.

Un couple avec un bambin dans une poussette se hâtait le long du chemin, l'homme jetant un regard de côté au journaliste et à la foule grandissante avant de lever une main pour arrêter Kay à leur passage.

— Vous êtes de la police ? Que se passe-t-il ? demanda-t-il. Nous avions un pass familial pour le festival mais quelqu'un a parlé d'un corps retrouvé. C'est vrai ?

Kay ressentit un frisson presque imperceptible alors que les têtes se tournaient vers eux, des expressions curieuses sur les visages des fêtards les plus proches.

Le journaliste baissa son microphone et les fixa un moment. Puis un sourire prédateur apparut, et il fit signe au caméraman et à l'ingénieur du son avant de se frayer un chemin vers elle et Barnes.

— Je ne peux rien commenter pour le moment, répondit-elle à l'homme et à sa femme qui semblait inquiète. Il y aura une annonce des organisateurs en temps voulu.

— Vos collègues ont dit ça il y a une heure, cria un autre homme, sa peau d'une teinte rose colérique de coup de soleil. On attend toujours, putain. Qui est mort ?

— Chef, par ici.

Barnes lança un regard noir à l'équipe de télévision, les arrêtant net, puis donna un léger coup de coude à Kay en pointant vers une grande tente bleue en toile plus près du parking.

— Ces renforts et ces chevaux ont intérêt à arriver vite, dit-elle entre ses dents serrées.

Elle jura quand son talon se tordit dans un profond nid-de-poule, hochant la tête pour le remercier quand il tendit la main pour la stabiliser.

— Les choses vont forcément dégénérer si cette foule n'obtient pas de réponses, et ce journaliste ne va pas aider. Nous allons avoir besoin de plus d'effectifs pour interroger autant de personnes que possible à leur départ aussi, juste pour nous assurer d'obtenir les noms et coordonnées.

Un visage familier les accueillit à l'extérieur de la tente, sa taille lui conférant un air d'autorité supplémentaire et sa posture en alerte maximale pour quiconque serait tenté d'approcher. Il hocha la tête lorsqu'ils s'approchèrent.

— Chef. Vous voulez parler au couple qui l'a trouvée ?

— Dans une minute, Kyle.

Kay baissa la voix et le tira à l'écart pendant que Barnes prenait sa place et fusillait la foule du regard.

— Qu'est-ce qu'ils ont dit jusqu'à présent ?

L'enquêteur stagiaire Kyle Walker tourna le dos à la foule avant de continuer, et Kay apprécia le geste – cela empêcherait tout lecteur sur les lèvres potentiel d'espionner leur conversation.

— Ils sont tous les deux secoués, comme vous pouvez l'imaginer, dit-il. J'ai fait vérifier leur état par les secouristes quand nous les avons amenés ici, mais je pense que le choc initial commence à s'estomper. Ils ont confirmé qu'aucun d'eux ne reconnaissait la victime, et après leur avoir parlé, j'ai vérifié leurs alibis pour les dernières vingt-quatre heures. Tout est en ordre de ce côté-là. Quant à l'endroit où la victime a été trouvée, le type, Andrew, a dit que la femme qui gère les bénévoles du nettoyage leur avait simplement attribué cette partie du parc ce matin quand ils sont arrivés.

— Tu lui as déjà parlé ?

— Elle est sur la liste, une certaine Dana Schuldberg. Il n'y avait personne d'autre de disponible pour rester avec ces deux-là, alors...

Kay hocha la tête.

— Ne t'inquiète pas. Donne-moi ses coordonnées, je lui parlerai.

— Merci, chef.

Il sortit son carnet et le lui tendit.

Kay prit une photo de la page ouverte avec son téléphone, puis tendit le cou pour jeter un coup d'œil autour de la tente.

— Où est-ce que je peux la trouver ?

— Il y a une tente d'administration centrale deux rangées derrière celle-ci, avant d'arriver au parking.

Kyle désigna d'un mouvement du menton le nombre croissant de personnes qui se rassemblaient.

— Elle est probablement là-bas parce qu'ils doivent organiser l'évacuation de tout ce monde sans déclencher d'émeute.

— Ok, merci.

Enjambant un ruban rouge vif tendu, elle passa devant un panneau avec le logo familier de l'association de secouristes bénévoles St John's Ambulance et se fraya un chemin sous la tente, Barnes à ses côtés.

Une douce teinte bleue l'enveloppa, atténuant la

lumière crue de l'extérieur, l'épaisse toile absorbant une partie du bruit des fêtards.

Kay se rappela de rester professionnelle au lieu de pousser un soupir de soulagement, et elle promena son regard jusqu'à ce que ses yeux s'adaptent, notant que la tente avait été installée de telle sorte que l'avant fournissait une zone approximative de réception avec deux tables sur des tréteaux. Au-delà, trois box étaient séparés par plus de toile, les rabats tirés en arrière révélant des lits de camp et du matériel de premiers secours soigneusement organisé dans des boîtes en plastique de différentes tailles. Des étiquettes étaient collées à l'extérieur des boîtes pour indiquer clairement ce qui pouvait être trouvé où en cas d'urgence.

Un mouvement du coin de l'œil attira son attention, et elle aperçut un couple assis sur une paire de chaises de camping en toile à sa droite, le visage de la femme bouffi tandis qu'elle tamponnait ses yeux avec un mouchoir en papier.

L'homme à côté d'elle avait les coudes appuyés sur ses genoux mais se redressa lorsque Kay et Barnes s'approchèrent d'eux, son visage inquisiteur.

— Vous êtes les détectives ? demanda-t-il.

— Oui. Je suis l'inspectrice principale Kay Hunter, et voici mon collègue, l'inspecteur Ian Barnes, dit-elle en présentant sa carte de police. Je sais que c'est un moment difficile pour vous, mais nous allons devoir vous poser quelques questions supplémentaires.

— Ok, renifla la femme.

Elle tendit la main vers celle de l'homme, leurs doigts s'entrelaçant.

— Nous voulons faire tout ce que nous pouvons pour aider.

Barnes se dirigea vers un râtelier de chaises en bois qui avaient été appuyées contre l'un des tréteaux. Il revint avec deux chaises et en déplia une pour Kay.

Elle le remercia d'un murmure, attendit que son collègue ait sorti son carnet, puis reporta son attention sur le couple.

— Donc, c'est bien Susie et Andrew, c'est ça ?

Le couple hocha la tête à l'unisson.

— Revenons au tout début de la matinée, dit-elle. Vous avez passé la nuit sur le site ?

— Oui, répondit Andrew. C'était une partie de l'accord pour être bénévole au nettoyage. Susie a trouvé les détails en ligne après que nous avons raté l'achat des billets. Ça nous a permis d'avoir un pass pour le week-end à moitié prix. Ça semblait être un bon compromis sur le coup...

Il s'interrompit, l'air abattu.

— Je connaissais quelqu'un qui avait fait ça l'année dernière, dit doucement Susie. On nous a donné un emplacement de tente à l'écart de la section principale, donc c'était un peu plus calme. Ça nous permettait de dormir quelques heures avant de nous lever le matin pour commencer à nettoyer avant que la musique ne reprenne à dix heures.

Andrew émit un rire étranglé.

— Pas qu'on ait beaucoup dormi. La musique s'est peut-être arrêtée à minuit, mais la plupart des gens ont continué à faire la fête jusqu'au lever du soleil.

— À quelle heure avez-vous quitté votre tente ?

— Juste après six heures, dit-il. Il y avait une réunion

d'équipe à six heures et demie, comme hier, juste pour revoir les règles de base en matière de santé et de sécurité...

— Il y a quelques seringues qui traînent, ce genre de choses, ajouta Susie. Et les organisateurs ont peur que quelqu'un ne tombe malade, alors il y a toute une série de règles à ce sujet. Et bien sûr, il y a un risque d'insolation ce week-end, alors ils nous distribuent aussi ces bouteilles d'eau d'un demi-litre.

— Combien de temps a duré la réunion ? demanda Kay.

— Seulement une quinzaine de minutes, répondit Andrew. Nous avons tous dû participer à une réunion d'introduction mercredi avant l'arrivée des détenteurs de pass VIP jeudi, donc les réunions du matin servent essentiellement à rappeler ce qui a été dit à ce moment-là, et pour que nous puissions soulever d'éventuelles inquiétudes.

— Est-ce que des bénévoles ont soulevé des inquiétudes à propos de quoi que ce soit ?

— Non, pas que je sache.

— Susie ?

La femme secoua la tête.

— Pour être honnête, c'était vraiment bien organisé.

— Ok, alors que s'est-il passé après que les questions de santé et de sécurité ont été traitées ?

— On nous a dit quelles zones du parc aller nettoyer, dit Andrew. Ils changent tous les jours pour qu'on n'ait pas la même zone que celle qu'on a nettoyée la veille.

— C'est parce que certaines zones sont pires que d'autres, expliqua Susie.

Elle haussa légèrement les épaules.

— C'est plus équitable, comme ça une équipe n'est pas coincée avec le même endroit tous les jours.

— Oui, ça a du sens, dit Kay.

Elle jeta un coup d'œil à Barnes.

— Nous allons devoir parler à ceux qui ont nettoyé cette zone hier.

Il acquiesça d'un signe de tête, toujours penché sur son carnet.

Kay se retourna vers le couple.

— À quelle heure avez-vous quitté la réunion d'équipe ?

— On était probablement en route vers sept heures, dit Andrew. Ils voulaient qu'on prenne de l'avance avant qu'il ne fasse trop chaud. C'est le problème cette année, apparemment le nettoyage ne commençait d'habitude pas avant sept heures et demie les années précédentes. Normalement, on aurait eu une heure de plus au lit.

— Par quel chemin avez-vous approché la pente et la haie où vous avez trouvé la victime ?

— Nous avons emprunté le sentier, celui qui bifurque à droite en s'éloignant du lac. Il vous mène jusqu'au sommet de la colline, et ensuite on peut le suivre dans une grande boucle vers la droite avant qu'il ne redescende vers l'endroit où se trouvent toutes les scènes.

— Avez-vous vu quelqu'un d'autre pendant que vous marchiez vers le sommet de la colline ?

— Non, dit Susie. Nous étions les premiers à arriver au sommet de la colline. Lewis, qui nous suivait, était assez loin derrière...

— Il a plus de soixante ans et adore la musique mais

n'a pas les moyens d'acheter un billet, alors il est bénévole depuis des années dans différents festivals.

Andrew réussit à sourire.

— C'est un sacré personnage, certains groupes réguliers le connaissent bien.

— La femme qui nous gérait tous lui a demandé d'apporter la poubelle pour déchets biologiques dangereux aux différents bénévoles dispersés dans le parc, poursuivit Susie. Mais comme je l'ai dit, il n'était pas si proche quand nous sommes arrivés là-haut...

— Mais ensuite tu as trouvé cette seringue, dit Andrew, et Lewis nous a rejoints pendant une minute avant de repartir vider la poubelle parce qu'elle se remplissait.

Kay se leva de son siège et observa le couple.

— Nous attendons des renforts pour aider au contrôle de la foule, mais vous êtes libres de partir. Nous aurons probablement d'autres questions au fur et à mesure que notre enquête avance, donc si nous pouvions vous recontacter... ?

— Absolument.

Andrew tendit la main vers celle de Susie et frissonna involontairement.

— Nous avons donné nos coordonnées à l'autre détective dehors, donc...

— Très bien, nous vous recontacterons.

En sortant de la tente, Kay plissa les yeux dans la lumière crue du soleil et observa les stands aux couleurs vives où étaient vendus produits dérivés et vêtements de marque.

— Nous allons parler à cette Dana Schuldberg, dit-elle, et ensuite nous irons à la salle des opérations pour mettre l'équipe au courant. En attendant, est-ce que tu peux—

— Excusez-moi, c'est vous qui êtes en charge ici ?

Un homme d'une soixantaine d'années vêtu d'une veste de costume noire sur un t-shirt blanc et un jean bleu bouscula un jeune couple et passa devant Kyle en jouant des coudes.

— J'ai besoin de vous parler.

Kay haussa un sourcil.

— Et vous êtes ?

— Brian Kasprak.

Il tendit une main qu'elle ignora.

— Je suis le manager de la tête d'affiche.

Kasprak les regarda tour à tour, et laissa échapper un rire nerveux.

— Vous en avez entendu parler, n'est-ce pas ?

— Vaguement, répondit Barnes.

— Bien, bien.

Un autre éclat de rire nerveux.

— Brian ? Tu es là ?

Une voix transperça la toile de la tente, puis une femme apparut à côté de Kyle en se protégeant les yeux.

— Il faut que tu me donnes plus de photos pour les réseaux sociaux. Et il y a une radio polonaise qui veut une citation de toi pour leur journal de midi. Genre, maintenant.

— J'arrive dans une seconde, Melanie. Attends.

Il se retourna vers Kay.

— Voyez-vous, les gars doivent être en tête d'affiche ce soir, et ils sont vraiment excités à ce sujet, et bien... tout cela est un peu gênant, n'est-ce pas ?

— Gênant ? répéta Kay.

— Tous ces gens, tous avec des billets et qui soutiennent la musique live, poursuivit Kasprak. Ce serait dommage de les décevoir, après tout, le groupe n'est sorti de sa retraite que depuis six mois et c'est—

Kay leva la main.

— Monsieur Kasprak, nous n'avons pas encore parlé aux organisateurs du festival et nous menons toujours une enquête active. Comme nos collègues vous l'ont sans doute déjà dit, il y aura une annonce en temps voulu. D'ici là, si vous vouliez bien...

Le visage du manager s'assombrit alors qu'il s'écartait, mais une expression pleine d'espoir remplit ses yeux.

— Vous avez eu un billet ?

— Je n'en ai pas eu besoin, répondit Kay. Je pouvais entendre la musique de chez moi avec les fenêtres fermées, merci bien.

CHAPITRE 5

L'enquêteur Gavin Piper tira les manches de la combinaison de protection en polyester de ses bras, puis marmonna un remerciement en laissant tomber le vêtement humide dans un sac pour déchets biologiques qu'un jeune technicien de la police scientifique lui tendait.

À côté de la tente qui avait été installée pour abriter une base temporaire pour l'équipe médico-légale, il y avait une caisse en plastique remplie de bouteilles d'eau que quelqu'un avait récupérées auprès des organisateurs du festival. Il en ouvrit une et avala la moitié du contenu tiède en quelques secondes.

La tente était nettement plus petite que les tentes colorées qui parsemaient le camping en contrebas de la pente douce, et son but était plus sombre.

Il ressentait un malaise grandissant tandis qu'un flot constant d'agents allait et venait dans leurs combinaisons de protection volumineuses, concentrés sur les divers kits de test et échantillons qui étaient enregistrés et emballés au fur et à mesure que leur recherche se poursuivait.

Ils l'ignoraient pendant qu'ils travaillaient, leur concentration étant trop grande sur la tâche à accomplir et le besoin de réponses devenant plus urgent à mesure que la matinée avançait.

Il passa la main dans ses cheveux et sentit l'humidité entre ses omoplates, tout en observant Lucas surveiller le corps brisé de la femme qu'on roulait doucement dans un sac en nylon noir, ses traits disparaissant de la vue alors qu'il était soigneusement fermé.

Il déglutit, réalisant qu'elle n'était pas seulement la fille de quelqu'un, peut-être l'épouse ou la petite amie de quelqu'un, mais une autre victime dont la fin brutale exigeait des réponses – et de la justice.

La mâchoire de Gavin se crispa, et il pivota sur ses talons, jetant la bouteille vide dans une pile qui grandissait régulièrement dans une boîte en carton à côté du rabat ouvert de la tente.

Elle manqua sa cible et atterrit plutôt aux pieds d'une technicienne de la police scientifique qui, à ce moment-là, avait passé la tête par le rabat et le regardait avec une certaine inquiétude.

— Si tout le monde se met à me jeter des trucs quand je leur dis quelque chose qu'ils ne veulent peut-être pas entendre...

— Désolé, Harriet.

Il lui adressa un sourire penaud, puis se précipita pour déposer la bouteille vide dans la boîte.

— J'ai entendu dire que tu me cherchais.

— En effet. Viens par ici.

Harriet Baker, enquêtrice principale sur les scènes de

crime et vétéran de plusieurs années au sein de la police du Kent, se retourna sans l'attendre.

En entrant dans l'espace étouffant de la tente, il vit que le capuchon de sa combinaison était maintenant repoussé en arrière, révélant des cheveux brun foncé qu'elle avait attachés en une queue de cheval efficace, tandis que son masque pendait autour de son cou. Elle se dirigea vers une table dépliée qui occupait toute la longueur de la petite tente en forme de boîte et était couverte de sacs à preuves de différentes tailles.

Elle semblait insensible aux effets de la chaleur et porta plutôt son attention sur les sacs à preuves, sa main gantée planant au-dessus d'eux tandis qu'elle parlait.

— Voici ce qui a été trouvé jusqu'à présent dans un rayon de cent mètres autour de l'endroit où la victime a été découverte, et nous n'avons pas encore traité le cordon extérieur.

Les yeux de Gavin s'écarquillèrent.

— C'est plus que ce que je pensais.

— Et je pense qu'il est prudent de supposer que tout cela n'appartiendra pas à notre victime, mais je voulais que tu voies tout ce que nous avons à traiter ici avant que Kay ne commence à te demander de me relancer pour un rapport d'avancement.

Harriet baissa la main et soupira.

— Ça va prendre un certain temps, Gav. Il y a des choses ici qui auraient pu être abandonnées depuis plusieurs années.

Il s'approcha pour parcourir du regard le contenu des sacs.

— Bon sang, c'est une alliance ?

— Oui, et il y a aussi une bague de fiançailles quelque part dans tout ça.

Harriet secoua la tête avec étonnement.

— Et tu ne veux pas entendre parler de certaines des autres choses que nous avons trouvées. Inutile de dire que nous allons rester ici jusqu'au coucher du soleil, et nous devrons probablement continuer demain matin aussi, donc nous allons devoir sécuriser la zone.

— Je vais en parler aux agents en uniforme pour organiser ça.

— Merci.

— Une fois que ces renforts seront arrivés, où veux-tu que je les fasse chercher ?

— Depuis la lisière de la forêt à quelques centaines de mètres derrière cette tente, puis en suivant le terrain vers l'endroit où la victime a été trouvée. Nous n'avons pas encore eu la chance de faire ça, et nous cherchons des signes de sortie, celui qui a fait ça a quitté le parc d'une manière ou d'une autre.

Gavin vit le désespoir dans ses yeux.

— Sauf qu'il n'a pas plu, et que le sol est sec donc nous ne trouverons pas d'empreintes de pas.

— Pas d'empreintes de pas, non, mais des branches de jeunes arbres cassées, de l'herbe piétinée, des choses comme ça. C'est pour ça que nous avons bouclé cette zone pour que personne ne puisse la traverser. Les bénévoles du nettoyage n'avaient pas encore marché dessus, n'est-ce pas ?

Il secoua la tête.

— Non, ils l'ont confirmé dans les premières

déclarations qu'ils ont faites aux premiers intervenants. Ok, je vais transmettre cette demande.

Le regard de Harriet s'adoucit.

— Kay t'a confié une tâche énorme ici, n'est-ce pas ?

— En effet.

Il grimaça.

— Mais ce n'est pas la première fois.

— Et ce ne sera pas la dernière, elle défend ton travail depuis longtemps maintenant, Gav. Entre nous, je pense que si elle en avait la moindre occasion, elle te donnerait une promotion, mais tu n'as pas entendu ça de moi.

Ses joues s'empourprèrent, puis ses yeux se posèrent à nouveau sur la pile de sacs à preuves, la surface de la table presque entièrement cachée sous le système de catalogage soigneusement organisé que Harriet et son équipe utilisaient.

— Est-ce que quelque chose dans ce lot peut déjà être attribué à notre victime ?

Harriet esquissa un léger sourire face au changement de sujet, puis tendit la main vers trois sacs mis de côté.

— Voici la culotte qui a été trouvée ce matin, donc nous allons la traiter en priorité. Ensuite, il y a ce bracelet en macramé. Il semble fait maison, mais cela dit, il y a beaucoup de gens qui fabriquent ce genre de choses en masse pour les vendre en ligne, donc cela pourrait être plus difficile à retracer à moins que quelqu'un ne se souvienne de l'avoir vue le porter. Enfin, nous avons trouvé cet élastique à cheveux coincé dans les branches près de l'endroit où la victime a été trouvée, il y a des cheveux coincés dedans qui correspondent à sa couleur, mais évidemment jusqu'à ce que nous puissions effectuer des vérifications ADN, je ne peux pas l'affirmer avec certitude. Si c'est *le sien*, il pourrait aussi y avoir des traces de son tueur.

Gavin jeta un dernier regard au maigre contenu des sacs.

— Je vais trouver quelqu'un en uniforme pour organiser l'équipe de recherche au plus vite.

Il quitta la tente et se dirigea vers le bord de la colline pour regarder le nombre croissant de personnes rassemblées au pied du chemin sinueux à travers le camping.

Alors que les gens commençaient à se réveiller et à entendre les nouvelles des festivaliers voisins, il pouvait sentir un malaise grandissant de là où il se tenait. Le silence de la scène était assourdissant, un courant sous-jacent malveillant et étouffé qui sous-tendait le parc.

Au-delà du chemin de terre qui menait à l'entrée et à la sortie du site, il apercevait une grande remorque pour chevaux, ses portes arrière ouvertes et le premier des quatre énormes animaux guidé le long de la rampe. Le harnachement brillait au soleil, et tandis qu'il observait, un cavalier portant l'insigne de la police du Kent et un gilet jaune vif haute visibilité fut aidé à monter en selle sur le cheval le plus proche.

Le processus se répéta jusqu'à ce que les quatre cavaliers soient en selle et commencent à se diriger vers la foule, qui s'écarta d'un seul mouvement pour laisser passer les bêtes.

— Il était temps, marmonna-t-il en remarquant un minibus qui s'arrêtait à côté de la remorque pour chevaux avant de déverser un flot constant d'agents en uniforme dans le parc.

Détachant son regard de ses collègues un instant, il se retourna vers le camping pour observer les centaines de tentes colorées qui couvraient l'herbe, et il soupira.

L'endroit était si vaste, si encombré de gens venus de tout le pays et au-delà, que c'en était bouleversant.

Comment diable allaient-ils trouver un tueur qui avait réussi à abandonner un corps au milieu d'un parc pendant un festival de musique sans que personne ne voie ou n'entende quoi que ce soit ?

CHAPITRE 6

Kay pouvait sentir l'énergie changer parmi les gens qu'elle croisait en se frayant un chemin entre les tentes avec Barnes, tandis que ses yeux scrutaient les stands de rafraîchissements de chaque côté de la large allée recouverte d'herbe.

Les tables commençaient à se remplir de personnes à la recherche de boissons chaudes caféinées – ou quelque chose de plus fort – pour bien commencer la journée, les conversations s'intensifiant à mesure que les rumeurs se propageaient.

Leurs regards furtifs étaient passés de curieux à accusateurs, et elle savait que s'ils ne fournissaient pas rapidement des réponses à la foule, les nouveaux arrivants au cordon de police auraient du pain sur la planche.

Son téléphone vibra dans sa poche, et elle se mordit la lèvre après avoir lu le message sur l'écran.

— Ian, attends, dit-elle en lui faisant signe de la rejoindre à l'une des quatre tables en forme de tonneau vides installées devant l'une des tentes-bars, à l'écart d'un groupe de buveurs matinaux.

Elle se glissa sous le rebord d'un parasol décoré du logo d'un brasseur local et sortit son téléphone.

— Il faut que je parle à Sharp. Donne-moi une seconde.

Il acquiesça, posa son coude sur la table et tourna le dos à l'entrée béante de la tente en ignorant délibérément l'arôme de houblon qui s'en échappait.

Son appel fut immédiatement pris.

— Kay, quelles sont les dernières nouvelles ?

— Merci pour les renforts, chef. Ils sont arrivés il y a dix minutes, dit-elle en baissant la voix alors que deux adolescents passaient bras dessus bras dessous, leurs rires insouciants contrastant avec les nouvelles qu'elle annonçait. Gavin m'a informée qu'il a contacté la salle des opérations pour coordonner le porte-à-porte dans les propriétés en bordure du parc et la collecte des images de vidéosurveillance pour tous les points de sortie qui auraient pu être utilisés par son meurtrier. Dès que Barnes et moi aurons parlé à la femme qui gère les bénévoles ici, nous retournerons au poste pour superviser l'enquête de là-bas. Mais, chef, ça devient tendu ici. Je pense qu'il faut faire cette annonce le plus tôt possible.

— On dirait que tu veux qu'on publie un communiqué de presse avec très peu d'informations, dit Sharp.

— Je pense que ce sera l'option la plus sage dans ces circonstances, chef. Il y a déjà des rumeurs qui circulent, et je préférerais qu'elles soient contenues le plus rapidement possible. Mieux vaut que nous contrôlions le récit, tu ne crois pas ?

Il réfléchit un moment à ses paroles, puis s'éclaircit la gorge.

— Très bien, nous allons envoyer quelque chose de basique à tous les médias dans les quinze prochaines minutes, pour indiquer qu'une femme a perdu la vie au festival. Nous allons dire que notre enquête se poursuit et demander à toute personne qui aurait des informations ou des inquiétudes d'appeler un numéro d'assistance téléphonique que nous avons déjà mis en place au quartier général. Ça te convient ? Je vais demander à l'équipe des relations médias de se coordonner avec les organisateurs du festival pour diffuser ça sur leurs réseaux sociaux également.

— Ce serait parfait, chef. Merci. Je te rappelle plus tard quand j'aurai plus à rapporter.

En baissant son téléphone, elle remarqua l'alerte de notification affichée sur son application de messagerie, son cœur se serrant à la vue du nombre de messages non lus, puis elle le rangea.

— Ok, Ian, allons-y.

Ils trouvèrent la tente d'administration en quelques instants. Un flot constant de bénévoles allait et venait par le côté ouvert, toute la paroi de toile étant roulée et attachée pour faciliter l'accès.

Kay montra sa carte professionnelle à un homme âgé aux cheveux blancs qui se tenait juste à l'intérieur pour rester à l'abri du soleil tout en distribuant des bouteilles d'eau à ceux qui en avaient besoin.

Il se redressa en réalisant qui ils étaient et pointa du doigt une femme avec une longue queue de cheval brune qui allait et venait entre les différents bénévoles, donnant des ordres d'une voix sèche.

— Attendez, dit-il alors qu'ils s'éloignaient. Comment vont Andrew et Susie ? Ils vont bien ?

— Aussi bien que possible dans ces circonstances, répondit Kay.

Une expression lugubre traversa son visage.

— Si j'avais su, je serais resté avec eux. J'étais dans l'armée, vous savez. En tant que médecin.

— Désolée, vous êtes ?

— Lewis.

Il pointa du pouce par-dessus son épaule vers une grande poubelle métallique pour déchets biologiques qui occupait un coin de la tente.

— Je suis responsable de ça, alors ils m'ont envoyé partout dans le parc ce matin pour ramasser les seringues et autres trucs que les autres bénévoles ont trouvés en nettoyant. Susie a trouvé une seringue juste avant...

Kay examina la poubelle.

— Je suppose que celle qu'elle a trouvée est déjà dedans.

— Oui, elle y est. Mais elle ne l'a pas trouvée près de... C'était à mi-chemin de la colline, juste à côté du sentier.

— Ok. Merci.

Elle se tourna vers Barnes.

— Il va falloir demander à Harriet de prendre cette poubelle.

— Je m'en occupe déjà, chef, murmura-t-il en sortant son téléphone. J'espère qu'elle ne tirera pas sur le messager.

Kay s'approcha de la femme responsable des

bénévoles qui transportait une pile considérable de paperasse vers une table en bois, son haut orange vif et sa jupe turquoise apportant une explosion de couleur dans la pénombre de la tente en toile.

— Excusez-moi, vous êtes Dana Schuldberg ?

Elle se présenta ainsi que Barnes qui les rejoignit, et esquissa un sourire compatissant.

— Je vois que vous êtes occupée, mais nous aurions besoin de vous parler.

— Pas de problème.

Dana poussa la pile de paperasse sur le côté et ajusta sa queue de cheval d'un geste expert. Son front se plissa en regardant Barnes sortir son carnet.

— Je m'en doutais.

— Depuis combien de temps travaillez-vous pour les organisateurs du festival ? demanda Kay.

— Environ quatre ans. Ils ne font pas que des festivals de musique, ils organisent toutes sortes d'événements en plein air pendant l'année, c'est pour ça que j'aime ça. Je peux voir toutes sortes de choses.

Kay regarda autour de la tente, observant la douzaine de personnes d'âges variés qui allaient et venaient avec différents équipements, des bloc-notes, tous pressés d'aller quelque part ou de faire quelque chose.

— Avez-vous vraiment l'occasion de voir quoi que ce soit ?

Dana sourit.

— Parfois. Au moins ici, je peux l'entendre.

Elle baissa la voix.

— Est-ce que c'est vrai qu'une femme a été assassinée ?

— La seule chose que je peux confirmer pour le moment est que le corps d'une femme a été découvert par deux de vos bénévoles ce matin. Nous ne pouvons pas encore nous prononcer sur la cause du décès.

Kay adressa un sourire complice à la femme.

— Et j'apprécierais que vous nous aidiez à contenir toute rumeur parmi les bénévoles pour le moment.

— Bien sûr. Que puis-je faire d'autre pour vous aider ?

— Nous allons avoir besoin d'une liste des noms de tous les bénévoles qui travaillent ici pendant le week-end, avec leurs coordonnées si vous les avez.

— Pas de problème. Vous avez une adresse e-mail ? Ce sera probablement plus facile, non ?

— Merci.

Kay lui tendit une carte de visite.

— D'où viennent vos bénévoles ?

— Certains postulent via le site web, comme l'ont fait Andrew et Susie. D'autres sont connus pour avoir aidé lors d'événements précédents, ces personnes ont la priorité car elles sont une valeur sûre, expliqua Dana. Ça signifie que nous passons moins de temps à les former si elles ont déjà de l'expérience. Nous ne prenons probablement que vingt à trente nouveaux bénévoles pour un événement de cette taille, le reste, comme Lewis là-bas, est avec nous depuis un moment.

— Quels types de tâches les bénévoles ont-ils effectuées ici ?

— À peu près tout ce que vous pouvez imaginer. Vérifier les billets aux entrées aux côtés du personnel de sécurité spécialisé, contrôler les sacs et les véhicules également. Il y a une politique stricte dans le cadre des règles de licence, donc seul l'alcool vendu sur place est autorisé.

Dana leva les yeux au ciel.

— Vous ne croiriez pas certains endroits où nous trouvons ce genre de choses. Des contrôles de drogue évidemment, même si cette année il y a un dispositif volontaire avec des bacs spéciaux disposés un peu partout où les gens peuvent jeter tout ce qu'ils ne veulent pas prendre. Ça s'est avéré efficace dans d'autres festivals à travers le pays, et nous avons déjà constaté une diminution des cas de premiers secours ces dernières vingt-quatre heures. Oh, et la crème solaire, nous avons des bénévoles qui se promènent avec des sachets de crème solaire gratuits. Et puis il y a le travail administratif en coulisses et l'aide apportée aux groupes pour aller et venir des scènes...

En écoutant, Kay ressentit une admiration débordante pour cette femme.

— On dirait que vous avez eu fort à faire. Est-ce que certains des bénévoles vous ont causé des problèmes ou suscité des inquiétudes ?

Dana secoua la tête.

— Aucun d'entre eux, non. Du moins, personne ne m'en a fait part.

— Ok, nous allons vous laisser continuer.

Kay pointa du doigt la carte de visite dans la main de la femme.

— Mais s'il vous plaît, envoyez-nous ces informations dès que possible.

Elle leva une main pour se protéger les yeux en guidant Barnes hors de la tente et dans la chaleur de la fin de matinée, et elle fronça les sourcils en voyant un flot constant de personnes se précipiter devant eux en direction de la scène principale.

— Ils ne vont quand même pas commencer la musique live ? murmura-t-elle en reculant d'un pas pour laisser passer les gens tandis que Barnes s'arrêtait net, le regard baissé sur son téléphone.

— J'en doute, chef. Regarde.

Il tourna l'écran vers elle.

— Ils ont mis à jour leurs réseaux sociaux pour annoncer qu'il y aura une déclaration à midi.

Kay consulta sa montre.

— C'est dans quinze minutes.

— Je pense que tout ce monde va être déçu.

Barnes observa un groupe de huit hommes en shorts et t-shirts tituber devant eux, agrippant des verres en plastique à moitié vides.

— Et il serait peut-être judicieux de fermer les buvettes avant qu'ils n'apprennent la mauvaise nouvelle.

CHAPITRE 7

L'enquêteuse Laura Hanway s'arrêta à la porte de la salle des opérations, le cœur battant alors qu'elle serrait contre sa poitrine une pile de dossiers.

Le commissariat de Palace Avenue avait évolué depuis ses origines au début des années 1900 et était devenu un patchwork de bâtiments ajoutés les uns aux autres au fil des années.

L'accueil ouvert au public cédait la place à une série de couloirs qui s'éloignaient de la rue animée et montaient sur plusieurs étages, dont un côté faisait face aux tribunaux de première instance de la ville.

Par-dessus son épaule, les bruits d'un commissariat de ville de comté affairé résonnaient contre les murs et dans la cage d'escalier – quelque part en bas, vers les cellules, une porte métallique claqua dans son encadrement, le bruit ricochant dans tout le bâtiment.

Devant elle, le spectacle d'une enquête pour meurtre en train de monter en puissance s'offrait à elle – une enquête pour meurtre qu'elle gérait maintenant jusqu'au retour de Kay et Barnes de Mote Park et leur prise de commandement.

Elle déglutit, le cœur battant.

Bien qu'elle fasse partie intégrante de l'équipe de Kay depuis quelques années maintenant, malgré son expérience dans un large éventail de crimes pendant cette période, elle n'avait – jusqu'à présent – jamais dirigé l'équipe elle-même.

Et ils comptaient tous sur elle pour leur indiquer une voie à suivre concise et claire.

Tout de suite.

La salle des opérations avait été créée en ouvrant une cloison entre deux salles de réunion, après que le bureau normal où elle travaillait avait été jugé trop petit pour l'enquête sur le meurtre en cours. Des ordinateurs et des écrans étaient installés à la hâte sur des bureaux qui disparaissaient rapidement sous les câbles serpentant sur leurs surfaces, tandis que des boîtes d'équipement gisaient éparpillées sur la moquette élimée.

— Tut tut.

Une agente en uniforme la poussa du coude, ses bras chargés d'une boîte de rames de papier sur laquelle elle avait équilibré un gobelet de café à emporter et un pot à crayons en plastique rempli de stylos de différentes couleurs. Elle posa le tout sur l'espace libre le plus proche, se retourna et haussa un sourcil vers Laura.

— Ça ne sert à rien de rester plantée là. Viens, cette équipe a besoin d'un leader et pour le moment, c'est toi.

Laura expira, puis força un sourire.

— Merci pour le rappel, Debs.

— Il nous manque trois membres du personnel administratif, mais c'est tout ce que tu auras.

L'agente Debbie West désigna le grand officier qui essuyait un tableau blanc en préparation du briefing initial, dos tourné à la pièce.

— Et Kyle est revenu du parc juste à temps pour te faire une mise à jour.

Sur ces mots, l'agente déplaça le gobelet de café et souleva la boîte de papier pour la porter vers une énorme imprimante et photocopieuse dans le coin éloigné, sa voix portant à travers la pièce alors qu'elle donnait des instructions aux membres juniors du personnel.

Laura réprima un sourire, sachant pertinemment que l'enquête était entre de bonnes mains avec Debbie comme officier des pièces à conviction. L'agente était bien versée dans les incidents majeurs et faisait partie intégrante de l'équipe de Kay bien avant que Laura n'ait rejoint le commissariat depuis son comté natal du Lancashire.

Examinant rapidement la disposition des bureaux, elle se précipita vers un groupe de quatre plus proches du tableau blanc et déposa les dossiers au milieu de l'un d'eux avant de rejoindre Kyle.

— Tu as fait vite, dit-elle.

— J'ai peut-être utilisé les gyrophares pour arriver ici.

— Vilain garçon.

Elle prit un marqueur pour tableau blanc et le lui tendit.

— Ok, dis-moi ce que tu peux. Mettons quelques actions ici pour nous lancer avant que la chef ne revienne.

— D'accord.

Il commença une liste à puces, en commençant par les faits connus sur la victime et ses blessures.

— J'ai téléchargé quelques photos et je les ai envoyées par e-mail à Debbie. Elle les aura dans HOLMES2 d'ici une demi-heure et nous en mettrons une ou deux ici pour que tout le monde puisse voir à quoi nous avons affaire. Barnes a appelé et dit que la femme qui est responsable des bénévoles nous enverra une liste par e-mail pour que nous puissions commencer à faire des vérifications d'antécédents, et une fois que les organisateurs du festival se seront suffisamment calmés, ils feront de même avec tous les détenteurs de billets.

— Les légaux, du moins.

Laura fronça les sourcils.

— Je ne sais pas ce que nous allons faire avec les ventes de seconde main qui ne sont pas passées par l'une des entreprises officielles.

— Il y aura des lacunes, c'est sûr.

— Qu'en est-il des enquêtes de porte-à-porte ?

— En cours.

Elle se retourna en entendant une voix familière pour voir Gavin se frayer un chemin entre les bureaux vers eux, une canette de boisson énergisante à la main.

— Combien d'officiers avons-nous pour ça ?

— Huit pour le moment, avec quatre autres en route. Aaron Stewart coordonne sur place, ils ont installé un poste de commandement hors de Willington Street, à l'écart des médias.

Gavin ouvrit la canette et prit une longue gorgée, réprima un rot puis grimaça.

— Et deux équipes de télévision de Londres sont

arrivées juste au moment où je partais. Kay n'avait pas l'air contente.

— Je parie.

— Les réseaux sociaux s'en donnent à cœur joie, dit Kyle. Il y a même un nouveau hashtag qui fait rage. J'espère que l'assurance des organisateurs est à jour.

— L'un d'eux parlait déjà aux assureurs quand je suis parti. Il semblait plus stressé par la logistique de fermer le festival plus tôt et de faire sortir tout le monde du parc en toute sécurité que par le fait que nous ayons une enquête pour meurtre en cours. Au moins avec la main-d'œuvre supplémentaire là-bas, ça devrait se passer relativement en douceur.

Gavin vida le reste de la boisson et jeta la canette dans la poubelle la plus proche avant de se tourner vers le tableau.

— J'ai reçu un texto de Harriet quand je me suis garé ici, elle nous donnera un rapport préliminaire mardi après-midi au plus tôt, alors quel est ton plan d'action pour nous ce week-end, Hanway ?

Laura examina les lettres majuscules soignées des notes à puces de Kyle et prit quelques secondes pour rassembler ses pensées.

— Avec les enquêtes de porte-à-porte en cours, nous ne pourrons rien faire là-bas jusqu'à ce que nous ayons des retours des agents en uniforme. Je suppose que les enquêtes de porte-à-porte incluront des demandes de séquences de caméras de sonnette et de sécurité aux résidents ? Au moins, nous pourrons vérifier si quelqu'un agissait de manière suspecte autour du périmètre.

— Oui, ce sera le cas, dit Gavin. J'ai aussi demandé à

Aaron de s'assurer que son équipe parle à toutes les entreprises le long de ces routes pendant qu'ils font leur tour. Il y a beaucoup de petites entreprises gérées depuis des domiciles qui pourraient avoir des images supplémentaires, ou des personnes travaillant de nuit qui auraient pu voir quelque chose.

— Parfait, alors mettons une autre équipe sur les plus grands établissements et commençons dès que possible.

Laura attendit que Kyle ajoute l'action au tableau.

— Dès que Debbie aura installé son ordinateur, je lui demanderai d'ajouter ces tâches à HOLMES2 pour qu'on puisse suivre l'avancement. Quelqu'un a-t-il des nouvelles de Lucas ou Simon concernant une date pour l'autopsie ?

— Lundi, à onze heures, répondit Gavin. Simon a appelé Kay juste avant que je parte. Elle a dit qu'elle irait avec Barnes après le briefing ce matin-là.

Laura se mordit la lèvre un instant.

— Est-ce qu'il a dit s'il allait réussir à trouver un odontologiste médico-légal dans un délai aussi court ? Si notre victime n'a plus ses empreintes digitales et qu'on ne trouve pas d'identité, on va dépendre des dossiers dentaires, non ?

— Il n'en a pas parlé, mais connaissant Lucas, il est probablement déjà au téléphone en train de harceler quelqu'un pour qu'il soit disponible.

— C'est vrai. Bon, il n'y a pas grand-chose d'autre qu'on puisse faire là-dessus jusqu'à ce qu'on ait les résultats de l'autopsie, alors...

— Juste une idée, mais qu'en est-il de l'équipe de recherche spécialisée ? suggéra Kyle. Est-ce que quelqu'un les a déjà appelés ? Je veux dire, le tueur a peut-être jeté des preuves dans le lac ou dans l'un des ruisseaux qui traversent le parc.

L'estomac de Laura se retourna.

— Merde, non...

— Ce n'est pas grave, je vais les appeler et organiser ça, dit Gavin gentiment. Tu ne peux pas penser à tout. Rappelle-toi, nous sommes une équipe, ok ?

Il sortait déjà son téléphone et se détournait avant qu'elle puisse le remercier, mais elle adressa un sourire reconnaissant à Kyle.

— Je pense que tu vas réussir tes examens d'enquêteur haut la main.

CHAPITRE 8

Barnes faisait tinter ses clés d'une main à l'autre avant de pointer la clé vers la voiture, les feux d'allumage clignotant une fois.

— On retourne à la salle des opérations, alors ?

Kay observa les files de voitures qui attendaient pour quitter le parc, chaque véhicule arrêté à la sortie par un agent en uniforme afin que les coordonnées puissent être prises et vérifiées par rapport aux ventes de billets.

La patience de certains festivaliers plus éméchés s'était émoussée, expirant une fois que la nouvelle de l'annulation de tous les concerts à venir s'était répandue, malgré les circonstances. D'autres essayaient de donner des conseils stoïques, tentant de désamorcer toute conversation qui tournait à l'accusation tout en avançant lentement dans les trois files serpentines qui s'étaient formées aux sorties piétonnes.

Tout autour d'elle, les tentes étaient démontées et rangées, les sacs à dos remplis de vêtements et de souvenirs et de tout ce que les participants avaient pu se procurer au cours des dernières vingt-quatre heures, tandis que les tenanciers de stands arrachaient les panneaux et les décorations de leurs emplacements tout en réfléchissant à combien les assureurs de l'organisateur du festival allaient les payer.

Et chaque personne devait être comptabilisée.

Les heures de travail nécessaires pour traiter les informations qui en résulteraient utiliseraient toutes leurs ressources.

Elle se frotta la tempe.

— Non, faisons un tour vers la sortie de Willington Street pour voir comment Aaron s'en sort avec ces enquêtes de porte-à-porte. Je veux avoir une idée de notre progression là-bas avant de rentrer.

Elle ouvrit la portière, monta dans la voiture, et attacha sa ceinture avant de réaliser que Barnes ne l'avait pas rejointe.

Il était toujours debout à l'extérieur, le dos tourné au véhicule.

— Ian ? On y va ou quoi ? appela-t-elle.

Un instant passa, puis il ouvrit sa portière et jeta un coup d'œil vers elle, son téléphone portable à la main.

— Changement de plan, chef. L'équipe de recherche spécialisée vient d'arriver.

— Merde, le lac.

Kay se précipita pour le rejoindre, leurs pas pressés alors qu'ils empruntaient le sentier bien tracé jusqu'en haut de la colline, puis elle prit la fourche à gauche pour le suivre jusqu'au lac ornemental qui longeait les franges nord du parc.

Les pédalos en forme de cygne, qui remplissaient

normalement le plan d'eau pendant la journée, étaient tous amarrés contre un long ponton en bois de l'autre côté, et la cabane qui abritait le guichet de la société de location avait son rideau métallique bien baissé.

Deux agents en uniforme marchaient le long de la berge au-delà du ponton, et s'arrêtèrent pour parler à une paire de pêcheurs et les renvoyer avant de continuer leur patrouille.

Et puis elle vit le Land Rover familier aux couleurs de la police du Kent de la flotte de l'unité de recherche spécialisée, avec sa carrosserie couverte d'une gamme d'antennes, de galeries de toit et de boîtes d'équipement.

— Laura a dit au téléphone qu'ils ont une deuxième équipe disponible si nécessaire, dit Barnes en desserrant sa cravate alors qu'ils commençaient la courte descente de la colline. Étant donné tous les ruisseaux qui mènent au lac et bordent le parc, ce serait peut-être une bonne idée...

— C'est vrai. Voyons ce qu'ils en disent. Je me laisserai guider par eux plutôt que d'essayer de leur dire comment faire leur travail.

Son collègue acquiesça d'un signe de tête alors qu'ils s'approchaient, et le regard de Kay repéra rapidement un homme baraqué d'une quarantaine d'années qu'elle reconnut d'un séminaire sur l'unité de recherche qui avait eu lieu au quartier général l'année précédente.

— Terry, merci d'être venu si rapidement, dit-elle en guise de salutation.

Il se retourna, remontant la fermeture éclair d'une combinaison en néoprène qui couvrait sa masse des chevilles au cou et il fit un léger signe de tête, puis regarda Barnes.

— Ian, voici le sergent Terry Clybourne de Gravesend, dit-elle. Quel est le plan ici ?

Le chef de l'unité de recherche pointa du pouce par-dessus son épaule vers l'endroit où deux collègues déchargeaient une caisse cubique renforcée de l'arrière du Land Rover avant de la poser au sol.

— Nous allons d'abord envoyer le drone, pour examiner les zones peu profondes de l'eau et voir si nous repérons quelque chose d'évident. Après cela, ce sera une recherche en quadrillage, j'en ai peur.

Le cœur de Kay s'affaissa malgré la connaissance que les procédures devaient être suivies. Il n'y avait pas de moyen rapide d'enquêter sur une si grande étendue d'eau, pas sans risquer de passer à côté de preuves vitales.

— Ok, juste pour que vous le sachiez, la seule information que nous avons du médecin légiste du quartier général pour l'instant est que les bouts des doigts de notre victime ont été enlevés, par quoi, ce n'est pas clair, donc—

— Nous allons garder toutes les options ouvertes.

Terry hocha la tête et fit signe à un deuxième homme qui portait une combinaison de plongée et qui enfilait maintenant d'épais gants de protection.

— Donc nous ne chercherons pas seulement des couteaux, nous considérerons tout objet tranchant. Tu as entendu ça, Michael ?

L'autre homme leva le pouce en réponse, puis regarda à travers le lac vers la pente du chemin.

— Où est-ce qu'elle a été trouvée exactement là-haut ?

— Plus loin sur la gauche, répondit Kay. Vous voyez

cette ligne d'arbres ? Il y a un massif de ronces à environ quatre cents mètres.

L'attention de Terry se porta sur son collègue.

— Il vaut mieux qu'on commence de ce côté-là, et qu'on suive le même itinéraire que le chemin qui descend la colline. Si son tueur a paniqué et a quitté le parc par ici, il a peut-être jeté ce qu'il avait utilisé en passant.

— Ça me semble bien.

Michael se retourna pour vérifier l'équipement de plongée.

Kay regarda un moment le drone s'élever dans les airs, l'opérateur manipulant l'unité de contrôle radio pour atteindre la meilleure altitude pour la recherche, puis elle jeta un coup d'œil à Terry.

— Vous allez me détester pour avoir posé cette question, mais combien—

— De temps ?

Il lui adressa un sourire contrit.

— Le temps qu'il faudra. Nous serons là toute la journée, ça, je n'en doute pas. Même si nous trouvons quelque chose qui pourrait aider votre enquête, nous devons continuer à fouiller toute la zone pour exclure tout autre objet.

— Je comprends. Nous allons vous laisser travailler. Pourriez-vous m'appeler plus tard avec une mise à jour ? J'ai besoin de faire avancer les choses.

— Je n'y manquerai pas. Je vous tiendrai au courant.

Kay ouvrit la marche le long du chemin, la beauté du soleil qui scintillait sur l'eau lui échappant alors que l'ampleur de l'enquête s'infiltrait dans ses os.

Le cœur lourd, sachant qu'elle ferait tout son possible

pour fournir des réponses à la famille de la victime et traduire son meurtrier en justice, elle remonta la colline d'un pas lourd vers la voiture, la mâchoire serrée.

— Tu vas fournir une autre mise à jour à Sharp en chemin ? demanda Barnes en s'installant derrière le volant avant d'insérer la voiture dans la file serpentine de véhicules qui se déplaçaient lentement.

— Pas encore, non.

Elle soupira.

— J'aimerais avoir plus que la promesse d'une liste de noms avant d'avoir cette conversation.

CHAPITRE 9

Le niveau d'adrénaline de Kay monta encore d'un cran lorsqu'elle entra dans la salle des opérations.

L'équipe s'était agrandie de façon exponentielle pendant les heures qu'elle avait passées à Mote Park, les visages habituels étant rejoints par du personnel administratif et en uniforme venu de toute la région.

Le niveau sonore était encore celui d'une enquête naissante, les gens se présentant les uns aux autres, se regroupant en petits groupes pour se concentrer sur l'un ou l'autre des nombreux fils d'enquête qui se formaient, et gérant la myriade d'appels téléphoniques qui filtraient du quartier général.

Déjà, l'odeur de divers déjeuners tardifs et de collations sucrées emplissait la pièce, mais personne ne leva les yeux de son bureau lorsqu'elle passa, leur attention focalisée sur leurs écrans d'ordinateur ou leurs téléphones.

— Chefs, tenez.

Debbie West la rattrapa à mi-chemin et lui tendit une

tasse de café fumante avant d'en donner une autre à Barnes.

— Il y a aussi des sandwichs au fromage et au piccalilli sur vos bureaux, de la sandwicherie du coin. Je me suis dit que vous n'auriez probablement pas eu le temps de manger.

— Debs, tu es un ange, dit Barnes.

Kay prit une gorgée prudente et ferma les yeux tandis que la caféine caressait sa langue.

— Oh mon Dieu, j'en avais besoin. Merci.

L'agente sourit, puis balaya d'un geste les officiers rassemblés.

— Tout le monde est opérationnel avec un accès à HOLMES2, nous avons installé des téléphones supplémentaires sur ces quatre bureaux là-bas, prêts pour quand le quartier général nous transférera la ligne d'assistance lundi, et j'attends des nouvelles du service informatique pour faire apporter l'imprimante de notre salle habituelle ici. Je pense que nous allons en avoir besoin.

Une partie de la tension commença à s'atténuer des épaules de Kay tandis qu'elle écoutait, sachant que le côté administratif de l'enquête était entre de bonnes mains, ce qui signifiait qu'elle avait moins de tâches à gérer.

Elle traversa jusqu'à l'endroit où Gavin et Laura étaient assis, le téléphone à l'oreille, et elle prit un moment pour déballer le sandwich et écouter leurs conversations tout en mâchant.

Le plus âgé des deux enquêteurs s'appuyait sur le bureau en travaillant, son carnet ouvert tandis que son stylo griffonnait sur la page, le front plissé.

La voix de Laura n'était guère plus qu'un murmure, mais il semblait qu'elle parlait à quelqu'un qui connaissait l'une des chaînes locales de stations-service.

Ils terminèrent simultanément, et Kay jeta l'emballage du sandwich dans la poubelle avant de s'essuyer les mains.

— Ok, vous deux, faisons un bref compte rendu avec le reste de l'équipe et vous pourrez nous faire une mise à jour en même temps pour éviter de vous répéter.

Elle ouvrit la marche vers le tableau blanc, suivie d'un flot constant d'officiers et d'assistants administratifs. Elle se tourna vers le groupe rassemblé et s'éclaircit la gorge.

— Pour ceux d'entre vous qui n'ont pas travaillé avec moi auparavant, je suis l'inspectrice principale Kay Hunter. Je suis responsable pour cette affaire de meurtre, avec l'inspecteur Ian Barnes comme adjoint. Les enquêteurs Gavin Piper et Laura Hanway sont également des points de contact pendant cette période.

Elle fit une pause pour prendre une gorgée de café, se promettant d'aller chercher une bouteille d'eau au distributeur en bas avant de se déshydrater dans la chaleur estivale.

— L'agente Debbie West sera responsable des pièces à conviction et son équipe est également chargée de tenir à jour la base de données HOLMES2. Si vous avez des questions techniques ou d'autres problèmes, adressez-vous d'abord à Debbie. Bien, passons aux dernières mises à jour, s'il vous plaît.

— Les dames d'abord, dit Gavin.

— Nous devrions avoir les vidéos de surveillance de trois garages appartenant à cette chaîne sur l'A20 en direction de Bearsted d'ici lundi matin, dit Laura. Ils ne peuvent pas nous les fournir plus tôt car les enregistrements sont envoyés au siège et fonctionnent sur un système rotatif, donc tout ce qui date de la nuit dernière aura déjà été téléchargé. J'ai eu plus de chance avec les deux petites stations plus près du parc, l'un des gérants sera là demain donc je pourrai aller lui parler, et l'autre rend son système disponible immédiatement, donc j'ai envoyé Kyle y jeter un coup d'œil.

— Bon travail.

Kay se tourna vers Gavin.

— Au suivant.

— Je viens de parler avec l'un des propriétaires d'entreprise qui a un local dans la zone de Turkey Mill, certains de ces locaux donnent sur le parc donc je les contacte un par un pour demander les images des caméras de sécurité au cas où le tueur se serait échappé par là pour rejoindre l'A20.

— Du nouveau ?

— Pas encore, mais je vais y aller dès lundi matin pour parler aux autres propriétaires d'entreprises quand ils arriveront pour leur demander la même chose.

— Reste sur le coup, Gav, c'est une bonne théorie. Qui s'occupe de la base de données des personnes disparues ?

— C'est moi, chef, répondit Laura. Je me suis limitée à la région du Kent pour l'instant. Si nous ne trouvons personne qui correspond à notre victime, j'élargirai la recherche.

Kay mit à jour les notes sur le tableau blanc, reboucha le feutre et fit de nouveau face à son équipe.

— Il n'y a pas grand-chose de plus que nous puissions

faire aujourd'hui étant donné que nous attendons tant d'informations des enquêtes de porte-à-porte et de nos experts, donc si votre travail en est à un point où vous pouvez partir après ce briefing, faites-le. Mais je veux que vous soyez tous de retour ici à huit heures précises demain. Nous allons avoir de longues journées dans les semaines à venir, mais nous devons à notre victime et à ses amis et sa famille de travailler aussi consciencieusement que possible et de traduire son meurtrier en justice. Je ne me reposerai pas tant que nous n'y serons pas parvenus, c'est compris ?

Elle regarda chaque membre de son équipe tour à tour tandis que des murmures d'approbation filtraient parmi les officiers rassemblés.

— Très bien, c'est suffisant pour aujourd'hui. Allez-y.

CHAPITRE 10

L'horizon était teinté de roses pâles et d'orange lorsque la voiture de Kay crissa sur l'allée de gravier de sa maison.

Elle resta un moment assise après avoir coupé le contact, à écouter le moteur qui refroidissait en cliquetant tandis que ses pensées se calmaient.

Une fatigue s'infiltra dans sa poitrine et ses épaules. Elle ferma les yeux, roula le cou et entendit un *crac* satisfaisant lorsqu'un muscle se contracta, puis elle sortit de la voiture, l'estomac gargouillant.

Le doux parfum du jasmin flottait depuis un arbuste qui débordait rapidement du grand pot en bois près de la porte d'entrée, créant un mélange enivrant avec la lavande qui remplissait les bordures de fleurs.

Un bourdon passa en bourdonnant, son attention focalisée sur un grand fuchsia qui pendait au-dessus de la clôture basse du jardin voisin. Il s'y posa avec l'enthousiasme d'un enfant sur un château gonflable.

Kay pointa la clé électronique par-dessus son épaule vers la voiture, puis enfonça une clé dans la serrure de la porte d'entrée et pénétra dans un couloir rafraîchi par une délicieuse brise émanant de la porte de derrière de la cuisine.

Au loin, elle entendait un sifflement et, voyant une paire de sandales jetées négligemment à côté du paillasson de l'entrée, elle sourit.

Adam Turner, son compagnon, avait pris son week-end – une rare occurrence, mais qu'il pouvait désormais se permettre maintenant que sa clinique vétérinaire très fréquentée était pleinement dotée en personnel.

Fermant la porte d'entrée, elle retira le magazine local gratuit de la fente de la boîte aux lettres et enleva ses chaussures à côté des sandales d'Adam, puis se dirigea vers la cuisine.

Par habitude, son regard balaya les surfaces de travail et le carrelage, à la recherche du moindre indice qu'Adam aurait ramené l'un de ses patients à la maison.

Ne voyant rien, elle renifla l'air, puis plissa les yeux lorsqu'elle aperçut un mouvement par la porte de derrière ouverte et entendit le son rythmique de coups de marteau.

— Qu'est-ce que tu fabriques, Turner ? murmura-t-elle.

Quatre mois plus tôt, la vieille dame qui possédait la propriété adjacente à la leur avait été placée par sa famille dans une maison de retraite. Le fils et la fille de la femme avaient décidé de vendre la propriété, mais pas avant d'avoir approché Kay et Adam pour voir s'ils seraient intéressés par l'achat d'une partie du terrain attenant à la maison.

Kay n'avait jamais vraiment prêté attention aux arbres qu'elle voyait au-dessus de la clôture depuis son jardin, supposant que le propriétaire avait simplement quelques vieux arbres fruitiers qui fleurissaient chaque année et fournissaient un écran d'intimité pratique entre les deux propriétés.

À sa grande surprise, une fois qu'elle et Adam eurent accepté l'invitation de la famille et se furent aventurés pour jeter un coup d'œil, ils avaient découvert qu'il y avait un quart d'hectare de verger établi au-delà de la clôture – un terrain idéal pour un projet immobilier s'ils ne voulaient pas l'acheter.

S'en étaient suivies quelques semaines frénétiques, au cours desquelles ils avaient rencontré des comptables, des conseillers en prêts hypothécaires et des notaires, mais ils étaient finalement parvenus à convenir d'un prix avec la famille et, depuis deux mois, ils consacraient chaque moment libre à cette parcelle de terrain.

Après avoir retiré la clôture qui séparait leur jardin du verger, Kay et Adam avaient passé des heures épuisantes à enlever les arbres pourris, à déterrer les souches et à s'occuper d'un terrain laissé à l'état sauvage pendant près d'une décennie.

Ils disposaient maintenant d'un endroit qui était rapidement devenu un havre de paix le soir, un lieu pour se détendre et décompresser après une journée de travail.

Kay enfila une paire de tongs et alla chercher deux bouteilles de bière dans le réfrigérateur avant de traverser la pelouse et de franchir un mince pont en bois qui enjambait un petit ruisseau séparant les propriétés d'origine. Elle jeta un coup d'œil en passant, grimaça devant le manque d'eau, et se fit une note mentale de remplir les gamelles d'eau dispersées autour du jardin près de la maison pour les hérissons et autres animaux sauvages.

Arrivée au verger, elle se dirigea vers une table et deux chaises en fer forgé installées sous les branches d'un pommier trentenaire chargé de la promesse de fruits automnaux et elle y déposa les bières avant de chercher la source du sifflement d'Adam.

Elle le trouva au-delà d'un bosquet de bambous touffus qu'ils avaient plantés comme écran temporaire entre le verger et leur maison en attendant que les nouveaux arbres qu'ils avaient plantés prennent racine.

Un maillet en main, il enfonçait un poteau de clôture – l'un des huit qui délimitaient un rectangle occupant la moitié du terrain qu'ils avaient défriché.

— C'est pour quoi ? demanda-t-elle en attendant qu'il fasse une pause pour essuyer son front avec l'ourlet de son t-shirt. Des poules ?

Adam sourit.

— Non. Je me suis dit qu'en attendant de décider quoi faire de cette partie, je pourrais l'utiliser comme débordement temporaire pour les patients occasionnels. Pas ceux qui sont vraiment malades, juste ceux qui pourraient avoir besoin d'être surveillés ou d'un régime spécial pendant quelques jours, ce genre de choses. Je pourrais avoir un invité qui a besoin d'un foyer pour quelques jours cette semaine, j'attends juste que Scott me dise si ça se fera ou pas.

Il la serra dans ses bras moites pour l'embrasser, et elle s'écarta en riant.

— Tu as besoin d'une douche. Viens, j'ai apporté de la bière, viens la boire avant qu'elle ne se réchauffe.

— Quelle douce musique à l'oreille d'un homme.

Il laissa tomber le maillet au sol à côté d'un sac de ciment et d'une pelle.

— J'attendrai demain matin pour fixer les traverses et les piquets.

— Pas trop tôt, sinon les voisins vont t'en vouloir s'ils entendent un pistolet à clous avant neuf heures, dit-elle. Tu sais comment il peut être.

— Kevin ne dira rien. Il veut que je lui donne un coup de main la semaine prochaine avec ce panneau de clôture cassé de son côté de toute façon.

Il la suivit jusqu'à la table et aux chaises, s'affaissant dans l'une d'elles pour retirer ses bottes de travail avec un soupir.

— Est-ce que j'ose demander comment s'est passée ta journée ?

Kay but une longue gorgée de bière avant de répondre.

— On ne sait pas qui elle est, Adam. Celui qui l'a tuée a enlevé ses empreintes digitales, et on a tellement d'informations à trier que c'est presque pire que de n'avoir aucune information du tout.

— Bon sang.

Il tendit la main et saisit la sienne, caressant le dos de ses doigts avec son pouce.

— J'ai vu sur les réseaux sociaux qu'ils ont fermé le festival.

— Il le fallait bien. Sans parler du fait que la moitié du parc est maintenant une scène de crime active, ça aurait été de très mauvais goût de continuer dans ces circonstances.

Elle fronça le nez.

— Malgré ce que le manager de la tête d'affiche a pu en dire.

— Sharp s'en mêle ?

— Le quartier général se tient à l'écart pour le moment, Dieu merci. Mis à part la mise à disposition des effectifs supplémentaires dont nous avions besoin aujourd'hui et un service d'assistance téléphonique pour toute piste éventuelle. Que cela reste le cas dans quelques jours dépendra de la capacité de Lucas ou Harriet à nous apporter des réponses.

Adam se tortilla sur son siège et extirpa son téléphone portable de la poche arrière de son short.

— Tu as l'air épuisée. Je vais nous commander à emporter plutôt que de cuisiner ce soir. J'ai l'impression que tu vas t'endormir avant que ce soit prêt sinon.

— Je ne vais pas si mal, vraiment. Je vais bien...

Kay s'interrompit alors qu'un énorme bâillement la saisissait.

Adam rit.

— Heureusement que tu es détective et pas criminelle, parce que tu mens vraiment mal.

CHAPITRE 11

Ian Barnes détacha son téléphone portable de son support magnétique sur la grille d'aération du tableau de bord, le glissa dans la poche de sa chemise et ouvrit la portière de la voiture dans une autre matinée d'été brûlante.

Il n'était que sept heures trente, mais déjà une humidité collait à l'air, l'immobilité accentuée par les tons feutrés d'un dimanche matin endormi dans la ville du comté.

La dernière boîte de nuit avait expulsé ses clients à peine plus d'une heure plus tôt, et pendant un instant, il savoura le calme qui n'était interrompu que par le cri d'une mouette qui décrivait des arcs et des cercles au-dessus de lui.

Prenant une profonde inspiration, il redressa les épaules et se dirigea vers la porte arrière du commissariat, passa sa carte de sécurité et entendit un *clic* métallique avant de pousser pour entrer dans un large couloir.

Il avait été peint d'une couleur beige parfaitement neutre six ans auparavant, et montrait les éraflures et les égratignures des années intermédiaires alors que les gens étaient escortés le long de celui-ci vers le quartier de détention ou se dirigeaient vers les vestiaires à sa droite avant de commencer un autre quart de travail.

À sa gauche, le couloir s'inclinait vers les cellules, les murs couverts de diverses affiches qui fournissaient des informations sur les lignes d'assistance, les centres de crise et la santé et la sécurité, tandis que devant lui, le passage faisait un coude devant un escalier et menait à la zone d'accueil du public.

Il monta les escaliers, la rampe dégageant encore une odeur de produits chimiques suite au passage des employés de ménage dans la station la nuit précédente. Arrivé au deuxième étage, il se dirigea vers la salle des opérations.

Quelqu'un avait déjà allumé la machine à café, et l'odeur de caféine fraîche flottait dans l'air vers lui alors que la porte se refermait dans son sillage. L'imprimante bourdonnait dans le coin, crachant page après page d'un rapport qui semblait ne jamais finir.

Un sourire se forma lorsqu'il aperçut une figure familière assise devant son ordinateur, les doigts en train de frapper le clavier tandis qu'elle fixait l'écran.

— Bonjour, chef, dit-il en jetant son sac à dos sous son bureau et en se connectant. Tu veux nous rendre honteux comme d'habitude ?

Kay regarda par-dessus son écran, lui lança un sourire sardonique, et reporta son attention sur son travail.

— J'essaie juste de prendre de l'avance sur certains de ces e-mails. Je gagnais la bataille jusqu'à ce qu'on reçoive l'appel hier quand notre victime a été trouvée.

— Je comprends.

Il s'appuya sur son bureau du coude et réfléchit à la

liste des nouveaux messages qui étaient apparus pendant la nuit en son absence.

— À ton avis, quelle partie de notre charge de travail allons-nous pouvoir déléguer pour nous concentrer sur cette affaire ?

— De la façon dont les choses se passent, probablement aucune, ce qui signifie que nous allons devoir nous assurer de répartir soigneusement notre travail pour gérer cette équipe, Ian.

Elle jeta un coup d'œil par-dessus son épaule vers la porte fermée, puis revint vers lui.

— Que penses-tu de Kyle ? Tu es satisfait de ses progrès jusqu'à présent ?

Barnes hocha la tête.

— C'est lui qui a fait appel à l'équipe de recherche de Terry pour le lac hier. Il sait bien écouter, et il connaît les procédures sur le bout des doigts. C'est juste le manque d'expérience sur le terrain en ce qui concerne les affaires comme celle-ci pour le moment. Avec ses compétences, nous savons tous les deux qu'il va passer ses examens d'enquêteur sans problème.

— Oui, c'est exactement ce que je pensais.

Elle tambourina des doigts sur le bureau pendant un moment.

— Et sa santé globale ? Tu as des inquiétudes à ce sujet ?

— Non. J'ai eu une conversation en privé avec lui il y a quelques semaines juste pour vérifier, mais il m'a alors assuré que tout allait bien et je n'ai rien vu qui me donne des raisons de m'inquiéter. Et toi ?

— Non, et je suis sûre que ses évaluations

psychologiques se sont terminées il y a quelques mois. Le service du personnel ne m'a pas non plus signalé de problèmes.

Aucun d'eux ne l'exprima, mais Barnes ressentit un pincement au cœur au souvenir d'un autre jeune officier abattu dans l'exercice de ses fonctions, sa présence dans l'équipe cruellement manquante – surtout maintenant, au milieu d'une enquête active pour meurtre.

— Ok, bien.

L'attention de Kay se reporta sur son écran.

— Dans ce cas, nous allons lui faire diriger une petite équipe sur cette affaire et voir comment il s'en sort. Mais si tu remarques quoi que ce soit qui t'inquiète, tu me le dis immédiatement, c'est compris ?

— Compris.

Il regarda par-dessus son épaule alors que la porte s'ouvrait et qu'un flot régulier d'officiers entrait dans la pièce, le niveau de bruit augmentant à mesure qu'ils se dispersaient rapidement parmi les bureaux et que l'enquête reprenait de plus belle.

— Et c'est reparti.

— Donne-moi cinq minutes et on commence le briefing, dit-elle.

Barnes leva la main en signe de salut lorsque Gavin et Laura les rejoignirent, le duo déjà en train de se chamailler de bon cœur en s'installant.

— Honnêtement, vous deux, on dirait parfois un vieux couple marié, dit-il en riant.

Gavin sourit.

— C'est ce que Leanne a dit la dernière fois qu'on est sortis tous ensemble.

— Des nouvelles de la recherche dans le lac, chef ? demanda Laura en posant un gobelet de café à emporter à côté de son ordinateur avant d'attacher ses cheveux. Ils y étaient encore à neuf heures hier soir, une de mes amies les a vus quand elle est sortie courir.

Kay leva les yeux.

— Elle a couru dans le parc ?

— Non, c'était encore fermé au public. Elle a couru le long d'une des rues adjacentes et les a vus travailler.

— Eh bien, rien n'est encore arrivé dans les e-mails.

L'inspectrice principale repoussa sa chaise.

— Bon, il semble que tout le monde soit là, alors commençons, d'accord ?

Barnes fit pivoter sa chaise pour faire face au tableau blanc tandis que Kay s'en approchait, suivie d'une bousculade polie d'officiers et d'assistants administratifs qui formaient un demi-cercle lâche et se disputaient les meilleures places.

— Chef, voici les dernières informations de HOLMES2, dit Debbie en lui tendant un ordre du jour avant d'en distribuer des copies à ses collègues. Et je viens d'avoir un appel de Terry Clybourne. Ils ont terminé la recherche aquatique il y a une heure et il dit qu'il passera sur le chemin du retour vers Gravesend.

— Ok, merci.

Kay parcourut la page du regard avant de la mettre de côté.

— En attendant cette mise à jour de Terry, comment se sont passées les enquêtes de porte-à-porte hier, Aaron ?

Le sergent en uniforme s'avança à l'avant de la pièce et éleva la voix pour se faire entendre.

— Nous avons terminé la première tournée de porte-à-porte hier soir à dix-neuf heures. Cela ne tient pas compte des absents, et dans certains cas, les voisins nous ont informés que les résidents étaient partis pour le week-end ou plus longtemps. Nous avons une liste séparée de ceux avec qui nous devrons faire un suivi à leur retour pour leur demander de vérifier leur jardin à la recherche d'activités suspectes, en particulier pour les propriétés qui donnent directement sur le parc. Pour l'instant, nous n'avons reçu aucune information qui pourrait être liée à notre victime, même si nous allons examiner toutes les déclarations au cours des prochains jours pour vérifier.

— Merci, Aaron. Laura, combien d'agents travaillent sur la base de données des personnes disparues en ce moment ?

— Trois, chef, plus moi. Nous avons quelques centaines de noms à examiner, mais je te ferai un point dès que possible.

— D'accord.

Kay parcourut la salle du regard jusqu'à ce qu'elle trouve Gavin.

— Qu'en est-il de la vidéosurveillance ? Où en sommes-nous ?

— Nous ne pourrons pas accéder aux caméras de la ville avant qu'ils ne reprennent le travail demain, chef, mais nous avons commencé à recevoir des fichiers de certains résidents à qui l'équipe d'Aaron a parlé hier.

L'enquêteur grimaça.

— J'ai mis quatre agents dessus, mais à ce rythme, ça va prendre un certain temps pour tout passer en revue.

— Compris. Fais de ton mieux avec ce que tu as, Gav,

parce que nous n'aurons pas de renforts dans un avenir proche, et—

Barnes se retourna au son de pas lourds qui s'approchaient du groupe pour voir Terry Clybourne avancer vers eux, une boîte d'archives débordant de sacs à preuves dans ses bras, puis il jeta un coup d'œil par-dessus son épaule pour voir les yeux de Kay s'écarquiller à cette vue.

— Bon sang, Terry, parvint-elle à dire. Ne me dites pas que vous avez sorti tout ça du lac ?

Le chef de l'équipe de recherche haussa les épaules d'un air penaud en déposant la boîte sur le bureau à côté de Laura et fit un pas en arrière.

— Quatorze couteaux, trois pistolets, je vais informer l'équipe des crimes majeurs à Gravesend, et ce qui ressemble à une épée de cérémonie du début du vingtième siècle.

— Et tout devra être testé pour trouver des traces du sang de notre victime, murmura Kay en fouillant dans les sacs.

Barnes soupira.

— On va être sur la liste noire de Harriet pendant longtemps après lui avoir envoyé tout ça, n'est-ce pas ?

CHAPITRE 12

Kay raccrocha le téléphone de son bureau et jura à voix basse, la poitrine serrée.

Elle jeta un coup d'œil par-dessus son écran d'ordinateur pour voir le visage de Barnes plissé de concentration, la bouche tournée vers le bas. Derrière lui, la salle des opérations bourdonnait d'activité, le briefing s'étant terminé trente minutes plus tôt avec le départ de Terry. Debbie travaillait actuellement avec l'un des assistants administratifs pour enregistrer chaque sac de preuves dans HOLMES2 avant qu'ils ne soient envoyés au laboratoire de Harriet.

Un téléphone portable sonna sur sa droite, suivi de près par un autre, puis une cascade de bips et de sonneries remplit la salle des opérations, ses collègues interrompant leur travail en réponse alors que, un par un, leurs têtes s'inclinaient vers leurs écrans de téléphone.

Elle baissa les yeux lorsque son propre portable émit un bourdonnement sourd et vit s'afficher une alerte de l'application d'un journal national, qu'elle ouvrit d'un glissement de doigt pour lire.

La police ne parvient pas à expliquer la mort d'une femme au festival de Mote Park.

— Oh merde, gémit-elle en parcourant l'article.

Le journaliste s'était lancé dans une attaque cinglante contre les organisateurs du festival et la police, citant plusieurs soi-disant experts qui avaient donné leur opinion sur la situation. Le manager et le chanteur principal de la tête d'affiche avaient également donné leur avis, n'exprimant qu'une peine passagère pour la mort de la jeune femme avant de déplorer l'annulation de ce qu'ils qualifiaient de « retour monumental » pour le groupe.

Et puis, tout à la fin de l'article, le journaliste avait inclus le nom de Kay en tant qu'inspectrice chargée de l'enquête, accompagné d'une remarque perfide selon laquelle, pour le moment, la police n'avait pas souhaité faire de commentaire.

— Putain de merde, murmura-t-elle en repoussant le téléphone.

Elle se leva.

— Tout le monde, au travail. Grâce à ces gens et à leurs comparses, nous sommes maintenant sous encore plus de pression pour obtenir un résultat rapide pour notre victime. Ne vous laissez pas distraire de ce que vous faites, alors concentrez-vous, s'il vous plaît.

Une réponse étouffée accueillit ses paroles, mais après quelques murmures et grognements qui parvinrent jusqu'à elle, les officiers rassemblés retournèrent au travail.

— Ne les laisse pas te démoraliser, hein ? dit Barnes

alors qu'elle reprenait sa place. C'était sûr que ça allait arriver, chef. Surtout après les reportages télé d'hier soir. Pia a dit que l'un des locaux a été repris dans les infos du petit-déjeuner ce matin.

— Merveilleux.

Kay fusilla son écran d'ordinateur du regard, son attention se portant sur son téléphone de bureau qui sonnait. Ne reconnaissant pas le numéro, elle prit une profonde inspiration et répondit.

— Inspectrice principale Hunter.

— Détective Hunter, c'est Alistair Featheringham. J'espère que vous allez pouvoir me donner quelques réponses.

Kay fronça les sourcils.

— Je suis désolée, votre nom n'est pas—

— Je suis le propriétaire de Crusader Events, les organisateurs du festival de ce week-end dans le parc. Une affaire terrible.

L'homme fit une pause pour respirer.

— Étant donné la couverture médiatique de ce matin, j'ai besoin de vous parler de la limitation des dégâts.

— La limitation des dégâts ?

Kay leva un sourcil en direction de Barnes.

— Nous menons une enquête pour meurtre, monsieur Featheringham. À quel genre de limitation des dégâts pensiez-vous exactement ?

— Eh bien, tout d'abord, il y a la question de la manière dont les communications ont été gérées hier. Comme vous pouvez l'imaginer, nous avons beaucoup de détenteurs de billets en colère qui exigent des remboursements, que nous ne sommes pas en mesure d'émettre étant donné que le festival était déjà bien entamé avant d'être interrompu—

— Interrompu ? Monsieur Featheringham, une jeune femme a été retrouvée assassinée hier matin par deux bénévoles engagés par votre entreprise. À l'heure actuelle, chaque personne qui a assisté au festival est un suspect. Cela vous donne-t-il une idée de l'ampleur de ce à quoi nous sommes confrontés ici ?

— Je, euh... les nouvelles—

— Je suis bien consciente de ce que divers organes de presse rapportent en ce moment, merci, et rien de tout cela n'aide mon équipe et moi à trouver un tueur. Y avait-il autre chose dont vous aviez besoin ?

— Pourrions-nous peut-être parler demain quand vous aurez quelque chose de plus concret—

— Peut-être, dit Kay, et elle raccrocha le téléphone.

Barnes rit doucement.

— Et les assureurs n'ont pas encore commencé à appeler.

— Je pensais que le quartier général filtrait ces appels aujourd'hui pour nous donner une longueur d'avance ?

— Quelqu'un a dû lui donner ton numéro direct alors.

— La femme qui gérait les bénévoles, Dana Schuldberg. Je lui ai donné ma carte.

Kay gémit.

— Bon sang, Ian, nous en sommes déjà à vingt-quatre heures d'enquête, et nous n'avons rien sur quoi travailler.

Barnes pivota sur sa chaise et observa la pièce.

— Nous avons plein de choses sur lesquelles travailler,

chef, c'est juste qu'il y en a *trop*. Toutes ces déclarations, les listes des participants, je viens de recevoir la liste des fournisseurs par e-mail et ça va prendre quelques jours pour vérifier qui était présent et comparer avec les casiers judiciaires, et je ne peux même pas commencer ça avant demain quand la moitié de ces entreprises seront à nouveau ouvertes. Il n'y a presque personne de disponible aujourd'hui.

— On va devoir faire de notre mieux. Nous avons toujours une jeune femme allongée dans la morgue de Lucas.

Kay serra la mâchoire. Elle ouvrit les images de la scène de crime sur HOLMES2 pour les faire défiler, absorbant chaque détail, les gravant dans sa mémoire.

— Je ne vais pas la laisser tomber. Nous allons trouver qui lui a fait ça.

Le téléphone à son coude sonna à nouveau, et elle vit s'afficher un numéro de Gravesend avec un numéro de poste familier.

— Chef ? répondit-elle. C'est encore tôt de notre côté, donc je n'ai rien de nouveau à signaler pour le moment.

— Moi si, répliqua l'aboiement familier de Sharp. La ligne d'assistance ici vient de recevoir un appel d'une femme de Kingswood, Georgina Leneghan. Elle dit que sa fille, Tansy, devait venir dormir chez elle hier soir, mais après avoir téléphoné pour lui dire qu'elle prévoyait de rencontrer quelqu'un vendredi après-midi en chemin, on n'a plus eu de nouvelles d'elle depuis. Sa mère était sur le point de la signaler comme disparue, mais elle a ensuite vu les infos ce matin.

L'effroi envahit l'estomac de Kay, et elle ferma les yeux.

— A-t-elle fourni une photo ?

— Elle l'a envoyée par e-mail il y a un instant, dit Sharp. C'est elle.

CHAPITRE 13

Barnes conduisit la voiture de service à travers un portail encadré de piliers en grès et se gara devant un ancien presbytère victorien plein de caractère.

Il y avait déjà une voiture de patrouille à côté d'une voiture de sport basse sur l'allée en gravier, sa peinture étincelant sous le soleil de la mi-matinée.

— Qu'est-ce que tu as réussi à trouver, chef ? demanda-t-il, la main sur la poignée de la portière.

Kay finit de faire défiler une application de réseaux sociaux et leva les yeux de l'écran de son téléphone pour observer la porte d'entrée en chêne massif qui la séparait d'une mère endeuillée.

Une glycine d'un violet pâle adoucissait la dureté de l'extérieur en brique du bâtiment, ses branches sinueuses encadrant les fenêtres et grimpant jusqu'aux gouttières. Des arbustes colorés remplissaient les bordures sous les fenêtres, soigneusement entretenus et taillés, et elle repéra un chemin pavé qui menait à gauche de la maison et qu'elle devina conduire au jardin arrière.

— Tansy Leneghan avait vingt-quatre ans, dit-elle en regardant à travers le pare-brise. Elle est diplômée de l'Université de Reading et a eu plusieurs emplois différents jusqu'à ce qu'elle déménage à Bristol pour travailler dans une agence de publicité plus tôt cette année. Elle loue une maison juste à l'extérieur de la ville, elle semble avoir un groupe d'amis proches là-bas, et elle reste en contact régulier avec ses anciens camarades d'université. Ils se sont tous dispersés depuis l'obtention de leur diplôme. Son père n'apparaît ni sur ses réseaux sociaux, ni sur ceux de Georgina. Elle semblait être proche de sa mère cependant, elle était fille unique.

Barnes secoua la tête.

— Bon sang. Je déteste cette partie.

— Moi aussi. On y va ?

Elle n'attendit pas sa réponse.

Alors qu'ils traversaient l'allée et montaient les trois marches de la porte d'entrée, un frisson saisit ses épaules malgré la chaleur matinale.

Elle rajusta sa veste de tailleur, prit une profonde inspiration, et frappa doucement.

La porte s'ouvrit pour révéler un visage familier.

— Hazel, merci d'être venue si rapidement, dit Kay. Surtout que tu n'étais pas de service aujourd'hui. Tu es la première personne qui m'est venue à l'esprit dans ces circonstances.

Hazel Aldridge fit un léger signe de tête.

— Ce n'est rien. C'était la bonne chose à faire. Entrez et je vais vous faire un rapide compte rendu.

L'agente de liaison familiale expérimentée fit un pas en

arrière pour les laisser entrer dans un hall sombre qui ne captait rien de la lumière extérieure.

Un silence emplissait la maison, rompu seulement par le *ploc ploc* occasionnel d'un robinet en provenance d'une porte à droite de l'escalier que Kay supposa mener à une salle de bain au rez-de-chaussée. Puis elle entendit le son de faibles sanglots.

— Où est Georgina ?

— Dans le salon, juste là. J'ai une collègue avec moi, Diane. J'espère que ça ne te dérange pas, mais c'est l'une de mes stagiaires et elle est plutôt douée, dit Hazel. Si je suis appelée pour une urgence, Diane prendra le relais, donc je voulais qu'elle établisse un lien dès le début.

— Ok. Georgina a-t-elle fait une déposition ?

— Oui, elle a principalement confirmé ce qu'elle avait dit à la ligne d'assistance quand elle a appelé. Tansy n'était jamais censée être près de ce parc, Kay. Elle a quitté son travail à Bristol à treize heures vendredi parce qu'elle avait convenu avec son patron de partir plus tôt pour essayer d'éviter le pire de la circulation. Elle a téléphoné à Georgina en chemin pour dire qu'elle devait faire un détour par Maidstone et qu'elle serait donc ici vers dix heures hier matin.

— Et elle n'est jamais arrivée.

— Une idée d'où elle allait à Maidstone ? demanda Barnes. Ou qui elle devait rencontrer ?

— Je n'ai pas encore creusé les détails, répondit Hazel. Je pensais vous laisser faire, Georgina pose beaucoup de questions depuis notre arrivée, et elle est évidemment bouleversée.

— C'est compréhensible.

Kay regarda la porte fermée à leur gauche.

— Par ici ?

— Oui. Diane est en uniforme parce qu'elle était de service à Sittingbourne quand nous avons été appelées.

— Merci.

Se préparant mentalement un instant, Kay ouvrit ensuite la porte et entra dans un salon luxueux qui, bien que paraissant confortable, parvenait encore à se protéger de la chaleur estivale extérieure.

Un âtre propre occupait la moitié du mur du fond, et elle n'osait imaginer à quel point la maison devait être froide pendant les mois d'hiver. La seule fenêtre donnait sur l'allée, et les murs en plâtre avaient été peints d'un vert foncé, accentuant l'architecture victorienne.

Deux canapés étaient disposés face à face près de la cheminée, et deux femmes levèrent les yeux de l'endroit où elles étaient assises sur l'un d'eux lorsqu'elle entra.

L'agente de liaison familiale stagiaire avait la quarantaine avec des cheveux bruns courts qui effleuraient son col, ses yeux bienveillants attendant que les présentations soient faites.

Le regard de Kay croisa celui de Georgina Leneghan et à cet instant, elle sut qu'elle ferait tout son possible pour traduire en justice le monstre qui avait tué la fille unique de cette femme.

— Je suis l'inspectrice principale Kay Hunter, et voici mon collègue, l'inspecteur Ian Barnes. Nous sommes vraiment désolés pour votre perte, dit-elle en s'asseyant sur le canapé opposé.

Georgina hocha la tête, tamponnant son nez avec un mouchoir en papier froissé.

— J'ai entendu parler de vous. C'est vous qui avez retrouvé cette petite fille qui avait disparu il y a quelques années, n'est-ce pas ?

— En effet, oui.

— Dites-moi, détective. Vous avez des enfants ?

Kay cligna des yeux, la question étant évidente de la part d'une mère endeuillée, mais la véritable réponse était connue de très peu de gens. Elle sentit Barnes se raidir à côté d'elle, et secoua légèrement la tête.

— Non, je n'en ai pas.

La femme en face d'elle renifla.

— Tansy est... était... oh...

Laissant à Georgina un moment pour faire son deuil, Kay baissa les yeux sur ses mains, ses ongles s'enfonçant dans la chair tendre de ses paumes. Quand elle releva la tête, Diane murmurait quelque chose à la femme, qui acquiesça en réponse et s'essuya les yeux.

— Vous avez besoin de me poser des questions, n'est-ce pas ? dit-elle en relevant légèrement le menton.

— En effet, oui.

Kay força ses épaules à se détendre tandis que Barnes tournait une nouvelle page dans son carnet.

— Et je suis désolée si elles semblent répétitives, mais j'ai besoin de comprendre les projets de Tansy pour vendredi sous tous les angles. Vous avez dit à Hazel et Diane qu'elle avait quitté le travail plus tôt vendredi après-midi pour venir ici. Depuis combien de temps aviez-vous prévu ce week-end avec elle ?

— C'était une décision de dernière minute, dit Georgina. Elle m'a téléphoné lundi dernier un peu précipitamment, et m'a demandé si elle pouvait venir. Bien sûr, je n'ai pas hésité et j'ai dit oui. Nous discutons au téléphone au moins une fois par semaine mais avec son travail et le fait qu'elle rattrape le temps perdu avec ses amis pendant l'été et tout, elle n'avait pas réussi à venir ici depuis fin mai.

— Quelle voiture conduisait-elle ?

Georgina lui répondit, récitant la plaque d'immatriculation de mémoire, un léger sourire effleurant ses lèvres.

— J'ai un don pour me souvenir de ce genre de choses. Elle avait l'habitude de me taquiner à ce sujet.

— Et le père de Tansy ?

— Il est parti quand elle avait trois ans. Ni l'une ni l'autre n'avons de contact avec lui. Je ne sais même pas où il vit de nos jours.

— Nous aurons besoin d'un nom, ne serait-ce que pour l'éliminer de notre enquête, et il doit être informé de ce qui s'est passé. Cela vous dérangerait-il ?

Georgina soupira.

— C'est Joseph Throndsen. Je n'ai pas d'adresse, et je n'ai aucune idée de son numéro de téléphone. Je ne veux vraiment rien avoir à faire avec lui. Tansy non plus, c'est pourquoi elle utilise mon nom de jeune fille, pas le sien.

— D'accord, je comprends. Je peux vous assurer que nous ne lui transmettrons pas vos coordonnées. S'il souhaite prendre contact, je vous le ferai savoir, et vous pourrez prendre cette décision, dit Kay. Vous souvenez-vous à quelle heure Tansy vous a téléphoné pour vous dire qu'elle allait à Maidstone avant de venir ici ?

— Il était à peine trois heures quinze. Elle m'a dit qu'elle était coincée dans les embouteillages à l'échangeur de Leatherhead, alors au début j'ai pensé qu'elle m'appelait pour me dire qu'elle serait en retard. Puis elle a dit que quelque chose s'était passé et qu'elle devait aller voir quelqu'un avant de venir ici. Quand je lui ai demandé à quelle heure elle serait là, elle s'est excusée et m'a dit qu'elle devrait peut-être passer la nuit sur place, donc elle essaierait d'arriver vers dix heures hier.

— Comment vous a-t-elle semblé quand elle a appelé ?

Georgina se pencha en arrière, son regard se perdant dans les tourbillons de couleur de l'épaisse moquette avant de parler.

— J'allais dire espiègle, comme la dernière fois qu'elle m'a parlé d'un nouveau petit ami, mais c'était plus que ça... *évasive*, c'est le mot que je cherche. Et elle a changé de sujet.

— Avait-elle l'air inquiète ou vous a-t-elle fait part de préoccupations ?

— Inquiète, non. Peut-être comme si elle avait quelque chose en tête, parce que je lui ai demandé si tout allait bien et elle a insisté que oui. Puis elle a dit qu'elle devait y aller car la circulation commençait à reprendre et elle sait que je m'inquiète quand elle parle au téléphone en conduisant, même si elle utilise le kit mains libres. Je lui ai dit que je l'aimais et que je la verrais bientôt. Je...

De nouvelles larmes coulèrent sur le visage de Georgina, et le cœur de Kay se serra à la vue d'une mère qui avait perdu son enfant dans des circonstances si terribles.

Après l'avoir assurée qu'elle ferait tout son possible pour trouver le responsable, elle conduisit Barnes hors de la pièce et de la maison.

La chaleur et la lumière l'assaillirent lorsqu'elle descendit les marches, et elle s'arrêta un moment hors de vue de la fenêtre du salon pour fermer les yeux et se baigner sous les rayons du soleil. La chaleur s'infiltra à travers ses vêtements, à travers sa peau et jusque dans ses os, adoucissant le froid de la maison derrière elle et tout son chagrin.

— Ça va, chef ? demanda Barnes, ses pas crissant sur le gravier à quelques mètres de là.

Elle ouvrit les yeux, renifla, puis hocha la tête.

— Oui. Merci.

— Tu veux qu'on aille prendre un café avant de retourner à la salle des opérations ?

— Non, ça va.

Elle lui lança un regard reconnaissant, puis se dirigea vers la voiture.

— Je veux trouver le salaud qui a fait ça.

CHAPITRE 14

Laura jeta un coup d'œil à un autre message de la salle des opérations sur son téléphone, puis regarda de l'autre côté de la rue la maison jumelée des années 50 abritée derrière une haie de troène rabougrie qui avait connu des jours meilleurs.

Elle et Kyle s'étaient garés dans l'un des plus anciens quartiers résidentiels de cette partie de Maidstone, les maisons autrefois propriété de la commune et similaires dans leur conception à de nombreux bâtiments d'après-guerre à travers le Kent.

Les jardins étaient plus grands que ceux des propriétés plus récentes le long de la route et chacun donnait sur Mote Park, ce qui en faisait une priorité pour l'équipe d'enquête.

Plus grande que la plupart des maisons contemporaines, la maison devant elle avait de grandes fenêtres en baie de chaque côté d'une porte d'entrée abritée par un porche et un large toit incliné de tuiles rouges. Celle-ci et la propriété voisine arboraient un crépi beige qui avait été récemment repeint, contrairement à certaines autres à l'extrémité de la rue.

La spacieuse allée sur le côté avait été cédée à une collection hétéroclite de voitures et un panneau au-dessus d'un garage séparé en parpaings proclamait « Torsney's Motors ».

Des portes doubles en tôle ondulée étaient calées ouvertes avec une paire de briques, et elle pouvait entendre le son d'une meuleuse d'angle quelque part à l'intérieur de l'obscurité. Une pluie occasionnelle d'étincelles accompagnait le bruit et elle vérifia automatiquement sa montre, se demandant si les voisins recevaient un réveil brutal.

Elle tira ses lunettes de soleil vers le bas et jura à voix basse lorsqu'elles s'accrochèrent dans ses cheveux, puis elle les laissa tomber sur son nez et jeta un coup d'œil par-dessus son épaule au moment où la portière de la voiture claquait.

— Je pense que je vais te laisser mener, dit-elle.

Kyle Walker haussa les épaules pour enfiler sa veste et la rejoignit, fourrant les clés dans sa poche avant de la regarder, une expression amusée sur le visage.

— Tes cheveux sont encore dressés sur ta tête.

— Merde.

Elle les lissa, puis retira ses lunettes de soleil et les mit dans son sac.

— Merci.

Il sourit et fit un signe du menton vers la maison.

— Depuis combien de temps ce type gère-t-il une entreprise depuis chez lui ?

— Depuis qu'il a pris sa retraite comme mécanicien

d'une des grandes concessions sur Loose Road il y a huit ans, dit Laura. Gareth fait des contrôles techniques, de l'entretien, ce genre de choses. Il était sorti hier quand l'équipe d'Aaron a fait du porte-à-porte, mais ils ont parlé à sa femme. Elle a dit qu'ils n'avaient rien remarqué d'anormal vendredi soir ou samedi matin, mais elle leur a dit que Gareth avait des caméras de sécurité autour de la propriété et que nous pouvions avoir des copies des enregistrements. Il obtient une meilleure offre sur son assurance professionnelle en les ayant, surtout qu'un endroit similaire à un bon kilomètre d'ici a été cambriolé il y a deux ans.

— Cette propriété donne sur le parc, n'est-ce pas ?

— Oui, un des agents en uniforme a jeté un coup d'œil pendant qu'ils étaient ici hier. Il y a une clôture en panneaux de 1,80 mètre de haut entre le jardin et une énorme haie de ronces, mais aucun signe que quelqu'un l'ait escaladée.

La meuleuse d'angle s'arrêta et elle prit soudain conscience du roucoulement joyeux d'un pigeon ramier dans un cerisier à côté du portail d'entrée. Quelqu'un sifflait en accompagnant une vieille chanson rock à la radio qui gardait un rythme régulier avant qu'un marteau ne se joigne, le *clac* régulier du métal sur le métal s'échappant par les portes.

— Quelle heure est-il ? demanda Kyle.

— Il est à peine dix heures et demie.

Elle sourit.

— Je me demande à quelle heure il a commencé ?

— Je ne sais pas, mais que dirais-tu qu'on donne un peu de répit aux voisins ?

— Bonne idée.

Elle suivit son collègue dans l'allée et passa devant les voitures alignées de chaque côté. Certaines étaient en mauvais état – l'une semblait avoir subi un choc à l'arrière qui n'avait servi qu'à faire tomber la rouille existante de la carrosserie – mais deux autres brillaient comme si elles sortaient tout juste d'un parc d'occasions.

Un homme dans la fin de la soixantaine émergea du garage en essuyant ses mains graisseuses sur une serviette autrefois bleue, puis il tourna une casquette de baseball noire pour protéger ses yeux.

— La patronne m'a dit de m'attendre à la police ce matin. J'imagine que c'est vous ?

— Enquêteuse Laura Hanway, et voici mon collègue, Kyle Walker. Et vous êtes...

— Gareth Torsney. Vous voulez un café ?

— Non, mais merci pour l'offre. Est-ce que nous vous interrompons ?

— Oui.

Un tressaillement malicieux au coin de l'œil gauche de Torsney adoucit ses paroles.

— Mais je facture double le week-end, et le client peut se le permettre, alors...

— Nous serons brefs.

— Venez à l'intérieur, à l'abri du soleil. Il fait plus frais ici. Faites juste attention où vous mettez les pieds, j'ai le tuyau d'air comprimé dehors, et je ne veux pas avoir à expliquer à mes assureurs comment j'ai réussi à faire trébucher un détective si vous vous blessez.

— Toutes ces voitures appartiennent-elles à des clients, monsieur Torsney ? demanda Laura en clignant des yeux pour contrer l'obscurité soudaine alors qu'elle suivait les deux hommes dans le garage.

— Toutes sauf la décapotable bleue près de la maison. Les deux plus récentes sont juste là pour le contrôle technique. Trois autres attendent des pièces qui devraient arriver demain s'il n'y a pas un autre retard de l'autre côté de la Manche, et une dernière doit être récupérée et payée plus tard aujourd'hui. Cette vieille berline est celle sur laquelle je travaille en ce moment.

Torsney atteignit un long établi qui s'étendait sur toute la largeur du garage et se retourna pour fouiller dans la poche de poitrine de sa combinaison tachée d'huile.

— Avant que j'oublie, j'ai copié les images de sécurité de mes caméras pour vous sur une clé.

— Merci, dit Kyle en prenant la clé USB. Quelle quantité y a-t-il dessus ?

— J'ai pensé que vous voudriez peut-être quelques jours avant que la fille ne soit trouvée, alors vous avez à partir de mercredi là-dessus, ce qui est de toute façon quand le festival a commencé à laisser entrer les campeurs.

— C'est parfait.

Kyle mit la clé USB dans sa poche, fournit un reçu pour celle-ci et fronça les sourcils.

— Comment avez-vous réussi à mettre toutes les images sur ça ?

— Ce n'est pas un flux en direct. C'est uniquement à détection de mouvement, donc ça économise de l'espace de fichier. Je ne sais pas si ma femme vous l'a dit, mais nous avons quatre caméras, une à chaque coin de la maison donc deux face à la route et à l'allée, puis deux autres face au jardin, et à la clôture qui nous sépare du parc.

— Nous comprenons que vous étiez absent quand nos collègues ont parlé à votre femme hier. Où étiez-vous ?

— Dans le Dorset. Moi et quelques potes sommes allés à une grande exposition de chars au musée de Bovington.

— Des chars ?

— Ouais. Des véhicules blindés, vous voyez ? On est partis mercredi soir. Je ne suis revenu qu'hier après-midi parce que ma femme m'a dit qu'il y avait eu un meurtre dans le parc et je n'aimais pas l'idée qu'elle soit seule à la maison hier soir.

Torsney frissonna visiblement.

— Mieux vaut ne pas y penser. Vous savez qui c'est maintenant ?

— Nous ne pouvons pas commenter une enquête en cours. À quelle heure êtes-vous rentré ?

— Vers vingt heures trente. La circulation était assez dense sur l'autoroute, comme d'habitude.

— Nous allons avoir besoin d'une liste des personnes qui étaient avec vous.

Torsney parut déconcerté.

— Pourquoi ? Je viens de vous dire où j'étais.

— C'est la procédure standard, c'est tout, répondit Kyle avec aisance en tournant une nouvelle page de son carnet.

Laura réprima le petit sourire qui menaçait de se former, satisfaite que son collègue laisse le silence perdurer plutôt que de rassurer davantage l'homme.

Le propriétaire du garage soupira, puis énuméra les

noms de trois autres hommes, tous avec des adresses locales.

— Je doute qu'ils soient de retour avant cet après-midi cependant. Le musée avait promis de démarrer le char Tiger ce matin et c'est vraiment pour ça qu'on y est allés. Vous devriez entendre ces moteurs quand ils le démarrent. Ça vous secoue sérieusement les côtes.

Kyle ferma son carnet d'un coup sec et jeta un coup d'œil à Laura.

— Tu as autre chose ?

— Non, je pense que c'est tout. Merci pour votre temps, monsieur Torsney, dit-elle. Et merci aussi pour la clé USB. Nous vous recontacterons si nous avons des questions sur les images de vidéosurveillance. Pourriez-vous vous assurer de conserver les enregistrements originaux jusqu'à ce que nous vous disions que c'est bon ?

— Bien sûr, pas de problème. Faites attention de ne pas trébucher sur ce tuyau d'air en sortant...

CHAPITRE 15

Lorsque Kay traversa la pièce pour rejoindre son bureau temporaire, le soleil de fin d'après-midi brillait à travers les fenêtres de la salle des opérations, baignant les murs en plâtre d'une lumière dorée et adoucissant la dureté du décor par ailleurs utilitaire.

Un faible murmure de voix lui parvenait alors qu'elle s'effondrait dans son fauteuil et le faisait pivoter pour faire face au tableau blanc, les conversations assourdies après que la nouvelle de l'identité de leur victime se soit répandue.

L'épuisement s'infiltrait dans l'équipe, les heures passées devant les écrans d'ordinateur et à lire les rapports des enquêtes de porte-à-porte de la veille commençaient à peser alors qu'ils cherchaient des réponses aux questions que tout le monde se posait.

Qui avait tué Tansy Leneghan ?

Et pourquoi ?

Kay et Sharp avaient choisi de ne pas communiquer

l'information aux médias avant le lendemain matin, accordant ainsi à une mère endeuillée quelques précieuses heures pour pleurer en privé. Cependant, une fois que les détails concernant Tansy seraient rendus publics, elle savait que son équipe et elle deviendraient la cible de leur colère et de celle du public face au meurtre de la jeune femme.

Du moins jusqu'à ce qu'ils trouvent le responsable.

Barnes revint de l'imprimante située à l'autre bout de la pièce et lui tendit une liasse de documents encore chauds.

— Voici l'ordre du jour pour le briefing, chef. Tu veux que je rassemble tout le monde ?

— S'il te plaît. Nous allons devoir travailler dur pour garder une longueur d'avance sur les médias maintenant.

Elle se raidit lorsqu'il émit un sifflement sonore qui résonna dans toute la pièce.

— Bon sang, Ian, ça va les réveiller.

Il sourit.

— C'était l'idée.

Il ne fallut pas longtemps à l'équipe de Kay pour se rassembler autour du tableau blanc avec elle, et lorsque le dernier officier les eut rejoints, elle frappa du poing contre la photographie épinglée en haut du tableau.

— Comme la plupart d'entre vous l'ont entendu, nous avons maintenant un nom pour notre victime. Tansy Leneghan, vingt-quatre ans, résidente de Bristol, même si sa mère vit dans la région. Elle a été vue pour la dernière fois vendredi après-midi à quinze heures quinze lorsqu'elle a téléphoné à sa mère pour lui dire qu'elle devait faire un détour par Maidstone pour rencontrer quelqu'un. Elle ne lui a pas dit de qui il s'agissait, et on ne l'a jamais revue vivante.

Kay laissa ses paroles faire leur effet, le doux bourdonnement des ordinateurs étant le seul bruit pendant que ses officiers digéraient l'information.

— Sa mère nous a fourni une note concernant l'employeur de Tansy à Bristol, et nous allons devoir obtenir une liste des noms de ses amis à partir de ses profils sur les réseaux sociaux afin de pouvoir leur parler. Compte tenu des contraintes de temps et de budget, tous ces entretiens devront être réalisés par téléphone ou par vidéoconférence plutôt que d'envoyer quelqu'un à Bristol. La police d'Avon et Somerset n'a pas non plus les ressources pour nous aider. Gavin, tu peux répartir les entretiens entre toi, Laura et Kyle, avec autant d'autres officiers que tu pourras rassembler, et commencer cet après-midi ? Je sais que certaines de ces personnes ne seront peut-être pas disponibles, mais nous devons avancer.

— Je m'en occupe, chef.

— Ian, j'aimerais que tu demandes à quelqu'un d'essayer de retrouver ce Joseph Throndsen, le père de Tansy. N'oublie pas que nous avons l'autopsie demain matin à onze heures.

Son inspecteur hocha la tête.

— Nous devrions avoir les conclusions préliminaires de Harriet d'ici mardi après-midi également, alors avec un peu de chance, cela nous aidera à reconstituer les dernières heures de Tansy.

— Exactement, c'est ce que j'espère.

Kay se tourna vers une carte du Mote Park épinglée au mur à côté du tableau blanc.

— Malgré les problèmes d'effectifs que nous avons, une équipe d'agents en uniforme est encore en train de fouiller le parc et son périmètre en ce moment. Ils auront encore quelques heures de lumière aujourd'hui, mais plus cela prendra de temps, moins il est probable qu'ils trouvent quelque chose. Il y a plus de cent quatre-vingt-deux hectares de terrain ici, et de nombreux moyens de sortir du parc sans utiliser l'une des sorties balisées. Si nous n'obtenons pas de résultats de la recherche qu'ils effectuent ou des images de vidéosurveillance que nous avons obtenues jusqu'à présent, nous aurons du mal à trouver des réponses.

Un soupir collectif emplit la pièce, et elle leva la main en réponse.

— Cela ne veut pas dire que nous abandonnons. Une fois que nous aurons cette liste d'amis et de collègues à partir du profil des réseaux sociaux de Tansy, votre priorité sera de découvrir si Tansy a dit à l'un d'entre eux qui elle prévoyait de rencontrer vendredi après-midi. Ce n'est pas parce qu'elle ne l'a pas dit à Georgina jusqu'à ce qu'elle soit presque arrivée que ses amis n'étaient pas au courant de ses projets. Et à ce propos, Laura, tu peux appeler les hôtels et les chambres d'hôtes pour voir si Tansy avait fait une réservation ? Elle prévoyait manifestement de passer la nuit quelque part vendredi soir si elle n'allait pas chez sa mère, donc nous devons éliminer ces options plutôt que de supposer qu'elle séjournait chez quelqu'un dans la région.

— Oui, chef.

— Y a-t-il d'autres questions à soulever ?

Kay parcourut du regard les officiers rassemblés, puis repéra une main levée.

— Debbie ?

— Chef, juste une petite mise à jour concernant les officiers qui rejoindront l'équipe à partir de demain matin. Ils étaient de repos ce week-end. Les agents Nadine Fleming et Sean Gastrell, et le sergent Tim Wallace.

— C'est parfait, merci.

Kay regarda sa montre.

— Bon, il n'y a qu'une partie du travail que vous allez pouvoir faire aujourd'hui vu l'heure, donc je veux vous voir tous ici à sept heures trente demain matin. Nous aurons un briefing en début d'après-midi une fois que l'autopsie sera terminée, mais si vous découvrez quoi que ce soit entre-temps, assurez-vous d'en informer immédiatement l'inspecteur Barnes ou moi-même. Au travail.

— C'est une bonne chose d'avoir de l'aide supplémentaire, dit Barnes alors que l'équipe retournait à ses bureaux. De bons agents, en plus.

— En effet, dit-elle en examinant les tâches supplémentaires désormais inscrites sur le tableau blanc. Et nous allons avoir besoin d'eux.

CHAPITRE 16

Le lendemain matin, Gavin ajusta sa cravate, puis prit une gorgée rapide d'une canette de boisson énergisante avant de la poser à côté d'une rangée de classeurs à levier alignés au fond du bureau.

La salle de réunion de la taille d'une boîte était l'une des trois entassées à l'extrémité ouest du commissariat, et à en juger par l'odeur de renfermé, il soupçonnait que jusqu'à deux jours plus tôt, elle avait servi de débarras.

Il passa une main dans ses cheveux en épis et s'installa dans la chaise pivotante dont la moitié du rembourrage en mousse pendait d'un trou sur le côté du coussin et dont l'une des roulettes menaçait de tomber.

Elle grinça lorsqu'il s'installa pour attendre le début de l'appel vidéo, le son accompagné du *tic-tac* persistant de l'horloge murale au-dessus de sa tête et du tapotement de son stylo sur une nouvelle page de son carnet.

Une lumière LED rouge brillait au-dessus de la caméra montée sur l'écran, et un message automatique en dessous l'informait que la personne qu'il attendait était en train de passer un autre appel.

— Allez, marmonna-t-il. J'en ai encore six autres à faire ce matin.

Il y eut un léger *ding* et l'écran scintilla avant que la connexion ne soit établie, et un homme d'une quarantaine d'années apparut à l'autre bout, les manches de sa chemise retroussées.

Son visage était pâle, mais Gavin n'était pas sûr si c'était l'effet de la caméra que l'homme utilisait, du logiciel de visioconférence, ou de la nouvelle qui avait été communiquée par téléphone à l'employeur de Tansy ce matin-là par l'un des agents en uniforme de l'équipe.

— Détective Piper, désolé de vous avoir fait attendre, commença-t-il. Surtout dans ces circonstances. Je ne peux pas commencer à décrire à quel point nous sommes tous dévastés ici. J'ai dû renvoyer deux membres du personnel chez eux, tellement ils sont bouleversés.

— Merci de m'accorder du temps, monsieur Paget. Si vous le permettez, je vais sauter les politesses. Comme vous pouvez le comprendre, nous avons beaucoup de personnes à interroger ce matin.

— Absolument. Pas de problème.

Paget s'installa dans un fauteuil qui semblait en cuir luxueux et paraissait plusieurs fois plus confortable que celui de Gavin. Il semblait à l'aise devant la caméra.

— Que puis-je vous dire ? Tansy était une employée modèle. Nous avons eu de la chance de l'avoir, elle avait trois autres offres d'emploi à sa disposition à l'époque, mais elle a décidé que la nôtre était la meilleure option à long terme pour ses perspectives de carrière.

— Je comprends de la mère de Tansy que vous dirigez une agence de publicité. Pour quel type de clients travaillez-vous ?

— Principalement des entreprises locales haut de gamme, puis il y a quelques grandes chaînes hôtelières avec des intérêts dans la ville et une ou deux fondations caritatives. Nous sommes une petite entreprise, il n'y a que douze employés. Nous sommes une société privée, dont je suis l'un des actionnaires, et nous sommes actifs depuis environ quinze ans. Tansy nous a rejoints au début de cette année et s'est tout de suite intégrée.

Paget fit une pause, le visage abattu.

— Je n'arrive pas à croire que nous soyons en train d'avoir cette conversation.

— Que saviez-vous de ses projets pour le week-end dernier ? On nous a fait comprendre qu'elle avait quitté le travail plus tôt vendredi.

— C'est exact. Elle est venue me voir mardi après-midi pour me demander si elle pouvait partir à l'heure du déjeuner vendredi. C'était un peu à la dernière minute, mais son travail était à jour et elle n'avait pas de réunions prévues pour cet après-midi-là, alors j'ai dit oui. En fait, elle est venue tôt ce jour-là pour rattraper une partie du temps, puis elle est partie à 13 heures.

— Vous a-t-elle dit où elle allait et pourquoi ?

— Elle a dit à ma femme, qui gère le côté RH ici, qu'elle allait voir sa mère. Nous savions qu'elle était dans le Kent, elle est inscrite sur le dossier personnel de Tansy comme sa plus proche parente, donc nous n'avons pas posé plus de questions.

Gavin mit à jour ses notes, puis leva à nouveau les yeux vers l'écran.

— A-t-elle mentionné quoi que ce soit à propos d'un changement de dernière minute dans ses projets de voir sa mère ?

— Pas que je me souvienne, non.

La porte s'ouvrit à la droite de Gavin, et il jeta un coup d'œil pour voir Laura apparaître, de l'excitation dans ses yeux. Il leva une main vers elle, puis se retourna vers Paget.

— Et comment semblait-elle vendredi, avant de quitter le bureau ?

— Un peu préoccupée par ce que pourrait être la circulation autour de la M25, dit Paget. Mais je ne dirais pas qu'elle semblait anxieuse ou quoi que ce soit. Je veux dire, vous savez comment est cette route un vendredi de toute façon, c'est pour ça qu'elle partait tôt pour éviter le pire. Je n'ai pas eu l'impression qu'elle s'inquiétait de quoi que ce soit d'autre cependant.

Gavin pouvait sentir les yeux de Laura lui transpercer l'arrière de la tête alors qu'elle fermait la porte et planait juste hors de vue de la caméra, et il parcourut rapidement les réponses que Paget avait fournies.

— Y a-t-il autre chose que vous pouvez me dire qui pourrait aider notre enquête ? dit-il. N'importe quoi ?

Le patron de Tansy haussa tristement les épaules.

— Pas que je puisse penser. Je ne peux certainement pas imaginer pourquoi quelqu'un voudrait la tuer. C'était une personne si douce à avoir au bureau. Consciencieuse dans son travail, mais aussi compatissante envers ses collègues. Comme je l'ai dit, elle va nous manquer.

— D'accord, merci, monsieur Paget. Nous vous contacterons si nous avons autre chose.

Gavin termina l'appel et pivota sur sa chaise pour faire face à Laura, la roulette endommagée grinçant de façon menaçante.

— Qu'est-ce que—

— J'ai trouvé où Tansy était censée séjourner vendredi soir, dit-elle, ses mots s'échappant dans une ruée. Et ils ont toujours ses affaires.

CHAPITRE 17

Kay enleva sa veste d'un mouvement d'épaule, la jeta sur la banquette arrière de la voiture de Barnes et claqua la portière avant de lancer un regard noir aux portes vitrées à double battant situées à quelques mètres du parking de l'hôpital.

Son collègue s'approcha d'elle en secouant la tête.

— Franchement, chef, vu ce qu'ils nous font payer pour le stationnement ici, je pense qu'on devrait avoir notre propre place réservée. Avec lavage de voiture gratuit.

Elle sourit.

— Arrête de te plaindre, ce n'est pas comme si tu payais vraiment, pas quand tu vas l'ajouter à tes notes de frais.

— Qui mettent ensuite deux mois à être traitées.

Il plaça le ticket de parking sur le tableau de bord et verrouilla la voiture.

— Alors... qu'est-ce que tu penses qu'il va trouver ?

— Je n'en ai honnêtement aucune idée, Ian.

Elle ouvrit la marche en traversant une voie de service

pour entrer dans l'aile de l'hôpital, puis suivit les panneaux indiquant le service de radiologie.

— J'ai appris à ne pas faire de suppositions sur les raisons et la manière dont les gens s'entretuent. Ça peut devenir trop déprimant parfois.

Ils s'écartèrent pour laisser passer un aide-soignant qui poussait un patient en fauteuil roulant, puis Kay jeta un coup d'œil aux ascenseurs, dont les voyants lumineux indiquaient qu'ils étaient tous deux bloqués au dernier étage, et elle se dirigea vers les escaliers à la place.

— Quoi qu'il trouve, j'espère que ça va nous aider, dit-elle en atteignant le palier et en ouvrant une lourde porte coupe-feu. Parce qu'on n'a pas grand-chose d'autre pour le moment.

Lorsqu'ils entrèrent dans l'espace exigu de la réception, l'assistant de la morgue, Simon Winter, était penché sur son ordinateur, les manches de sa combinaison de protection remontées jusqu'aux coudes.

Il regarda par-dessus l'écran et fit un geste vers une pièce sur sa droite.

— Bonjour, inspecteurs. Lucas est déjà dans la salle d'examen. Je vérifie juste quelques détails dans notre système avant de le rejoindre.

— Combien en avez-vous aujourd'hui ? demanda Kay en signant le registre avant de passer le stylo à Barnes.

— On en a déjà fait deux et il y en a trois autres après le vôtre, dit Simon en repoussant sa chaise et en rassemblant des pages qui sortaient de l'imprimante.

Il lui adressa un sourire fatigué.

— Sans parler de la paperasse.

— On fera aussi vite que possible.

Cinq minutes plus tard, vêtus de la tête aux pieds de combinaisons de protection, elle suivit Barnes à travers une double porte épaisse sans fenêtres et entra dans l'environnement frais et confiné de la salle d'examen de Lucas.

Deux grands éviers profonds en acier inoxydable occupaient le côté le plus éloigné de la pièce, avec deux chariots métalliques espacés uniformément pour que les autopsies puissent être effectuées en parallèle si nécessaire – et si le personnel était disponible pour le faire.

Le médecin légiste du quartier général se tenait à côté du chariot le plus éloigné, penché en avant tandis qu'il utilisait une lame à l'aspect redoutable pour découper autour des organes internes de leur victime.

Kay fit une pause, l'odeur s'infiltrant à travers son masque qui lui avait semblé suffisamment robuste lorsqu'elle l'avait mis, et qui semblait maintenant fragile et incapable d'empêcher l'odeur résiduelle des intestins de quelqu'un d'envahir ses sens.

Elle cligna des yeux, puis rattrapa Barnes alors qu'il faisait le tour du chariot, finissant par se tenir en silence aux pieds de Tansy plutôt que d'interrompre le fil de pensée de Lucas.

Le médecin légiste maintenait un commentaire continu dans un microphone suspendu au plafond pendant qu'il travaillait, levant les yeux une fois pour reconnaître leur présence d'un hochement de tête rapide, puis se concentrant à nouveau sur la victime.

Simon faisait des allers-retours entre le chariot et l'équipement disposé sur un plan de travail en acier hautement poli en face des éviers, transportant des bols avec les organes au fur et à mesure qu'ils étaient prélevés, les pesant et ajoutant ses conclusions au commentaire de Lucas au fur et à mesure de leur travail.

Kay tendit le cou pour voir au-delà de lui et aperçut des rangées de flacons en verre qui contenaient divers échantillons et prélèvements effectués avant son arrivée, et elle se demanda lesquels fourniraient les réponses dont elle avait besoin – et si l'un d'entre eux contenait les preuves nécessaires pour appréhender un meurtrier cruel.

Ses doigts s'enfoncèrent dans ses paumes à travers ses gants de protection, et elle se força à se détendre lorsqu'elle se rendit compte à quel point elle serrait la mâchoire.

Au bout d'un moment, Lucas s'éloigna du chariot, posa son scalpel sur un plateau d'instruments ensanglantés à côté de lui et pointa du doigt les éviers.

Elle et Barnes le suivirent, attendant pendant qu'il retirait ses gants et les jetait dans une poubelle pour déchets biologiques avant de se laver soigneusement les mains sous les robinets.

Cela fait, il abaissa son masque et se retourna vers le chariot pour s'appuyer contre l'évier.

— Je vous ferai évidemment parvenir mon rapport dès que nous pourrons le terminer, mais je peux confirmer que Tansy a été tuée par strangulation. D'après mes observations sur la scène de crime et les précisions que j'ai apportées aujourd'hui, je dirais que son décès est survenu entre une heure et cinq heures du matin samedi.

Kay exhala en fermant les yeux un instant.

— Est-ce qu'elle est morte là où elle a été trouvée ? demanda Barnes.

Alors que Kay ouvrait les yeux, elle vit Lucas grimacer.

— Quoi ?

— Si ce n'était le fait que j'en ai vu trop passer par ici au fil des années, je pourrais dire oui, répondit le médecin légiste en se frottant le menton. Mais la lividité n'est pas tout à fait correcte. Si elle avait été tuée là où elle a été trouvée, je m'attendrais à voir plus de décoloration de la peau sur le côté inférieur.

— Je sens qu'il y a un « mais », dit Kay.

— Mmm, et tu aurais raison. Il y a des traces de lividité sur d'autres parties de son corps, ce qui suggère pour moi qu'elle a été sur le côté pendant un certain temps, puis retournée sur le dos.

Barnes fronça les sourcils.

— Pour que cela se produise, elle aurait dû être sur le côté pendant au moins une demi-heure environ, n'est-ce pas ?

— Nous disons généralement entre trente minutes et quatre heures, donc oui, c'est tout à fait possible.

— Donc, est-ce qu'elle a été déplacée d'un autre endroit à celui où elle a été trouvée ?

Lucas secoua la tête.

— Je ne pense pas. Je crois qu'elle a été tuée là où elle a été trouvée. Vérifiez avec Harriet, cependant, son rapport final pourrait aider à corroborer cela.

— Pourquoi quelqu'un la tuerait-il, puis reviendrait la retourner sur le dos ? demanda Kay en reportant son attention sur le chariot où Simon commençait à rassembler soigneusement les instruments chirurgicaux usagés.

En réponse, Lucas remit son masque et leur fit signe d'approcher.

— Venez voir.

Malgré la vue du corps de sa victime déchiqueté dans la quête de réponses, la curiosité de Kay prit le dessus et elle rejoignit le médecin légiste aux côtés de Tansy alors qu'il prenait une nouvelle paire de gants des mains de Simon et utilisait son petit doigt pour montrer une série d'ecchymoses sur le cou de la femme.

— Vous voyez ici ? Ce sont des empreintes digitales, laissées par celui qui l'a étranglée. Contrairement à ce que certains pensent, il n'est pas facile d'étrangler quelqu'un et elle s'est débattue, d'où les contusions sur ses phalanges. Elle a une vilaine ecchymose sur la pommette ici, regardez ; ce qui me laisse penser qu'à un moment donné pendant l'attaque, elle a reçu un coup de poing.

— Pour l'empêcher de se défendre, murmura Kay.

— Exactement.

Lucas passa ensuite aux membres de Tansy, les petites plaies par arme blanche à vif sous les projecteurs du plafond.

— Cependant, celles-ci sont différentes, ainsi que, je le soupçonne, le retrait de ses bouts de doigts.

— En quoi ?

En réponse, il souleva une des mains de Tansy par le poignet et la retourna lentement pour révéler une autre ecchymose.

— Parce que celui qui a fait ça l'a maintenue comme ceci pendant qu'il les retirait.

Kay fixa l'ecchymose de la taille d'un pouce qui tachait la peau d'albâtre puis leva les yeux vers Lucas.

— Je ne comprends pas.

— Tansy a été étranglée par quelqu'un, dit-il. Mais ensuite ces blessures par arme blanche ont été infligées avant que ses doigts ne soient tranchés.

— Pourquoi son tueur ferait-il cela ? demanda Barnes.

— Tu me connais trop bien pour me demander de faire des suppositions hasardeuses, Ian.

— Mais officieusement ?

— Peut-être que celui qui lui a fait ça pensait l'avoir tuée mais a ensuite eu des doutes et il est revenu vérifier. Peut-être qu'elle était encore en vie, et qu'il a perdu son sang-froid, d'où la rage derrière ces blessures par arme blanche.

Il soupira.

— Ou peut-être que vous devez chercher deux suspects, et non un seul.

CHAPITRE 18

Laura avait presque ouvert la portière de sa voiture lorsque Gavin gara le véhicule de service, réquisitionné à la hâte, dans une place à côté de l'entrée de l'hôtel.

Le cœur battant, l'excitation se transforma en impatience tandis que son collègue se penchait vers le siège arrière pour attraper sa veste de costume, puis s'arrêtait pour vérifier ses messages sur son téléphone.

Elle se détourna et observa les deux piliers de briques et les tuiles inclinées qui formaient un portique au-dessus d'un ensemble de portes vitrées étincelantes dans la lumière du début d'après-midi, les poignées en aluminium brillant de mille feux.

De chaque côté des portes se trouvait une paire d'auges rustiques profondes qui avaient été remplies d'herbes de différentes couleurs, celles en fleurs attirant une myriade de petites abeilles qui plongeaient et virevoltaient parmi le feuillage.

L'hôtel s'étendait à gauche et à droite du bloc de réception, sa brique rouge exhalant de la chaleur. Les fenêtres étaient recouvertes d'une teinte sombre pour préserver l'intimité, et elle était sûre qu'elle aidait également à garder une partie de la chaleur hors des chambres.

Quelque part au-dessus d'elle, sur le toit, elle pouvait entendre le bourdonnement régulier des unités de climatisation qui luttaient contre les températures de midi et elle se demanda si les architectes avaient été réprimandés pour avoir négligé de prévoir des fenêtres qui pouvaient s'ouvrir et laisser entrer l'air frais.

Puis elle entendit le grondement et le klaxon d'un grand camion articulé tonner sur l'autoroute derrière le bâtiment et changea d'avis.

— Désolé, je suis prêt maintenant.

Elle se retourna à la voix de Gavin et haussa un sourcil.

— Du nouveau ?

— Barnes dit qu'ils sont en route pour revenir de l'autopsie, et que Kay veut nous parler avant le briefing quand nous serons de retour.

— Un problème ? demanda-t-elle en ouvrant la marche vers l'entrée.

— Non, je ne pense pas. Je crois qu'elle veut juste passer en revue quelques points avec nous avant de parler à toute l'équipe, surtout étant donné cette avancée que tu as faite.

Il sourit en lui tenant la porte ouverte.

— Après toi.

Malgré sa proximité avec une rocade très fréquentée et l'autoroute, une aura de calme enveloppa Laura lorsque les portes vitrées se refermèrent derrière eux, et elle put entendre une douce musique s'écouler à travers des haut-parleurs dissimulés tandis que ses talons claquaient sur le sol carrelé et poli en direction du comptoir de réception.

Deux hommes et une femme étaient de service, leurs uniformes bleu foncé simples paraissant un peu ternes sous les spots crus au-dessus de leurs ordinateurs, et Laura sentit la chair de poule se former sur ses bras sous l'air glacial pompé dans l'espace ouvert à travers une série de grandes bouches d'aération dans les dalles du plafond.

Elle sortit sa carte d'identité professionnelle en s'approchant du plus petit des deux hommes, pour les présenter elle et Gavin.

— Ah, oui, je suis Warren, dit-il. C'est moi qui vous ai parlé au téléphone.

— Est-ce que quelqu'un s'est enregistré dans la chambre depuis que mademoiselle Leneghan y était ? demanda-t-elle.

— Non, mais c'est uniquement parce que nous avons pu loger les clients ailleurs.

Il jeta un coup d'œil de côté à ses collègues.

— Mis à part le fait de mettre ses affaires en lieu sûr, il n'y a pas de procédure sur ce qu'il faut faire si un client disparaît, alors nous avons simplement laissé ses affaires dans sa chambre et dit au service d'entretien d'attendre pour la nettoyer jusqu'à ce qu'elle nous contacte. Est-ce qu'elle va bien ?

Laura hésita un moment de trop, et les collègues de l'homme laissèrent échapper un hoquet collectif.

— Est-ce qu'elle... est-ce qu'elle est morte ? bégaya l'autre homme. J'ai entendu dire qu'on avait trouvé le corps d'une femme dans le parc pendant le festival. C'était elle ?

— Je crains que nous ne puissions pas faire de commentaires sur une enquête en cours, répondit Gavin d'un ton raide. À quelle heure mademoiselle Leneghan s'est-elle enregistrée ?

Les doigts de Warren tapotèrent efficacement sur son clavier.

— J'ai sa réservation ici. Elle l'a faite directement avec nous plutôt que par l'une des applications de voyage jeudi après-midi, et elle a demandé un départ tardif pour hier. Elle a eu de la chance d'avoir une chambre en fait. Avec le festival, et comme c'est l'une de nos périodes les plus chargées de l'année, nous n'en avions pas beaucoup de disponibles pour le week-end.

— L'heure ? insista Laura.

— Oh, désolé. Dix-sept heures trois vendredi après-midi.

Il prit une paire de lunettes de lecture à côté de son clavier et scruta à nouveau l'écran.

— Elle n'a pas réservé de table au restaurant ce soir-là cependant. Nous insistons toujours pour une réservation de table à cette période de l'année car ça devient très chargé.

— Est-ce que l'un d'entre vous était de service vendredi ?

Elle sortit une photo de Tansy que Georgina avait fournie.

— Vous souvenez-vous de l'avoir vue ?

— J'y étais, dit la femme. Mais désolée, c'était chargé, je ne me souviens pas de son nom et je me souviens vaguement d'elle. J'avais un groupe de trente retraités en voyage organisé vers la France à enregistrer, et ils étaient... particulièrement exigeants.

— Est-ce que les portes de la réception sont verrouillées à un moment donné ?

— À partir de vingt-trois heures en été, répondit Warren. Les clients reçoivent une carte d'accès pour entrer dans l'hôtel en dehors des heures d'ouverture, ces portes restent verrouillées jusqu'à quatre heures du matin quand nous commençons à recevoir les livraisons pour la cuisine.

Il pointa du doigt par-dessus son épaule.

— Il y a un interphone juste à l'extérieur des portes pour les enregistrements en dehors des heures d'ouverture.

— Pouvez-vous savoir quels clients entrent et sortent du bâtiment avec ces cartes d'accès ?

— Oui, nous le pouvons.

— Pouvez-vous vérifier sur votre système si mademoiselle Leneghan est entrée ou sortie de l'hôtel entre vingt-trois heures et quatre heures ?

— Bien sûr. Un instant.

Il cliqua sur un autre écran.

— Il est indiqué qu'elle est sortie à une heure du matin.

Le cœur de Laura fit un bond.

— Avez-vous des caméras de vidéosurveillance sur votre parking ? Nous aurions besoin de voir les enregistrements de vendredi pour voir dans quelle direction elle est allée quand elle est partie d'ici.

— Oh, elle n'a pas conduit, dit l'autre homme. Du moins, je ne pense pas.

— Qu'est-ce qui vous fait dire ça ?

— Parce que sa voiture est toujours garée dehors.

CHAPITRE 19

Kay tendit le cou pour voir de l'autre côté de la route à deux voies du périphérique où un ensemble de véhicules aux couleurs de la police du Kent et de fourgonnettes banalisées étaient garés devant l'hôtel.

Elle se détourna alors que Barnes relâchait le frein, et elle jeta un regard noir aux autocollants sur le pare-chocs du SUV devant eux tandis qu'il faisait avancer la voiture de quelques mètres.

Son poing frappa l'accoudoir de la portière, la satisfaction de savoir que l'un des membres de son équipe avait obtenu une percée importante tempérée par le fait qu'ils avaient maintenant plus de questions que de réponses sur les dernières heures de Tansy Leneghan.

Et le fait qu'elle était actuellement assise à côté de Barnes, coincée dans un embouteillage qui avançait de manière frustrante près de l'endroit où le reste de son équipe travaillait.

— Allez, marmonna-t-elle.

— Si l'équipe de la circulation nous avait laissé

emprunter l'un de ses 4x4, j'aurais pu simplement traverser le terre-plein central et descendre la colline, dit Barnes.

Malgré elle, Kay rit.

— Ouais, j'aimerais bien te voir expliquer cette manœuvre à Sharp.

— Et si on allumait les gyrophares alors ?

— N'y pense même pas. J'ai déjà dû avoir une petite conversation avec Kyle après que quelqu'un de l'équipe de Jasper l'a dénoncé.

Barnes sourit avant de se rabattre sur la voie de gauche pour le rond-point, puis accéléra en passant un feu de circulation alors qu'il virait au rouge.

— Tu n'as rien vu.

— Ian...

Elle leva les yeux au ciel.

— Ça ne me dérangerait pas, mais tu es censé montrer le bon exemple au reste de l'équipe.

— C'était un excellent exemple de—

— Ce n'est pas ce que je voulais dire.

Son humeur s'assombrit lorsqu'il se gara derrière l'une des fourgonnettes banalisées, celles que l'équipe de Harriet utilisait toujours et qui ne portaient aucun insigne ou indice révélateur concernant leur contenu.

Il y avait une seconde fourgonnette identique garée à quelques mètres de là, avec sa porte latérale ouverte face à l'opposé des passants sur la route principale, tandis qu'un technicien de la police scientifique enfilait une nouvelle combinaison et mettait un masque. La silhouette ferma la porte une fois entièrement protégée dans sa tenue et se dirigea d'un pas lourd vers l'entrée de l'hôtel, une valise métallique rectangulaire dans les bras, que Kay devinait contenir une myriade d'instruments délicats cruciaux pour le travail de l'équipe médico-légale.

Elle sortit de la voiture et regarda par-dessus le toit pour voir trois voitures de patrouille et la voiture de fonction attribuée à Gavin, une berline argentée avec un pare-chocs avant éraflé.

L'enquêteur se tenait à côté, son téléphone à l'oreille, et il leva la main en signe de salut lorsqu'elle et Barnes marchèrent vers lui.

— J'ai prévenu Debbie que le briefing serait probablement retardé d'une heure ou deux, chef, dit-il en terminant l'appel. J'espère que ça ne pose pas de problème, je me suis dit qu'on aurait peut-être plus à partager avec le reste de l'équipe en plus de tes réflexions sur l'autopsie d'ici là.

Elle lui adressa un sourire reconnaissant.

— Bonne idée. Bon, que s'est-il passé ici ?

— Laura a découvert que Tansy avait réservé dans cet endroit, et quand nous sommes arrivés ici et avons parlé au réceptionniste, il nous a informés que ses affaires étaient toujours dans sa chambre. Les registres de l'hôtel montrent qu'elle a utilisé son pass pour quitter le bâtiment à une heure du matin vendredi soir, et ils sont enclins à penser qu'elle n'a pas pris sa voiture, étant donné qu'elle est toujours là, regarde.

Il les conduisit autour des voitures de patrouille garées, pointant vers une berline récente qui avait été garée en marche arrière dans un espace près d'une épaisse haie de troènes.

— Elle n'a pas bougé depuis son arrivée, selon

l'équipe de la réception, mais nous obtenons des copies de leurs enregistrements de vidéosurveillance pour corroborer cela.

— Donc peut-être que quelqu'un est venu la chercher...

Kay observa un groupe de trois techniciens de la police scientifique qui se déplaçaient autour du véhicule, leurs mouvements méticuleux tandis qu'ils prélevaient des échantillons et prenaient des photos, le plus grand du groupe accroupi à côté de la portière ouverte du conducteur alors qu'il utilisait une paire de pinces pour retirer des fibres des tissus.

— Ou elle est partie à pied. Des signes de lutte dans sa chambre ?

— Pas à première vue, non. Même si nous n'y sommes pas entrés. Une fois que la réception nous a donné un pass maître, nous avons juste ouvert la porte pour vérifier ce qu'ils disaient à propos de ses affaires étant là, puis nous avons appelé Harriet. Si tu veux aller jeter un coup d'œil, on nous a attribué une salle de réunion pour nous équiper. Laura est actuellement en train de prendre les dépositions des membres du personnel qui étaient là vendredi après-midi et samedi matin, ainsi que de se renseigner sur le personnel de nettoyage qui avait accès à la chambre.

— Ok, merci. Si je ne te vois pas quand je partirai d'ici, je te verrai au poste pour le briefing.

Barnes lui emboîta le pas alors qu'ils entraient dans la zone de réception, se dirigeant vers une porte à gauche du bureau principal lorsqu'un agent familier émergea, son masque de protection baissé et une poignée de sacs à preuves vides dans la main.

— Patrick, Harriet est en haut ? demanda-t-elle.

— En bas, en fait.

L'agent de la police scientifique repoussa la capuche de sa combinaison un instant. Il baissa la voix alors qu'un couple dans la soixantaine passait, leurs yeux s'écarquillant devant l'activité autour d'eux.

— La victime s'était vu attribuer une chambre simple à l'arrière du complexe. Apparemment, c'est tout ce qui était disponible au dernier moment.

— Gavin a dit qu'on pouvait se changer quelque part et jeter un coup d'œil.

— Bien sûr, vous trouverez tout ce dont vous avez besoin par là.

Patrick pointa du pouce par-dessus son épaule.

— Une fois que vous serez prêts, suivez simplement ce couloir jusqu'à ce que vous nous trouviez. Nous avons bloqué l'accès aux autres clients jusqu'à ce que nous ayons terminé. Heureusement, le directeur de l'hôtel a pu les déplacer dans des chambres temporaires à l'autre bout du bâtiment pour que nous puissions travailler tranquillement. Ils sont contents, car la plupart d'entre eux ont été surclassés.

— À tout à l'heure.

Après avoir eu du mal à enfiler une combinaison de protection et mis des surchaussures assorties, Kay fit les cent pas devant la porte jusqu'à ce que Barnes soit prêt, puis ils se dirigèrent d'un pas lent le long d'un large couloir vers la chambre de Tansy Leneghan.

Le décor de l'hôtel était similaire à celui de nombreux motels de bord de route où elle avait séjourné au fil des années, à la différence que les équipements et les installations étaient de meilleure qualité et que la peinture sur les murs était manifestement entretenue régulièrement, étant donné l'absence de marques d'éraflures causées par des valises égarées ou des chariots de ménage.

Le couloir tournait à droite, passait devant un panneau fixé sur un chevalet publicitaire annonçant une piscine intérieure et une salle de musculation de l'autre côté du bâtiment à l'usage des clients, puis Kay tourna le coin et vit l'équipement de l'équipe scientifique étalé sur le sol à quelques mètres de là.

Des voix murmurées s'échappaient d'une porte ouverte sur la gauche, et après avoir contourné sur la pointe des pieds les diverses mallettes éparpillées sur la moquette, Kay et Barnes jetèrent un coup d'œil à l'intérieur.

Harriet, reconnaissable uniquement à sa petite taille comparée aux deux autres membres de son équipe, tournait le dos à la porte tout en dépoussiérant le rebord de la fenêtre, sa concentration absolue.

Kay attendit que la responsable de la police scientifique fasse une pause dans son travail, puis toussota poliment, le son étouffé derrière son masque.

— Gavin nous a dit qu'on te trouverait ici.

Harriet s'éloigna de son travail et tendit un pinceau fin à l'un de ses collègues.

— Ça va nous prendre le reste de l'après-midi pour tout analyser, vu tous les clients qui sont passés par ici. Je veux dire, ne vous méprenez pas, les femmes de ménage font du bon travail ici, mais il y a toujours des traces résiduelles d'occupation dans des endroits comme celui-ci.

Kay fronça le nez, puis regarda vers la fenêtre.

— Quelqu'un est-il entré par là ? Est-ce qu'elle s'ouvre ?

— Oh, elle s'ouvre, c'est sûr. Mais pas assez pour que quelqu'un puisse entrer ou sortir, à moins d'avoir moins de neuf ans en tout cas.

Les yeux de Harriet se plissèrent au-dessus de son masque.

— N'importe qui d'autre serait trop grand pour se faufiler par l'ouverture. Il y a une charnière qui empêche la fenêtre de s'ouvrir complètement. Pour la sécurité, je pense, ça empêche quiconque de s'introduire.

— Et les bagages de Tansy ? Quelque chose d'intéressant dedans ? demanda Barnes en pointant du doigt une petite valise en nylon noir posée sur un porte-bagages en bois, avec un sac fourre-tout en toile à côté sur le sol.

— Jusqu'à présent, nous les avons seulement photographiés in situ. Nous n'avons pas encore examiné le contenu. Vous cherchez toujours son téléphone portable ?

— Oui, il n'a pas été trouvé lors de la fouille du parc, et personne n'en a rapporté un. L'équipe de la salle des opérations a vérifié ce matin auprès du service des objets trouvés du festival, mais ils n'ont pas pu nous aider.

— Attends.

Kay fit quelques pas loin de la porte, ouvrant la fermeture éclair de sa combinaison une fois à l'écart de l'équipement de la police scientifique, puis elle sortit son téléphone de la poche de son pantalon et composa un numéro abrégé.

— Debbie ? Tu peux retrouver le numéro de portable de Tansy que sa mère nous a donné et l'appeler ? Les agents en uniforme ont essayé la même chose ce matin avec les objets trouvés. Merci.

Elle leva les yeux pour voir Barnes la regarder.

Sa tête pivota vers la chambre lorsqu'un léger trille émana de l'un des sacs.

— C'est bon, merci, Debbie.

Kay mit fin à l'appel, referma la fermeture éclair de sa combinaison et rejoignit Barnes, retenant son souffle pendant que Harriet commençait à sortir un objet après l'autre du sac fourre-tout en toile.

Une partie d'elle voulait traverser la pièce à grands pas, arracher le sac des mains de Harriet et en vider le contenu sur le sol, mais elle se retint, sachant que chaque objet appartenant à Tansy devait être traité avec soin pour maintenir la chaîne des preuves.

Finalement, Harriet brandit un smartphone enfermé dans une coque en plastique dur rose pailleté.

— Il reste environ cinq pour cent de batterie.

— Est-ce qu'il est protégé par un mot de passe ?

Kay faillit faire un pas en avant dans la pièce et se rattrapa au dernier moment.

— Oui.

— Merde. Bon, on va demander à quelqu'un de l'équipe d'Andy Grey en criminalistique numérique de s'en occuper.

Elle observa Harriet examiner le reste du contenu du sac.

— Il y a autre chose là-dedans qui pourrait nous aider ?

— Je ne pense pas, pas à première vue en tout cas.

La responsable de la police scientifique brandit une petite trousse de maquillage et un paquet de mouchoirs.

— Nous allons continuer ici et je t'appellerai si

quelque chose d'autre nécessite ton attention immédiate, ok ?

— Merci, on va te laisser travailler.

Kay se détourna de la pièce et enjamba une mallette contenant une sélection de flacons en verre scellés, puis elle se dirigea vers le couloir.

— Bon, retour à la salle des opérations, voyons si—

Elle s'arrêta, réalisant que son collègue ne la suivait pas, et elle se retourna pour le voir encore debout près de la porte ouverte de la chambre de Tansy.

— Ian ?

Il sursauta en entendant sa voix, puis se dépêcha de la rattraper, retirant la capuche de protection de sa combinaison et baissant son masque. Un froncement de sourcils plissait son front.

— Ça va ?

Barnes jeta un coup d'œil par-dessus son épaule, puis revint à elle.

— Si elle avait rendez-vous avec quelqu'un, chef, pourquoi n'a-t-elle pas pris son téléphone avec elle ?

CHAPITRE 20

Un changement d'atmosphère distinct accueillit Kay lorsqu'elle entra dans la salle des opérations vingt minutes plus tard.

La découverte des allées et venues de Tansy avant son meurtre avait créé une excitation parmi le reste de l'équipe qui émanait des voix par-dessus le bruit des téléphones qui sonnaient, et même la vue de plus de cinquante nouveaux e-mails depuis son absence du poste ne parvint pas à ternir son moral.

Du moins jusqu'à ce qu'elle rejoigne Barnes devant le tableau blanc et regarde pendant qu'il mettait à jour les notes concernant les découvertes de Lucas lors de l'autopsie du matin.

— Deux tueurs, murmura-t-elle. Ou, un tueur et quelqu'un d'autre qui... quoi ? Que diable faisaient-ils, Ian ?

— Je ne sais pas, chef, dit-il en rebouchant le stylo et en le laissant tomber dans le plateau en aluminium fixé sous le tableau. J'y ai réfléchi, et—

— Garde cette pensée une seconde. Rassemblons tout le monde ici et discutons de ça et des autres points à l'ordre du jour en une seule fois plutôt que de nous répéter.

Il regarda derrière elle, puis émit un sifflement perçant qui traversa la pièce, et probablement descendit les escaliers jusqu'au bloc cellulaire.

Elle vit deux des nouvelles assistantes administratives sursauter sur leurs sièges, puis toute l'équipe se précipita vers eux, traînant des chaises ou choisissant de se tenir à la périphérie du groupe.

— Il faut que tu m'apprennes à faire ça.

— C'est facile, tu n'as qu'à joindre tes lèvres et souffler, dit-il en lui faisant un clin d'œil.

Elle leva les yeux au ciel et se tourna vers l'équipe.

— Bon, on va passer en revue les points à l'ordre du jour dans une minute, mais en bref, Lucas a confirmé lors de l'autopsie qu'une personne a étranglé Tansy Leneghan, puis soit cette personne, soit quelqu'un d'autre, est revenue sur son corps et lui a infligé les coups de couteau, et a retiré le bout de ses doigts pour nous empêcher, ou au moins retarder, son identification.

Elle fit un geste vers Barnes.

— Quelles sont tes réflexions ?

— Bien, dit-il. Si nous prenons la théorie qu'il y a deux personnes impliquées dans le meurtre de Tansy et la mutilation ultérieure de son corps, je me demande si celui qui a retiré le bout de ses doigts connaissait son tueur, et si oui, pourquoi attendre pour le faire ? Lucas a suggéré qu'il y avait un délai entre les deux actes, alors que s'est-il passé ? Le tueur est-il allé chercher quelqu'un, ou cette deuxième personne était-elle déjà dans le parc quand

Tansy a été assassinée ? Ou le tueur est-il revenu sur son corps pour retirer le bout de ses doigts ? Et bien sûr, son tueur, ou la personne qui a mutilé son corps, la connaissait-il ?

Une vague de murmures parcourut les officiers assemblés lorsqu'il eut fini de parler, et Kay leur donna un moment pour noter ses suggestions avant de continuer.

— Nous aurons le rapport de Harriet sur la scène de crime de Mote Park demain, et étant donné qu'elle est actuellement à l'hôtel où séjournait Tansy, je suppose que ce sera plus tard dans la journée maintenant. Cependant, une chose que nous devrons découvrir à partir de là est s'il y a des preuves pour nous aider à déterminer si cette théorie particulière peut être étayée, ou s'il n'y avait qu'un seul tueur.

— Bon sang, chef, dit Gavin. Ça ne va pas être facile étant donné que les deux bénévoles ont piétiné une grande partie de l'herbe et de la terre autour de la scène du crime, sans parler de quiconque était à proximité avant qu'elle ne soit découverte. C'est-à-dire, si Lucas est d'accord qu'elle a été assassinée là ?

— Il pense que oui, sur la base de la lividité et d'autres observations qu'il inclura dans son rapport. L'absence de sang provenant des coups de couteau est due au fait qu'elle a été étranglée quelque temps avant que ceux-ci ne soient infligés, dit Kay. L'arrêt de son cœur a empêché le flux sanguin. Mais je comprends ton point sur la difficulté qu'il y aura à trouver quoi que ce soit pour corroborer cette théorie.

Elle parcourut le groupe du regard, vit Laura, et lui fit signe d'approcher.

— Tu peux nous mettre à jour sur les dernières découvertes de l'hôtel ?

L'enquêteuse ouvrit son carnet et fit face à la salle.

— Brièvement, Tansy a téléphoné à l'hôtel jeudi pour faire une réservation pour vendredi soir. C'était deux jours après avoir demandé à son patron si elle pouvait partir plus tôt le vendredi. Elle s'est enregistrée, puis a quitté l'hôtel, soit à pied, soit avec quelqu'un d'autre, à une heure du matin.

Le visage de Laura s'affaissa alors qu'elle jetait un coup d'œil par-dessus son épaule aux photographies sur le tableau blanc.

— Et peu après, quelqu'un lui a fait ça.

Kay laissa les paroles de sa collègue faire leur effet pendant un moment avant de parler.

— Quelque chose s'est passé entre mardi, quand Tansy a parlé à son patron, et jeudi, quand elle a fait la réservation d'hôtel. Jusqu'à ce moment-là, elle prévoyait de rester chez sa mère jusqu'à dimanche. Alors, pourquoi n'a-t-elle pas informé Georgina du changement de plan immédiatement ? Pourquoi attendre ? Pourquoi attendre si tard pour lui dire qu'elle allait rencontrer quelqu'un à Maidstone ? Et que s'est-il passé, ou à qui a-t-elle parlé entre-temps, qui l'a fait changer d'avis ? Gavin, où en sommes-nous avec les images de vidéosurveillance de l'hôtel ?

— Ils nous ont fourni une copie de tous les enregistrements avant notre départ plus tôt, chef, dit-il. Et je vais demander à quelqu'un de commencer à y travailler pendant que je termine les images des entreprises autour de la zone de Turkey Mill et de l'extrémité sud du parc.

— Merci. Y a-t-il d'autres points à aborder avant que je ne commence à attribuer les tâches pour les prochaines quarante-huit heures ?

— Chef ?

Debbie leva la main puis fit un geste vers trois jeunes agents de police qui se tenaient à côté d'elle.

— On nous a donné plus d'aide pour l'enquête cet après-midi, alors puis-je vous présenter à nouveau les agents Nadine Fenning et Sean Gastrell et le sergent Tim Wallace ? J'allais demander à Nadine et Sean d'aider pour les images de vidéosurveillance. Tim est disponible pour un soutien supplémentaire si vous en avez besoin pour les entretiens avec les témoins.

— C'est super, merci. Et bon retour parmi nous, vous trois. C'est bien de vous avoir ici.

Kay parcourut l'ordre du jour du regard.

— Très bien, Tim, tu peux faire le lien avec Laura concernant les déclarations qu'elle a recueillies auprès du personnel de l'hôtel jusqu'à présent et l'aider à retrouver toute personne qui ne travaillait pas aujourd'hui et qui aurait pu voir Tansy vendredi ? Nous aurons besoin d'elles avant mercredi matin si possible.

— Je m'en occupe, chef.

— Bien, enfin, les lacunes dans nos connaissances incluent également la recherche du père de Tansy, ce Joseph Throndsen dont Georgina Leneghan nous a parlé. Elle a donné à Dave Morrison cette vieille photo, mais elle date de plus de vingt ans et elle dit qu'elle n'a eu aucun contact avec lui depuis qu'il l'a quittée quand Tansy avait trois ans. C'est maintenant—

— C'est Joey, s'exclama Nadine, puis elle rougit

lorsque tout le monde se tourna pour la regarder. N'est-ce pas ? Je veux dire, les cheveux sont plus courts sur cette photo, et il les teint probablement de nos jours.

— Tu le connais ? dit Kay, incrédule. Comment ?

— Eh bien, je ne le connais pas exactement, chef…

— Continue.

— C'est juste que... je veux dire, je pense que c'est Joey Twist.

— Qui ?

— Joey Twist. Je ne le reconnais que parce que ça a été partout sur les réseaux sociaux la semaine dernière. Je pense que c'est le bassiste de ce groupe qui devait être en tête d'affiche samedi soir, non ?

CHAPITRE 21

— Bien, Nadine. Je veux que tu travailles avec Kyle pour établir un historique complet sur Throndsen, Twist, ou peu importe son nom, dit Kay en arpentant la moquette.

Ses pensées s'entrechoquaient suite à l'identification du père de Tansy par la jeune agente de police, et elle s'arrêta un instant devant le tableau blanc, se forçant à se concentrer et à procéder étape par étape, comme le lui avait inculqué des années auparavant son mentor, le commandant divisionnaire Devon Sharp.

— Ian, j'ai besoin que tu trouves comment le contacter. Est-ce que leur manager, Kasprak, t'a donné une carte quand il nous a vus au parc samedi ?

— Non, chef.

— À moi non plus, mais je suis sûre qu'il aura un site web pour son entreprise. Commence par là, et sinon il faudra faire une recherche en sources ouvertes. Coordonne-toi avec Nadine et Kyle si tu as besoin de le faire, juste pour t'assurer que tu ne fais pas double emploi avec ce qu'ils ont déjà trouvé.

Kay regarda sa montre.

— Et je ferais mieux de faire un point avec Sharp pendant que vous commencez ça. Les autres, vérifiez vos plannings pour le reste de la semaine avec Debbie. Vous trouverez les dernières attributions de tâches dans HOLMES2, mais si vous avez des questions, venez me voir ou allez voir l'inspecteur Barnes.

Elle attendit que ses officiers et le personnel administratif retournent à leurs bureaux, puis elle prit son sac à main et son téléphone à côté de son clavier d'ordinateur et se dirigea vers la porte.

Une fois dehors, elle s'arrêta pour respirer l'air plus frais sur le côté du commissariat, puis se dépêcha de tourner au coin de Palace Avenue et se dirigea vers la Medway.

La bousculade des bus chargés d'écoliers de tous âges encombrait la route, tandis que les voitures et les camionnettes de livraison zigzaguaient entre eux le long des deux voies qui contournaient le centre-ville. Les trottoirs étaient tout aussi bondés, et elle se retrouva à esquiver les poussettes et les landaus pendant que des parents stressés appelaient leurs aînés pour qu'ils arrêtent de courir si près de la circulation.

Optant pour se faufiler à travers la circulation immobilisée au carrefour plutôt que d'attendre le feu piéton, elle traversa le cimetière séculaire de l'église All Saints, dont le design gothique s'enroulait autour d'un sentier tortueux qui serpentait entre d'anciens ifs.

Quelques instants plus tard, elle s'affaissa sur un banc en bois installé dans le creux d'un mur en grès à côté de l'ancien collège et poussa un soupir de soulagement tandis que le bruit de la circulation s'atténuait un peu.

Ici, elle pouvait s'entendre penser.

Un fort coassement commença en amont de sa position, et sa bouche esquissa un sourire.

— Ça va me trahir, murmura-t-elle en sortant son téléphone et en appuyant sur le numéro d'un nom familier.

— Kay ? Comment ça se passe ? aboya Sharp en guise de salutation.

— Lentement, mais je te dois un rapport d'avancement, dit-elle en regardant quatre canards dériver sur le courant. Nous avons eu quelques bonnes percées aujourd'hui cependant.

Il y eut une pause à l'autre bout du fil après un autre coassement bruyant, puis Sharp rit.

— Cachée à l'endroit habituel ?

— Juste pour un moment. Je n'aurais jamais pu te parler tranquillement sinon.

— Tu as mangé quelque chose aujourd'hui ?

Malgré la tension qu'elle subissait, Kay rit.

— Non, mais—

— Je vais le dire à Rebecca.

— Non, ne fais pas ça, pour l'amour du ciel, chef.

— D'accord, à condition que tu me promettes de prendre quelque chose en retournant au commissariat. Tu n'aides pas l'équipe si—

Kay leva les yeux au ciel.

— Devon, tu veux entendre parler des percées ?

Ce fut à son tour de rire.

— Arrête de changer de sujet, et oui, dis-moi.

Elle le mit au courant du travail de Laura pour trouver

où Tansy avait séjourné, puis de la découverte de Nadine sur l'identité du père de Tansy.

Sharp émit un sifflement bas quand elle eut fini, heureusement plusieurs décibels plus bas que celui de Barnes.

— C'est du bon travail. Donc vous essayez de le localiser pour un entretien, je suppose ?

— Oui, nous espérons pouvoir l'amener pour un entretien formel demain matin. Je présume qu'ils sont toujours dans la région parce que ce concert de samedi était censé lancer leur tournée.

— Hmm. Ce sera intéressant d'entendre ce qu'il a à dire. Tu n'as pas encore dit aux médias que vous avez identifié Tansy, n'est-ce pas ?

— Pas encore, et heureusement si nous avons raison sur ce bassiste qui serait son père. Ce serait une sacrée façon pour lui de l'apprendre autrement.

— C'est vrai.

Sharp fit une pause.

— Ce nom me dit quelque chose.

— Eh bien, ils étaient un groupe assez connu dans certains milieux pendant un temps, chef.

Elle sourit.

— Je ne parle pas musicalement. Throndsen, je veux dire. Qui as-tu mis sur les vérifications d'antécédents ?

— Kyle, et Nadine, vu que c'est elle qui nous a donné cette percée. Barnes est actuellement en train de retrouver le manager pour qu'on puisse organiser cet entretien. Pourquoi ?

Elle entendit le bruit de papiers qu'on remue à l'autre

bout de la ligne, puis une chaise grinça comme si son occupant s'était penché en arrière avant de répondre.

— Jette un coup d'œil aux arrestations d'il y a vingt ans, près de l'époque où la mère dit qu'il les a abandonnées, dit-il. Ce n'est peut-être rien... Je me trompe peut-être, mais vérifie quand même si quelque chose ressort.

Le cœur de Kay manqua un battement.

— Tu penses qu'il a des antécédents ?

— Peut-être. Ça vaut le coup de vérifier, de toute façon. Comme je l'ai dit, je pourrais me tromper mais c'est un nom inhabituel.

Sharp fit une pause et parla à quelqu'un en arrière-plan avant de revenir à elle.

— Je vais devoir y aller. La directrice adjointe a demandé ma présence à une réunion de direction, et je détesterais la décevoir.

Kay entendit l'ironie dans sa voix.

— Il va falloir qu'on te fasse revenir ici, chef, pour que tu puisses enseigner deux ou trois choses aux jeunes.

— Petite insolente.

Il rit.

— Appelle-moi si tu as besoin de moi, Kay.

— Merci.

En terminant l'appel, elle fixa l'écran un moment, puis vit le nombre de notifications sur son application de messagerie, jeta un dernier regard envieux aux eaux tranquilles de la rivière, et se dirigea vers la salle des opérations.

En passant par un café, juste au cas où elle croiserait la femme de Sharp en chemin.

CHAPITRE 22

Barnes était à son bureau, engagé dans une discussion animée avec Nadine et Kyle lorsque Kay revint dans la salle des opérations.

Elle sourit en voyant leurs expressions quand elle s'approcha.

— J'imagine que vous avez des informations pour moi, dit-elle en posant sa canette de soda à moitié finie à côté de son écran d'ordinateur et en s'appuyant contre son bureau. Allez-y, et ensuite je vous dirai ce que Sharp m'a appris.

— On l'a trouvé, dit Barnes en tournant son écran vers elle. Joseph Throndsen, pas de deuxième prénom, né à Chatham, actuellement au début de la cinquantaine. Il est apparu dans une recherche sur Internet dans un article datant de quatre ans avant la naissance de Tansy.

— Quel genre d'article ?

Kay s'accroupit à côté de sa chaise et scruta l'écran.

— Juste un prix qui avait été décerné à une entreprise locale où il travaillait. Il est cité pour avoir dit que le patron était un bon employeur. Il y a quelques citations comme ça dans l'article, dit Barnes en faisant défiler la page. On dirait que c'était une initiative annuelle qui a duré environ six ans dans cette région. Les récompenses se concentraient sur les petites entreprises du nord du Kent, probablement juste pour leur donner un peu plus de visibilité. Nadine a vérifié le registre des entreprises et l'employeur de Throndsen a fait faillite trois ans plus tard.

— Tant pis pour l'aide aux entreprises locales alors.

— Ouais.

Barnes ricana.

— Après ça, par contre, on le perd.

— On le perd ?

— Throndsen. Il a dû changer son nom par acte notarié à peu près au moment où Tansy est née.

— Intéressant.

Kay se redressa alors que Kyle lui tendait un morceau de papier.

— Qu'est-ce que c'est ?

— Une copie d'une demande pour obtenir plus d'informations auprès des archives nationales sur ce changement de nom, chef. Ils conservent tous les dossiers jusqu'en 2003, donc on peut le vérifier de cette façon. Je l'ai soumise en ligne juste avant votre retour. Le site web indique que la réponse peut prendre jusqu'à dix jours, mais j'ai pensé que ce serait une bonne vérification au cas où Joey Twist nierait.

— D'accord, merci. Quand j'ai parlé à Sharp, il a dit qu'il reconnaissait le nom de Joseph Throndsen. L'un d'entre vous a-t-il vérifié nos archives pour des condamnations antérieures ?

— Pas de condamnations, chef, répondit Nadine. Mais je peux passer en revue les dossiers d'arrestation ensuite.

— Fais-le. Je n'ai jamais vu Sharp se tromper sur quelque chose comme ça. Regarde quelques années avant et après la remise de ce prix à l'entreprise. Sharp a dit qu'il pense que quelque chose s'est passé autour du moment où il a abandonné Georgina et Tansy.

— Je vais faire une recherche sur les entreprises de cette époque qui employaient d'anciens délinquants, dit Barnes. Si celle qui a gagné le prix apparaît sur la liste, il y a peut-être quelqu'un de cette époque qui se souvient de Throndsen. On a déjà fait une recherche sur les réseaux sociaux pour les noms figurant sur le registre des entreprises, mais certains des anciens contacts professionnels pourraient encore être joignables si on peut les recouper d'une manière ou d'une autre.

— Bonne idée. Comment t'en es-tu sorti pour organiser un entretien avec lui, tu es réussi à trouver un numéro de téléphone pour son manager ?

— Oui.

Barnes agita une note autocollante rose devant elle.

— Kasprak et le groupe sont actuellement retranchés dans un hôtel à Brighton, donc il dit qu'il montera en voiture avec Throndsen, ou Twist, comme il s'appelle maintenant, demain matin. Je ne pense pas qu'ils veuillent qu'on s'approche de l'hôtel. Trop de fans apparemment.

— Ouais, ça mettrait un frein à leur tournée de réunion, n'est-ce pas ?

Kay examina le tableau blanc, tous les fils dans son esprit se tordant lentement en un nœud serré qui lui nouait l'estomac.

— Est-ce qu'on connaît leurs déplacements prévus pendant qu'ils sont à Brighton ?

— Kasprak a dit qu'ils jouent à un festival en plein air là-bas pendant le week-end.

La lèvre de Barnes se retroussa.

— Il a dit qu'ils sont en « mode limitation des dégâts » après l'annulation de leur grand concert de retour.

— Bon sang.

— On est en train de passer en revue les réseaux sociaux du groupe pour essayer de voir si Tansy les suivait, dit Kyle. Ça n'a rien donné sous ses propres profils, mais—

— Elle aurait pu créer un compte alternatif juste pour le suivre, termina Kay. Combien d'abonnés y a-t-il à examiner ?

Le visage de sa dernière recrue s'assombrit.

— Il y en a plus de quinze mille sur l'un des comptes.

— Bon sang. Très bien, c'est ce que c'est. Ian, quand nous interrogerons Throndsen, je veux dire Twist, nous devrons découvrir si Tansy communiquait avec lui via l'une de ces applications de réseaux sociaux. Elle a peut-être évité les SMS et les e-mails.

— Bon point, chef. Je vais commencer à rédiger le plan d'entretien maintenant et te l'envoyer par e-mail une fois que j'aurai terminé, ça te va ?

— Parfait. Si tu restes tard pour faire ça, je conduirai pour le reste de la semaine.

— Ça me va. Mais c'est moi qui choisis la musique.

CHAPITRE 23

Kay retira la clé du contact, ferma les yeux et reposa sa tête contre le siège de la voiture pendant que le moteur refroidissait en émettant de petits cliquetis.

Le trajet de retour depuis la salle des opérations s'était déroulé sans encombre, mais son esprit ne cessait de revenir aux décisions qu'elle avait prises depuis la découverte du corps de Tansy Leneghan samedi matin, et les doutes la menaçaient, malgré sa considérable expérience.

Certes, ils avaient fait une percée concernant la présence du père de la jeune femme à proximité du lieu du meurtre, mais s'agissait-il d'une simple coïncidence ou était-ce le signe de quelque chose de bien plus sombre ?

— Il n'y a pas de coïncidence, marmonna-t-elle en sortant de la voiture.

Traversant le gravier remué qui bordait son allée, elle jeta un coup d'œil au 4x4 couvert de poussière garé devant le garage. Un étroit sentier menait le long du coin gauche de la maison, et devinant qu'Adam serait probablement en train de finir la clôture dans le verger, elle se fraya un chemin à travers un buddleia touffu qui débordait de la propriété voisine et se dirigea vers le portail de derrière.

Ils gardaient habituellement le loquet fermé, mais elle avait deviné juste et trouva son compagnon en train de siffloter tout en arrosant les dalles de la terrasse, le doux sifflement de la pression du réservoir d'eau créant des arcs-en-ciel dans l'air lorsque l'humidité rencontrait la chaude soirée d'été.

— J'ai cru entendre une voiture arriver, dit Adam en fermant le robinet et en l'enveloppant dans une étreinte moite. Je pensais justement qu'il était temps de prendre une bière fraîche.

— Je vais les chercher. Je veux aussi me changer et mettre un short.

Le regard de Kay tomba sur les dalles de béton restantes, repérant un ensemble d'empreintes de sabots boueux vers la pelouse.

— Oh, ton visiteur est déjà là ? Je me demandais d'où venaient les traces de pneus supplémentaires dans l'allée.

— Le père de Scott m'a prêté sa remorque à bétail. Il m'a fallu quelques essais pour la faire reculer selon cet angle serré depuis la route, mais c'était plus sûr que d'essayer de le décharger au milieu de la ruelle.

— Le ?

Il lui fit un clin d'œil.

— Va chercher les bières et rejoins-moi dans le verger. Je vais te le présenter.

— Ok.

Kay passa par la porte de derrière pour entrer dans la cuisine, posant son sac sur le plan de travail central et drapant sa veste de tailleur sur le dossier d'un des tabourets de bar avant de monter à l'étage pour se changer.

Tandis qu'elle jetait son pantalon et son chemisier dans le panier à linge et enfilait un short et un t-shirt, elle se rappela la dernière fois qu'Adam avait ramené un gros animal à la maison.

C'était une chèvre à l'époque, une qui avait insisté pour manger la plupart des roses ornementales plantées par le précédent propriétaire de la maison, ainsi qu'un certain nombre de légumes que Kay essayait de faire pousser. La chèvre avait finalement été rendue à son propriétaire après quelques jours traumatisants pour le jardin, et elle avait juré de ne jamais recommencer l'expérience.

— Au moins, ce n'est pas dans le jardin, quoi que ce soit, marmonna-t-elle, puis elle enfila une vieille paire de chaussures de course et redescendit.

Après avoir pris deux bouteilles de bière fraîche au fond du réfrigérateur, elle se dépêcha de sortir, se frayant un chemin entre une haie de troènes et par-dessus le ruisseau.

Un profond *bêê* l'accueillit, et sa mâchoire tomba.

— Un mouton ?

Adam leva les yeux de son téléphone et sourit, puis pointa du doigt le mouton qui la fixait depuis un coin ombragé à côté d'un nouvel abreuvoir galvanisé, ses yeux pâles se plissant.

— Je te présente Hovis.

— Hovis ?

— Apparemment, il aime le pain.

Kay rit.

— Ça, c'est nouveau. Il est amical ?

— Oui, bien qu'un peu grincheux après avoir été poussé dans cette remorque plus tôt. Il ne mange pas beaucoup pour le moment, mais donne-lui quelques heures pour prendre ses marques et je pense qu'il ira bien.

Kay posa son téléphone et les deux bouteilles de bière sur la table en fer forgé ornée à côté d'Adam, puis elle s'approcha du mouton et tendit la main.

— Hé, toi. Tu vas nous aider à garder l'herbe sous contrôle, hein ?

Le mouton cligna des yeux, puis tendit son museau et renifla avant de se retourner vers l'eau.

— Il sera bien ici tout seul ?

— J'ai fini de construire l'abri pour lui ce matin, donc il aura un refuge pour la nuit pendant qu'il s'installe. Il était seul à son ancien endroit, mais on verra comment il s'en sort.

Adam plongea la main dans sa poche, sortit un décapsuleur attaché à un porte-clés et ouvrit la bière, lui en tendant une alors qu'elle s'asseyait.

— Il y a assez de place ici pour un deuxième si on voit qu'il se sent seul.

— Santé, dit Kay en faisant tinter sa bouteille contre la sienne. À Hovis, alors.

— Et à ne plus avoir à tondre l'herbe par ici.

Elle prit une longue gorgée, puis gémit lorsque son téléphone vibra sur la surface métallique.

— Je vais devoir répondre, désolée... Allô ?

— Chef ? C'est Nadine. Vous avez une minute ?

— Oui.

— C'est juste que l'inspecteur Barnes m'a demandé d'enquêter sur le commentaire du commandant divisionnaire Sharp concernant le passé de Joey Twist, je veux dire Throndsen. Il est parti il y a dix minutes, mais je pense que j'ai peut-être quelque chose.

— Je t'écoute.

— C'est arrivé il y a vingt ans, alors qu'il travaillait comme soudeur dans cette entreprise à Chatham. Il a été arrêté après avoir proféré des menaces contre sa femme. Les dossiers sont un peu flous parce qu'ils ont été numérisés dans le nouveau système il y a une dizaine d'années.

Kay repoussa la bière et s'accouda sur la table.

— A-t-il été inculpé ?

— Non, chef. J'ai vérifié deux fois et Georgina n'a jamais donné suite à l'affaire. Il a été libéré dans les vingt-quatre heures avec un avertissement verbal lui demandant de ne plus boire. Apparemment, il était allé au pub et s'était disputé avec quelqu'un avant qu'un des voisins n'appelle la police chez eux.

— Donc il a un tempérament agressif. Intéressant.

— J'ai aussi appelé Diane, l'agente de liaison familiale chez Georgina, avant de vous téléphoner, chef. Je voulais vérifier quand Georgina avait demandé le divorce de Throndsen. Il s'avère que c'était six mois après cet incident. Elle a dit à Diane qu'elle était allée vivre chez ses parents jusqu'à ce qu'elle obtienne une injonction pour le tenir éloigné d'elle et de Tansy avant de mettre la maison en vente et de déménager là où elle est maintenant à Kingswood. Ses parents l'ont aidée pour l'achat.

— As-tu dit à Diane que nous interrogions Throndsen demain matin ?

Il y eut une légère pause, puis :

— Je ne l'ai pas fait, chef. J'ai pensé que ce n'était pas prudent dans les circonstances, au cas où vous voudriez corroborer quoi que ce soit avec Georgina après lui avoir parlé.

Kay sourit.

— Bien pensé. Y avait-il autre chose ?

— Non, chef, c'est tout.

— C'est du bon travail. Rentre chez toi, et on se voit demain.

Elle mit fin à l'appel et se renversa dans son siège avant de prendre une autre gorgée de bière, son regard perdu sur l'herbe à ses pieds.

— Du progrès ?

La voix d'Adam interrompit ses pensées.

— Peut-être.

Elle cligna des yeux, sortant de sa rêverie, puis regarda de l'autre côté de la table son autre moitié.

— J'espère.

— Bien.

Il vida sa bière, se leva et s'étira.

— Je vais prendre une douche rapide avant qu'on mange. Tu en veux une autre quand je reviendrai ?

— S'il te plaît, et je vais allumer le barbecue, j'ai acheté du poisson et de la salade en rentrant.

— Super.

Elle le regarda retourner d'un pas lourd vers la maison, puis saisit son téléphone et ouvrit une application de recherche sur Internet, ses pouces tapant rapidement la vidéo qu'elle cherchait.

C'était granuleux, datant bien avant l'époque de la haute définition des smartphones, mais celui qui l'avait filmée se trouvait à gauche de la scène lorsque le groupe de Joey Twist jouait ce qui allait être leur dernier concert.

Le commentaire sous la vidéo expliquait que le concert avait eu lieu dans une salle allemande d'une capacité de 2 500 personnes qui avait autrefois été l'hôtel de ville.

En effet, à mi-chemin du deuxième set, et dans ce qui semblait être un cas de pitreries d'ivrognes, Thomas « Thommo » Smith, le guitariste, traversa la scène jusqu'à l'endroit où Twist arpentait le côté droit de la scène en balançant sa tête sur un refrain bruyant avec la foule devant lui, puis il tendit son pied botté de cuir.

Twist trébucha, manquant de peu de tomber sur l'enceinte de retour devant lui. Il évita de justesse de disparaître tête la première dans la fosse entre la scène et la barrière de sécurité, puis lança un regard noir à Smith. D'un mouvement fluide, il traversa jusqu'où Smith se tenait, souriant d'une oreille à l'autre, et frappa son coéquipier en plein nez avant de jeter sa guitare vers la batterie et de quitter la scène.

La vidéo se terminait peu après, le photographe émettant une série de jurons alors qu'il devenait évident que Twist ne reviendrait pas et que le concert était terminé.

Kay baissa son téléphone et vida sa bière, observant Hovis qui errait d'avant en arrière, grignotant timidement les touffes d'herbe autour de la base des pommiers, et son esprit se concentra sur l'entretien du lendemain avec Twist.

Compte tenu des menaces contre Georgina et de

l'attaque contre Smith, bien qu'exacerbées par l'adrénaline et peut-être les substances que le groupe prenait à l'époque, il semblait que l'homme avait un tempérament colérique.

Mais cette colère était-elle suffisante pour assassiner sa propre fille ?

Et, pourquoi ?

CHAPITRE 24

Ian Barnes arpentait le couloir carrelé qui menait de l'accueil du commissariat aux salles d'interrogatoire, tapant un dossier contre sa jambe au rythme de ses pas.

Il connaissait le contenu du dossier par cœur, ayant passé la majeure partie de la soirée précédente à éplucher les faits rassemblés sur Joey Twist et à se familiariser avec l'histoire du bassiste – tant celle de ses efforts musicaux que ce que Kyle et Nadine avaient pu glaner sur ses emplois précédents.

Les premières années étaient au mieux esquissées, à peine plus que des miettes dispersées çà et là, comme l'article de journal sur le prix d'entreprise.

L'homme apparaissait dans des publications sur les réseaux sociaux sous le nom du groupe, mais rien ne laissait supposer qu'il maintenait un profil personnel sur l'une des plateformes.

Pas publiquement en tout cas.

Les notes concernant l'arrestation à Chatham avant que sa carrière musicale ne décolle avaient été demandées, mais Barnes n'espérait guère que quelqu'un les trouve étant donné les années écoulées. Ils avaient de la chance que Nadine ait trouvé les maigres informations qu'elle avait, et il ne doutait pas que l'intérêt de Kay ait été piqué par cette révélation.

Elle avait semblé préoccupée lorsqu'elle était venue le chercher chez lui quarante minutes plus tôt pour se rendre en ville assister à l'interrogatoire, lui confiant en toute confidence qu'elle s'inquiétait de la façon d'aborder la situation étant donné que le manager de l'homme serait présent plutôt qu'un représentant légal.

Cependant, Barnes restait stoïque.

Seul le temps le dirait, et il était impatient de commencer.

Jetant un coup d'œil à l'horloge au-dessus de l'encadrement de la porte de l'accueil, sa lèvre supérieure se crispa en voyant la trotteuse indiquer cinq minutes après l'heure prévue.

À présent, Twist et Kasprak auraient dû être enregistrés et assis à la table de la salle d'interrogatoire numéro deux, celle à sa gauche, et pourtant il était encore là, à attendre.

Une ombre tomba sur la moquette à l'autre bout du couloir, accompagnée du bruit de pas, puis Kay apparut au coin, son expression déterminée.

— Il est là ?

— Pas encore.

Barnes inclina le menton vers la zone d'accueil alors qu'elle le rejoignait.

— Mais quand on parle du loup.

Il observa à travers la vitre en verre renforcé de la porte de séparation deux hommes s'approcher du bureau principal, Kasprak vêtu d'une veste noire similaire à celle qu'il portait au festival de samedi sur un t-shirt blanc uni et un jean, ses cheveux gris mi-longs balayés en arrière par une paire de lunettes d'aviateur qui scintillaient sous les lumières du plafond.

Twist le suivait, plus grand de quelques centimètres, des bras et des jambes minces contrastant avec un léger embonpoint et des cheveux blonds hirsutes.

— Définitivement sorti d'une bouteille, murmura Kay.

— Miaou.

Elle rit doucement et se détourna des deux hommes pendant qu'ils étaient enregistrés.

— Je vais te laisser mener cet interrogatoire étant donné que tu connais probablement ce dossier sur le bout des doigts. Des points importants dont je devrais être au courant en dehors de l'arrestation passée ?

— Rien de particulier, chef. Allons-y, il est temps d'aller creuser.

Il lui lança un sourire malicieux alors que la porte de l'accueil s'ouvrait et qu'un agent maussade conduisait les deux hommes vers eux.

— Monsieur Kasprak, monsieur Twist. C'est gentil à vous de nous rejoindre.

Barnes les fit entrer dans la salle d'interrogatoire, mit en marche l'équipement d'enregistrement et récita la mise en garde formelle en les observant tous deux pendant qu'il lisait les mots.

Kasprak tripotait les boutons de sa veste, un froncement de sourcils perpétuel plissant son front tandis que Twist semblait agité. Il s'écartait de son manager et gardait son regard fermement fixé sur la table, les mains sur ses genoux. Contrairement à son manager, il portait un t-shirt avec un dessin représentant ce que Barnes supposait être le dernier album du groupe et un jean bleu déchiré. Des tatouages décolorés couvraient son bras gauche dans un motif qui tourbillonnait et s'enroulait sous sa manche.

La mise en garde terminée, Barnes ouvrit le dossier et prit un moment pour parcourir rapidement les documents à l'intérieur. Sa collègue avait raison, il connaissait effectivement le contenu par cœur, mais cette action était née de l'habitude, une façon de rythmer l'interrogatoire et de s'assurer que le bon ton était utilisé étant donné qu'il avait affaire à un père endeuillé qui l'ignorait encore.

— Tout d'abord, pouvez-vous confirmer, monsieur Twist, qu'avant de changer votre nom par acte notarié, vous étiez connu sous le nom de Joseph Throndsen ?

L'homme en face de lui releva brusquement la tête, et ses yeux bleus perçants s'assombrirent.

— C'était le cas. Pourquoi ?

— Dans un instant. Pouvez-vous également confirmer que l'homme sur cette photographie est bien vous ? Dans cette entreprise de soudure à Chatham ?

— Ouais, c'est moi.

Twist renifla.

— Il y a une éternité.

— Combien de temps y êtes-vous resté ?

— J'ai commencé comme apprenti pour le père du propriétaire quand j'avais seize ans, donc je suppose presque dix ans.

— Pourquoi êtes-vous parti ?

Les yeux de Twist se plissèrent davantage.

— Si vous me posez cette question, c'est que vous connaissez la réponse.

— J'aimerais l'entendre de votre bouche.

— J'ai eu une... altercation avec mon ex-femme à l'époque.

L'homme haussa les épaules.

— J'aimais bien boire à ce moment-là.

Kasprak ricana et posa une main sur l'épaule de Twist.

— Tu aimes toujours ça.

— Continuez, dit Barnes en lançant un regard d'avertissement à Kasprak. Que s'est-il passé ?

— Je... j'ai eu l'impression qu'elle m'avait piégé, dit Twist. On ne sortait ensemble que depuis quatre mois quand elle m'a dit qu'elle était enceinte. Je pensais qu'elle prenait la pilule ou quelque chose comme ça. Je n'avais que vingt-trois ans. Ça m'a complètement assommé, je peux vous le dire. Je n'étais pas prêt à être père, bordel. J'étais concentré sur ma musique, vous voyez ? La dernière chose que je voulais, c'était d'être attaché à une femme et un enfant. Je pensais qu'elle l'avait fait exprès, pour me forcer à devenir raisonnable. C'est ce que sa mère voulait qu'elle fasse. Mais avant que je m'en rende compte, les neuf mois sont passés en un éclair et j'étais là avec une petite fille. Moi et mon ex, on s'est mariés deux semaines avant sa naissance.

Il haussa les épaules.

— Je ne voulais pas être père, mais je voulais aussi faire les choses bien pour elle.

— Donc vous vous êtes saoulé après le travail un après-midi, et... ?

Une légère rougeur monta le long du cou de Twist.

— Je ne suis pas fier de ce que j'ai fait, vous comprenez ? J'ai réussi à tout équilibrer pendant les trois premières années, mais quand j'ai eu l'opportunité de déménager à Londres, je devais la saisir. C'était maintenant ou jamais, vous voyez ? On se disputait tout le temps de toute façon. Alors j'ai bu quelques verres pour calmer mes nerfs, je suis rentré à la maison pour lui dire que je n'en pouvais plus. Je voulais divorcer.

Il cligna des yeux puis baissa le regard tout en passant sa main de haut en bas sur son avant-bras tatoué.

— Elle m'a dit que je pouvais oublier d'avoir quoi que ce soit à faire avec ma fille. C'était la dernière fois que j'ai vu Tansy.

— Écoutez, détective, de quoi s'agit-il ? demanda Kasprak avec impatience.

Il fit un geste vers Twist.

— Joey a une balance de son à Brighton à quinze heures et le trafic est merdique là-bas. Vous auriez pu lui demander tout ça par téléphone.

— Une dernière question, dit Barnes en sortant du dossier la photographie d'un sachet de preuves qu'il retourna pour que Twist puisse voir le foulard bleu pâle qu'il contenait. Reconnaissez-vous ceci ?

L'homme pâlit, ses doigts tremblant alors qu'il tendait la main pour toucher la photographie.

— Je la reconnais, mais je ne comprends pas...

Barnes joignit les mains, prit une profonde inspiration et prononça les mots qu'il redoutait depuis le début de l'entretien.

— Monsieur Twist, je suis vraiment désolé de devoir vous l'annoncer, et il n'y a pas de façon facile de le faire, mais votre fille Tansy a été retrouvée morte samedi matin.

CHAPITRE 25

— Tenez. Café, deux sucres.

Kay tendit un des gobelets à emporter à Brian Kasprak et regarda son collègue retourner dans la salle d'interrogatoire numéro deux, laissant la porte ouverte.

Twist était maintenant avachi sur sa chaise, les yeux cernés de rouge en train de fixer la table d'un air absent, tandis que Barnes se glissait silencieusement sur le siège en face et poussait un gobelet identique vers l'autre homme.

Ils avaient convenu d'une pause, alors Barnes restait silencieux, attendant que l'équipement d'enregistrement se remette en marche et que l'interrogatoire reprenne.

Pour l'instant, elle observait et attendait.

— C'est donc pour ça que vous ne vouliez pas lui parler au téléphone.

Kasprak s'éloigna de quelques pas, s'appuya contre le mur en plâtre du couloir et se pinça brièvement l'arête du nez. Il laissa retomber sa main avec un soupir.

— Bon sang, quel gâchis.

— Vous saviez qu'il avait une fille ?

— Aucune idée. Il n'en a jamais parlé. Je suppose que comme il l'a dit, une fois qu'il a déménagé à Londres, il s'est concentré sur le groupe.

Kay retira le couvercle de son café et souffla sur la surface avant de le rejoindre.

— Depuis combien de temps connaissez-vous Joey ?

— J'ai approché le groupe lors d'un concert de présentation à Londres il y a bien longtemps, quand ils commençaient tout juste à s'établir sur la scène là-bas. Je gérais des groupes depuis des années et j'ai vu beaucoup de potentiel. C'étaient de bons musiciens, ils avaient un certain look, j'estimais à l'époque qu'il y avait un créneau sur le marché pour ce qu'ils faisaient, et ils avaient de bonnes chansons. Joey était l'un des membres fondateurs, et il a joué un rôle essentiel dans les négociations pour que je prenne en charge leur management.

Kasprak eut un triste sourire avant de prendre une gorgée de café.

— Même s'ils ne perçaient pas ici, il y avait un énorme marché sur le continent pour le genre de musique qu'ils jouaient, donc c'est devenu notre objectif pendant les deux premières années, jusqu'à ce qu'on ait un single d'été qui entre dans le Top 30 au Royaume-Uni. Et tout le monde connait la suite.

— Jusqu'à il y a quinze ans.

Kasprak renifla.

— Ouais. Jusqu'à ce moment-là.

— Racontez-moi ce qui s'est passé.

— Euh, je ne sais pas... peut-être que je les avais poussés trop fort en réservant des concerts à la chaîne, mais comme je l'ai dit, l'Europe était notre terrain de jeu. On gagnait bien notre vie là-bas avec les ventes d'albums, les réservations de concerts, le merchandising... tout. Ils avaient une base de fans vraiment solide qui les soutenait, contrairement à ce qui se passait ici. Pour être honnête, détective Hunter, leur étoile avait pâli depuis longtemps ici au Royaume-Uni, mais l'Europe ne pouvait pas se passer d'eux. On avait de la chance si on passait sur une radio commerciale ici à l'époque. Après ce hit du Top 30, on a probablement eu deux ou trois bonnes années au Royaume-Uni avant que ça ne commence à se calmer. On est passés de têtes d'affiche à galères en première partie pour les groupes plus jeunes.

Il grimaça.

— Vraiment embarrassant, vu le talent du groupe.

— Parlez-moi de la séparation.

Kasprak leva les yeux au ciel.

— Ces deux-là ont toujours eu le sang chaud, mais Joey était le pire. Rien de grave, plutôt comme une crise qui s'accumulait avec le temps, vous savez, le classique de la goutte d'eau qui fait déborder le vase. Il passait outre certains des problèmes plus importants, mais les plus petits... et Thommo savait comment l'énerver. Alors il le faisait. Trop souvent.

— Mais sur *scène* ?

— Ça couvait depuis un moment. Ils s'étaient disputés en coulisses avant le concert, quelque chose de mineur qui a pris de l'ampleur simplement parce qu'on était tous stressés à cause d'un article de la presse musicale allemande qui insinuait que le nouvel album de cette année-là était une dernière tentative pour éviter l'oubli.

Joey pensait que Thommo ne le prenait pas assez au sérieux... Je ne sais pas. J'ai trouvé ça drôle quand Thommo a tendu le pied pour être honnête. Je veux dire, c'était le truc puéril typique qu'il faisait de temps en temps. Seulement Joey l'a mal pris, et il l'a frappé.

— J'ai vu la vidéo en ligne. Que s'est-il passé après que le reste du groupe a quitté la scène ?

— C'était le chaos. Thommo est allé directement dans la loge pour en découdre avec Joey. Moi et un des gars de la sécurité, on a dû les séparer à nouveau. Ils se battaient comme une paire d'adolescents dans une cour de récré. C'est comme ça que Danny, le chanteur, l'a décrit et il n'était pas loin de la vérité. Ensuite Joey est parti, il a pris un taxi pour retourner à l'hôtel, a fait ses bagages et s'est barré à l'aéroport. C'était fini.

Kasprak leva les yeux vers le plafond un instant.

— Gardez à l'esprit que j'avais la patience d'un saint, je l'ai toujours. C'est pour ça que je peux encore faire ce boulot sans avoir une crise cardiaque. Mais ces salauds m'ont laissé gérer les conséquences tout seul. Les communiqués de presse, les interviews, répondre aux appels de Melanie, la présidente du fan-club au Royaume-Uni, et c'est une femme redoutable quand il le faut.

Kay lui adressa un sourire compatissant.

— Elle doit être très efficace.

Les yeux de Kasprak s'adoucirent.

— Ouais, elle l'est. Et elle leur est restée fidèle tout ce temps. Elle a été essentielle pour promouvoir cette tournée de retour. C'est pour des gens comme ça qu'on le fait. Et on ne pourrait pas le faire sans eux.

— Un membre de la famille, alors ?

— Exactement, détective, dit-il en agitant son gobelet de café vers elle. Exactement.

— Alors, cette tournée de réunion, comment cela s'est-il passé étant donné les anciennes tensions entre Joey et Thommo ?

Il sourit.

— C'était facile. Ils sont comme tous les autres vieux dinosaures du rock là-dehors. Leurs économies et leurs retraites ne valent presque rien parce que les maisons de disques ont eu la priorité sur toutes les redevances il y a longtemps, mais si vous avez récupéré vos droits d'auteur pour vos chansons, et ce groupe les a, parce que j'ai négocié leur contrat avec la maison de disques à l'époque et je me suis assuré qu'ils les aient, vous pouvez devenir indépendant et recommencer. Surtout si vous avez la qualité de leurs chansons. Il y a un marché pour ce genre de choses maintenant, les gens de notre âge qui se remémorent leur jeunesse, les enfants sont grands donc ils n'ont plus à se soucier des baby-sitters pour aller à un concert. Et bien sûr, leurs fans ont un revenu à disposition de nos jours. De l'argent facile.

— Quels sont vos projets pour eux ?

Le sourire de Kasprak devint prédateur.

— Entre nous ?

Kay mima le geste de fermer sa bouche à clé, et il continua.

— Ils ont écrit du nouveau matériel. Le plan est d'entrer en studio en septembre, d'enregistrer un nouvel album et de sortir un nouveau single avant Noël. Pour être précis, un single de *Noël*. On va se faire un max, surtout comme il sera sorti de manière indépendante.

— Astucieux.

— Les groupes font ça depuis des années. Regardez ce type qui a écrit ce hit rock au début des années soixante-dix. Il a un succès mortel…

La voix de Kasprak bégaya sur ses derniers mots, et il rougit.

— Je veux dire, mauvais choix de mots, mais—

— Chef ?

Kay jeta un coup d'œil par-dessus son épaule pour voir Barnes qui lui faisait signe.

— Il est prêt, chef. On continue ?

CHAPITRE 26

Laura fit une pause, la main sur un portail blanc usé qui tenait à ses gonds avec une détermination farouche, puis elle jeta un coup d'œil par-dessus son épaule au grand officier en uniforme qui l'accompagnait et sourit.

— Il était temps qu'ils te laissent sortir pour bonne conduite, sergent.

Tim Wallace eut un sourire narquois.

— Apparemment, ils ont pensé que tu avais besoin qu'on te surveille. Allez, dépêche-toi, on a encore deux personnes à voir après madame Lightfoot.

Il retira sa casquette et baissa le volume de sa radio pendant qu'elle ouvrait doucement le portail, dont la ferronnerie gémit de façon menaçante.

Le chemin vers la maison jumelée des années 1950 n'avait guère mieux résisté. Des fissures s'étaient formées dans le béton avec des touffes d'herbe pâle qui pointaient à travers les trous, les bords du chemin étaient envahis de séneçons et de pissenlits, et les racines d'un énorme magnolia avaient créé des fractures qui zigzaguaient vers la marche d'entrée.

Laura évita habilement ces obstacles ainsi qu'un petit tas bien net de crotte de chat avant de frapper du poing sur un panneau de verre dépoli fixé au milieu de la porte, observant les rideaux en tulle jaunis aux fenêtres de devant.

Une bouffée de fumée chargée de nicotine précéda le salut du résident lorsque la porte s'ouvrit, une odeur nauséabonde qui fut délibérément soufflée dans ses yeux et les fit larmoyer.

— Qu'est-ce que vous voulez ?

Résistant à l'envie de tousser, Laura se détourna un instant et cligna des yeux, puis regarda l'homme renfrogné d'une vingtaine d'années qui la fusillait du regard à travers l'entrebâillement.

— Bonjour, dit-elle. Nous nous demandions si nous pourrions avoir un mot avec Zena Lightfoot ?

— C'est à quel sujet ?

— Une affaire de travail. Elle est là ?

— Attendez.

Il repoussa la porte, puis hurla à quelqu'un dans la maison qu'il y avait deux flics sur le pas de la porte qui voulaient parler, sa silhouette floue disparaissant dans la pénombre derrière le verre dépoli.

Quelques minutes passèrent, puis la porte s'ouvrit pour révéler une femme d'environ le même âge vêtue d'un débardeur bleu clair et d'un jean moulant, ses cheveux et son maquillage impeccables.

Elle ne fumait pas de cigarette non plus.

— Oh.

Ses sourcils se haussèrent de surprise en voyant la carte de police que Laura lui tendait.

— Que se passe-t-il ?

— Zena Lightfoot ?

— Oui...

Laura sourit.

— Ne vous inquiétez pas. Je suis l'enquêteuse Laura Hanway, et voici mon collègue, le sergent Wallace. Nous voulions vous dire un mot rapide au sujet d'une des clientes qui a séjourné à l'hôtel vendredi soir.

— Mais je ne travaillais pas ce soir-là.

Les yeux de Zena passaient d'un officier à l'autre.

— Pourquoi avez-vous besoin de me parler ?

— Vous avez pris une réservation directe par téléphone d'une certaine Tansy Leneghan jeudi. Un de vos collègues a dit que c'était inhabituel car la plupart de vos réservations se font via des agences en ligne tierces. Vous souvenez-vous de cet appel téléphonique ?

Zena croisa les bras et s'appuya contre le cadre de la porte, l'intrigue lisible sur son visage.

— Je m'en souviens, oui, et ça devait être Warren à qui vous avez parlé, n'est-ce pas ? Je lui en ai parlé quand il a pris son service.

Jetant un coup d'œil à son carnet, Laura essaya de contenir son excitation.

— Le système de l'hôtel indique que la réservation a été faite juste après 14h30 jeudi après-midi. Y a-t-il eu un délai entre le moment où vous avez reçu l'appel de Tansy et celui où vous avez enregistré la réservation dans le système ?

— Non, je l'ai fait sur-le-champ pendant qu'elle était

au téléphone, sinon, l'une de ces agences tierces dont vous avez parlé aurait pu obtenir la chambre à notre place s'il y avait eu une soudaine ruée. Il y avait ce festival, donc il ne nous en restait que quelques-unes de toute façon.

Le front de la femme se plissa.

— C'est vrai, j'ai dû lui donner une des chambres au bout de l'hôtel, loin du spa. Ça ne la dérangeait pas cependant. Elle a dit qu'elle avait d'autres projets.

— Avez-vous régulièrement l'occasion de parler aux clients quand ils téléphonent ?

— Pas toujours. Mais comme Warren vous l'a dit, nous n'avons pas beaucoup de clients qui téléphonent pour faire une réservation. C'est surtout fait en ligne. Je pense qu'elle avait essayé plusieurs d'entre elles, mais elles affichaient toutes complet. Je pense qu'elle tentait sa chance, et il se trouve que nous gardons toujours quelques chambres en réserve pour les urgences comme celle-ci, ou au cas où il y aurait un problème avec une chambre réservée et que nous devrions déplacer quelqu'un au pied levé.

Zena se frotta les bras.

— Écoutez, que se passe-t-il ? Pourquoi toutes ces questions à son sujet ? Il s'est passé quelque chose ?

— Est-ce que quelqu'un du travail vous a contactée ?

— Non, je bloque leur numéro quand je ne suis pas de service au cas où ils essaieraient de me faire venir à la dernière minute.

Son nez se plissa.

— Ils peuvent être un peu effrontés comme ça, à s'attendre à ce que je laisse tout tomber parce qu'ils manquent de personnel.

— Est-ce que vous pouvez—

La porte fut brusquement ouverte plus grand, et l'homme qui avait répondu poussa Zena et Laura avant de descendre le chemin d'un pas lourd.

Laura le regarda avec perplexité.

— Qui est-ce ?

— Mon idiot de frère. Ne faites pas attention à lui. C'est un casse-couilles.

Zena plissa les yeux alors qu'il se frayait un chemin à travers le portail et montait dans une voiture couverte de rouille qui avait peut-être été verte dans une vie antérieure.

— Et un fainéant.

La voiture toussa et démarra dans un gémissement agonisant, le pot d'échappement cliquetant et crachant une fumée bleue tandis que son frère s'éloignait.

— Branleur, marmonna-t-elle, puis elle adressa un doux sourire à Laura. Désolée, vous disiez ?

— Écoutez, il n'y a pas de façon facile de vous le dire et je vais vous demander de garder cela pour vous jusqu'à ce qu'une annonce officielle soit faite aux informations ce soir car nous sommes encore en train de parler aux membres de la famille, mais la femme à qui vous avez parlé, Tansy, a été retrouvée morte au Mote Park samedi matin.

— Mon Dieu.

Zena porta une main tremblante à ses lèvres.

— J'ai entendu dire que quelqu'un avait été trouvé... Je pensais que c'était une overdose ou quelque chose comme ça.

— Notre enquête est en cours, mais vous pouvez comprendre pourquoi nous essayons de comprendre ses derniers mouvements avant sa mort. De quoi avez-vous discuté avec elle quand elle a téléphoné pour faire la réservation ?

— Mon Dieu, je ne me souviens pas. Je pense... elle a mentionné quelque chose à propos de sa mère qui vivait dans le coin, c'est ça. Je me suis demandé pourquoi, si c'est le cas, elle ne dormait pas chez elle, mais on ne peut pas poser ce genre de questions, n'est-ce pas ? Je veux dire... vous, vous pouvez, mais pas moi.

— Avez-vous cherché à savoir quels étaient ses projets pendant sa visite à Maidstone ?

— Non, mais j'ai dû lui demander si c'était pour affaires ou pour le loisir, car c'est une question standard. Si elle avait dit loisir, j'aurais peut-être déplacé une arrivée tardive dans une autre chambre pour lui donner l'option d'en avoir une plus près du spa, vous voyez ? Mais elle a dit affaires. C'est pour ça que je l'ai mise au bout du couloir. Nos clients d'affaires préfèrent souvent être à l'écart dans un endroit plus calme la nuit, surtout quand le bar et le restaurant se vident plus tard dans la soirée.

— Elle a bien dit qu'elle voyageait pour affaires ?

— Oui. Ce sera de toute façon indiqué sur la fiche de réservation.

La main de Laura plongea automatiquement dans son sac à main pour en sortir une photocopie bien pliée qu'elle tendit à l'autre femme.

— Tenez. Où est-ce indiqué là-dessus ? Vous pouvez me montrer ?

— Bien sûr.

L'index manucuré de Zena suivit les caractères pâles en haut de la page, descendit jusqu'aux lignes détaillées montrant que Tansy avait réservé une chambre avec petit-déjeuner, puis pointa du doigt une abréviation en minuscules près du bas de la page.

— Voilà. C'est le code que nous utilisons pour une réservation d'affaires.

— Et comment a-t-elle payé ?

— Elle n'a pas payé. Nous ne demandons pas aux clients d'affaires de payer avant leur départ, et de toute façon, elle a dit qu'elle était en mode mains libres et ne pouvait pas sortir sa carte de débit pendant qu'elle conduisait.

Zena regarda Laura ranger les documents dans son sac, puis agita son doigt.

— Attendez. Elle a dit quelque chose pendant que je saisissais les derniers détails de la réservation.

— Qu'a-t-elle dit ?

— Elle a dit que si quelqu'un venait à l'hôtel ou appelait pour demander si elle était là, nous devions leur dire qu'elle n'y était pas. Ce que j'ai trouvé un peu bizarre étant donné qu'elle venait de faire une réservation d'affaires. Je veux dire, si vous êtes ici pour affaires, ne voudriez-vous pas que la personne que vous devez rencontrer sache où vous êtes pour pouvoir fixer un rendez-vous ?

Laura fronça les sourcils.

— Vous avez raison, c'est ce que je ferais.

CHAPITRE 27

Une fois tout le monde réinstallé dans la salle d'interrogatoire, Barnes remit en marche l'équipement d'enregistrement, confirma qui était présent, et se lança dans sa question suivante, d'une voix douce.

— Joey, quand nous avons parlé à votre ex-femme, elle nous a dit que vous l'aviez quittée quand Tansy avait trois ans, et pourtant vous avez confirmé que, selon les notes d'arrestation, vous étiez ivre et l'aviez menacée. Pourquoi pensez-vous que Georgina a menti après toutes ces années ?

L'homme haussa les épaules.

— Je ne sais pas. Peut-être que c'est ce qu'elle avait l'habitude de dire à Tansy. Pour la protéger, vous voyez ?

— Que s'est-il passé après que les voisins ont appelé la police ?

— Vous l'avez dans ce dossier, non ?

— J'aimerais l'entendre de votre bouche.

— J'ai été arrêté et on m'a dit de rester loin d'elle. Puis j'ai appris par un ami commun qu'elle n'allait pas porter plainte, alors je suis allé chez elle pour m'excuser. Je ne voulais toujours pas être attaché à l'éducation d'un enfant, mais je voulais essayer d'arranger les choses d'une manière ou d'une autre.

Twist soupira en triturant un bout d'ongle qui se détachait.

— Je n'en ai pas eu l'occasion. Dès qu'elle a ouvert la porte, elle a commencé à jeter mes vêtements sur le pas de la porte et m'a dit qu'elle ne voulait plus rien avoir à faire avec moi, et que, en ce qui la concernait, je n'aurais aucun contact avec notre fille non plus. Je jouais déjà dans ce qui est devenu la formation actuelle du groupe, alors moi et les gars avons fait nos bagages et nous sommes partis à Londres. On s'est dit qu'on allait se donner un an pour écrire et rassembler assez d'argent pour enregistrer notre premier album, en ciblant un marché de niche qui rappelait les groupes de glam rock et de blues rock des années 80. Thommo nous a rejoints cette année-là et a co-écrit la plupart des chansons avec moi.

— C'est Thomas Smith, n'est-ce pas ?

— Ouais. Thommo.

— Le type que vous avez frappé sur scène il y a quinze ans.

— Je suppose qu'on pourrait dire qu'on a une « relation amour-haine », dit Twist en haussant les épaules. On passait tellement de temps ensemble qu'on était obligés de se frotter l'un à l'autre de la mauvaise manière de temps en temps.

— Ils sont comme un vieux couple marié la plupart du temps, commenta Kasprak.

Barnes lui lança un regard noir.

— Si vous pouviez garder vos pensées pour vous pour le moment, s'il vous plaît.

Le manager leva les mains et se renfonça dans sa chaise, dûment réprimandé, et Barnes reporta son attention sur Twist.

— Quand avez-vous changé votre nom par acte notarié pour ne plus être Joseph Throndsen ?

— Juste avant qu'on ne commence à enregistrer le premier album.

— Pourquoi ?

— Je suppose que je voulais couper tous les liens avec mon passé. Prendre un nouveau départ. J'avais un bon pressentiment concernant le groupe et les chansons, et je ne voulais pas que quoi que ce soit me retienne.

— Votre fille était-elle présente lors de cette dispute avec votre femme ?

— Elle était... elle était dans le salon.

La bouche de Twist se crispa.

— Elle n'a rien vu, mais elle a dû nous entendre. Je ne sais pas si elle a compris ce qui se passait à cet âge-là.

— Avez-vous revu votre fille après cela ?

— N-non. Pas jusqu'à ce qu'elle me contacte.

Kay retint son souffle tandis que Barnes jetait un coup d'œil à ses notes.

— Quand est-ce que c'était ? demanda-t-il.

— Il y a environ deux semaines. Elle a dit qu'elle avait engagé un détective privé pour me retrouver.

Twist eut un triste sourire.

— J'ai toujours pensé qu'elle était intelligente, comme sa mère.

— A-t-elle dit pourquoi ?

— Oui. Elle a dit qu'une de ses amies avait fait la même chose. Elle avait repris contact avec son père après qu'il était parti, et je suppose qu'elle a été curieuse de savoir ce qui m'était arrivé. Elle n'avait aucune idée que j'avais changé de nom ou de ce que j'avais fait depuis ses trois ans.

Twist fronça les sourcils.

— Georgina ne lui a jamais rien dit, même si elle devait savoir. Je veux dire, quand on a eu ce single à succès, on était partout. On ne pouvait pas nous échapper. Elle a dû voir des photos en ligne et tout ça. Je suppose que c'est pour ça que Tansy a dû faire appel à un détective privé. Elle s'est heurtée à un mur parce que j'avais changé de nom. J'avais simplement disparu de la surface de la Terre en ce qui la concernait, et elle était déterminée à trouver des réponses.

— Comment le détective privé vous a-t-il retrouvé ?

— De la même façon que vous, je suppose. Il m'a peut-être reconnu et a fait le rapprochement. Je ne sais pas, elle ne l'a jamais dit.

Il déglutit.

— Et je n'ai jamais eu l'occasion de lui demander. Je ne l'aurai jamais.

Barnes laissa à l'homme un moment pour se ressaisir et lui tendit une boîte de mouchoirs.

— Dites-moi ce qui s'est passé après que Tansy vous a contacté il y a deux semaines. Comment a-t-elle fait ça ?

— Via un compte e-mail qu'elle a créé juste pour que nous puissions nous parler. Elle a aussi créé un nouveau profil sur les réseaux sociaux pour que nous puissions échanger des messages. Je pense qu'elle était encore un peu timide à l'idée de se manifester, et elle ne voulait certainement pas que sa mère le découvre. Après m'avoir dit qui elle était et comment elle m'avait retrouvé, elle a dit qu'elle voulait me rencontrer. Nous étions submergés par les dernières répétitions dans le Surrey à ce moment-là, mais je lui ai dit que notre premier concert était prévu pour ce festival ici. Elle a dit qu'elle pouvait venir me voir, mais je... je suppose que j'étais nerveux. Je veux dire, et si la presse s'emparait de l'histoire ? Et si Georgina l'apprenait ? Tansy a dit qu'elle ne le dirait pas à sa mère, pas avant qu'on ait parlé d'abord, mais j'avais besoin d'être sûr. Je... comme je l'ai dit, j'avais peur, je suppose. Je ne voulais pas tout foutre en l'air. Je ne l'avais pas vue depuis plus de vingt ans.

Il sourit à travers de nouvelles larmes.

— Elle est le portrait craché de sa mère à cet âge-là. Je veux dire, elle était...

— Où vous êtes-vous rencontrés ?

— Brian ici présent avait réservé pour tout le groupe dans un pub sur l'une des routes les plus calmes vers Maidstone pour nous tenir à l'écart du festival lui-même. Tous les grands hôtels étaient déjà réservés par les détenteurs de billets de toute façon, à l'exception de quelques chambres simples ici et là. Le pub avait des chambres et un logement séparé du bar et du restaurant, donc nous étions à l'abri des regards.

— Nous allons avoir besoin des détails complets de la réservation de votre part.

Twist jeta un coup d'œil à Kasprak avant de répondre.

— Oui, ce ne sera pas un problème. Je n'ai pas pu dire à Tansy où j'étais jusqu'à la fin de la semaine dernière parce que Brian devait garder toute l'affaire secrète au cas où les fans l'apprendraient—

— L'endroit est généralement réservé pour des mariages, donc nous avons payé une prime pour notre intimité, ajouta Kasprak, puis il referma la bouche alors que Barnes levait la main pour le faire taire.

— Comment est-elle arrivée là-bas ? demanda-t-il à Twist.

— En taxi. On était paranos à l'idée que les fans découvrent notre relation, alors elle a marché environ huit cents mètres depuis l'hôtel et a demandé au chauffeur de la retrouver là-bas.

— Elle comptait faire pareil pour le retour ?

Twist hocha la tête.

— J'ai proposé de payer cependant. Elle avait déjà dépensé suffisamment pour me retrouver.

— À quelle heure est-elle arrivée au pub ?

— Vers une heure trente cette nuit-là. C'était fermé bien sûr, mais la porte de la salle de banquet à l'arrière, qu'ils utilisent pour les mariages et autres, était ouverte, alors on s'est installés à une table là-bas. J'avais une bouteille de vin du bar, alors on s'est juste assis et on a discuté pendant une heure environ.

Twist sourit à travers de nouvelles larmes.

— C'était génial, vraiment. On était juste *connectés*, vous voyez ? J'adorais entendre ce qu'elle avait fait, tout sur ses études et ses projets pour cette année. Elle partait voyager dans quelques mois, alors je l'ai convaincue de nous rejoindre en tournée en Europe pendant une semaine ou deux, et elle a sauté sur l'occasion.

— À quelle heure est-elle partie ? demanda doucement Barnes.

— Le taxi est arrivé juste après trois heures. On prenait déjà un sacré risque en se rencontrant, avec les fans et la presse concentrés sur la réunion du groupe, et je ne voulais pas que quelqu'un la repère. Pas avant qu'on ait discuté davantage et décidé comment on allait l'annoncer à Georgina avant que les médias ne l'apprennent.

— Et vous l'avez vue monter dans le taxi ?

— Je l'ai regardée depuis la fenêtre, oui. Il était garé dans la rue devant le pub. Je suppose qu'il ne voulait pas risquer d'entrer sur le parking et de réveiller quelqu'un. Avant que Tansy ne parte, on a prévu de se retrouver dimanche matin, mais quand elle ne s'est pas présentée, je me suis demandé si elle avait parlé de notre rencontre à Georgina et changé d'avis.

Il renifla, se moucha bruyamment et porta ses mains à ses yeux.

— Oh mon Dieu.

— Nous avons trouvé le téléphone portable de Tansy dans sa chambre d'hôtel. Pourquoi ne l'a-t-elle pas pris avec elle pour votre rencontre ?

— C'est simple. Je ne voulais pas que notre première rencontre en vingt ans soit enregistrée. Vous n'avez pas idée de ce dont la presse est capable quand elle le veut. Je voulais la protéger de tout ça aussi longtemps que possible.

Barnes se pencha en arrière sur sa chaise, tambourina des doigts sur ses notes pendant une minute, puis fixa l'homme de l'autre côté de la table.

— Monsieur Twist, pouvez-vous nous dire où vous étiez entre trois heures et six heures samedi matin ?

Le musicien baissa les yeux sur ses mains jointes.

— J'étais avec Melanie.

— Tu étais avec qui ?

La tête de Kasprak pivota vers son client, la mâchoire tombante.

— Tu te fous de ma gueule.

— Attendez, qui est Melanie ? demanda Barnes.

L'attention de Kasprak se reporta brusquement sur lui.

— Melanie Cranwick. La femme qui gère leur putain de fan club, voilà qui c'est.

CHAPITRE 28

Gavin réprima un bâillement, frotta ses yeux fatigués et se reconcentra sur le grand écran d'ordinateur devant lui.

Au-dessus de sa tête, une bouche de climatisation ventilait une faible tentative de brise rafraîchissante vers son crâne, l'effort résultant ne faisant guère plus que chatouiller les fins cheveux sur sa nuque.

Au moins, ce côté de la salle des opérations était un peu plus calme, même si cela signifiait qu'il devait se contorsionner pour s'asseoir sur une chaise coincée contre un classeur qui aurait dû être emporté pour recyclage trois ans plus tôt. Chaque fois qu'il utilisait la souris, son coude heurtait le métal, produisant un bruit sourd qui mourait presque aussitôt émis.

Le bureau avait été poussé contre un autre qui avait été miraculeusement manœuvré dans un espace entre une pile de boîtes d'archives d'une affaire récemment close et une paire de chaises de bureau renversées, toutes deux sans roulettes.

L'agent Sean Gastrell jeta un coup d'œil par-dessus son

écran d'ordinateur pendant un bref instant, puis reporta son regard sur les images enregistrées que chacun d'eux visionnait.

— Je pense que manger à nos bureaux était une erreur. On aurait dû sortir prendre l'air.

— Peut-être, répondit Gavin en clignant des yeux, sa main atteignant automatiquement la canette de boisson énergisante à côté du clavier. Mais on aurait perdu une demi-heure à passer en revue tout ça, et Dieu sait qu'il y en a assez.

— Ça fait un moment que je n'ai pas visionné des images de surveillance d'aussi bonne qualité, commenta Sean. La qualité des images de vidéosurveillance que nous obtenons de la municipalité est parfois épouvantable. Certains de ces appareils domestiques sont des années-lumière en avance sur ce qu'ils utilisent.

— Tu as fait ça souvent chez les Marines ?

L'agent haussa les épaules.

— Seulement occasionnellement si nous faisions une reconnaissance d'un lieu. Pas souvent. J'en ai fait beaucoup quand j'étais en période probatoire après avoir rejoint la police. Je pensais que c'était une punition pour avoir foiré quelque chose à l'école.

Gavin leva les yeux pour voir le regard de Sean fermement rivé à son écran.

— C'est généralement le cas.

— Je le savais, bon sang.

Ils rirent tous les deux, puis Gavin se renversa dans sa chaise avec un soupir alors que l'enregistrement se terminait.

— Eh bien, il n'y avait rien du tout au dernier endroit

dont nous avons des images dans les locaux commerciaux de Turkey Mill. Quel est le suivant parmi les maisons le long de Willington Street ?

— Je regarde actuellement le fichier se terminant par 345-8, et j'ai presque fini.

— Ok, je vais commencer celui d'après et on alternera.

Gavin déplaça la souris sur le dossier système et sélectionna le fichier dont il avait besoin.

— Il n'en reste que quarante-cinq. On pourrait avoir fini d'ici la fin de la journée.

— Selon l'heure à laquelle tu voulais terminer ta journée.

— En effet.

En vérifiant les notes d'accompagnement de Debbie par rapport au fichier qu'il avait ouvert, Gavin vit qu'il avait été obtenu auprès de Gareth Torsney, l'homme que Laura et Kyle avaient interrogé dimanche après-midi et qui gérait son entreprise d'entretien automobile depuis son domicile.

Impressionné par la façon systématique dont l'homme avait catalogué les fichiers fournis, Gavin prit une autre gorgée de boisson gazeuse et appuya sur le bouton de lecture, s'installant pour une autre heure de visionnage de fichiers.

— On tient jusqu'à 15 heures et puis on sortira prendre l'air, dit-il. Ça devrait nous permettre de tenir au moins jusqu'à 18 heures.

— Ça me va, répondit Sean.

Reposant son menton dans sa main, Gavin activa les commandes pour que la vidéo défile à trois fois la vitesse normale. Le film montrait l'allée des Torsney face à la rue, et l'angle de la caméra capturait l'arrière d'une des voitures garées devant le garage et le portail d'entrée, qui avait été fermé pendant la nuit. Quelque chose pendait entre le portail et un poteau, et il réalisa que Torsney avait probablement enroulé une grosse chaîne autour pour empêcher quiconque de voler un véhicule.

L'heure dans le coin inférieur droit de l'écran indiquait un peu après une heure du matin samedi, et une fois que deux taxis agréés furent passés, la route tomba dans le silence, à l'exception d'une voiture occasionnelle qui passait sans s'arrêter.

Juste avant deux heures du matin, un renard se faufila sous le portail et trottina vers le petit bout de pelouse à gauche de la caméra avant de disparaître sur le côté de la maison, puis la vidéo se termina.

Gavin soupira, vit que Sean avait commencé le fichier suivant dans la liste, et sélectionna donc celui en dessous et répéta l'exercice.

Cette fois, l'angle de la caméra montrait l'arrière de la maison, l'heure étant maintenant trois heures trente.

Dans la lumière ambiante de la rue qui se projetait le long du côté de la propriété, il pouvait à peine voir la clôture en bois séparant le jardin de Mote Park, une bande pâle de couleur interrompue par les formes plus sombres des arbustes qui la bordaient.

Il n'y avait aucune vie sauvage en vue, aucun mouvement du tout, et son regard erra vers l'heure actuelle en haut de l'écran.

Encore dix minutes, et il prendrait cette pause dont Sean et lui avaient besoin. Sinon—

Quelque chose vacilla à l'écran, et son attention se reporta sur l'enregistrement.

Il plissa les yeux, ajusta les commandes pour augmenter le contraste et appuya sur le bouton pause.

Il y avait quelque chose là, il en était sûr.

Juste à côté de la plus haute des plantes dans le coin gauche du jardin où la haie du voisin étouffait la clôture et créait un creux sombre que l'éclairage de rue ne pouvait pénétrer.

— Merde, marmonna-t-il en regrettant sa distraction.

Il appuya sur le bouton de rembobinage et fixa l'écran.

Juste au moment où il sentait l'envie de cligner des yeux, une silhouette émergea du côté de la maison, ses mouvements furtifs alors qu'elle longeait la bordure de la pelouse la plus éloignée du réverbère et se hâtait vers la clôture arrière.

— Putain de merde, souffla-t-il.

La tête de Sean se redressa brusquement, le bruit de son doigt frappant le clavier pour mettre en pause la vidéo qu'il regardait à peine enregistré dans l'esprit de Gavin avant que l'agent ne se déplace de son côté des bureaux.

— Tu as trouvé quelque chose ?

Il tapota l'écran en réponse.

— Là. Quelqu'un vient de se faufiler le long de la maison et vers la clôture arrière. Qui que ce soit, il est dans cette zone sombre pour le moment, et—

— Il est parti, dit Sean en se penchant en avant. Il va essayer de grimper ?

Ils regardèrent en silence la silhouette grimper et utiliser ses bras pour se hisser par-dessus la clôture, disparaissant de vue.

L'enregistrement se termina quelques secondes plus tard, et Gavin se rassit dans son siège, stupéfait.

— Alors, c'était le meurtrier de Tansy, ou celui qui est revenu lui couper le bout des doigts ?

CHAPITRE 29

Kay abaissa le pare-soleil, fixa d'un regard noir les feux de circulation au-delà du pare-brise et pria pour qu'ils passent au vert, ses épaules tendues.

À côté d'elle, Barnes tapotait sur les réglages de la radio de la voiture, passant d'une station à l'autre avant de s'arrêter sur un morceau de disco du milieu des années 70.

Malgré sa frustration face à la circulation congestionnée, elle rit.

— C'est bien toi de choisir ça.

— C'est toujours mieux que ce glam rock des années 80 que tu passais la semaine dernière.

Il se réinstalla dans son siège.

— Alors... Joey Twist.

— Ouais.

Kay passa une vitesse et accéléra pour dépasser un bus qui attendait pour déboiter, avant de prendre un virage à gauche qui menait hors de la ville.

— Mon Dieu, tu n'imagines pas, n'est-ce pas ? Avoir des nouvelles de ta fille après plus de vingt ans, pour apprendre qu'elle a été assassinée quelques heures après que tu l'as vue.

— Où était Kasprak pendant que Joey rencontrait Tansy ? Il te l'a dit ?

— J'ai eu une petite conversation pendant que tu montrais à Joey où se trouvaient les toilettes pour hommes après l'entretien. Apparemment, il était au téléphone avec une station de radio allemande pour promouvoir la tournée et le nouvel album lors d'une de leurs émissions de rock tardives. Tu as réussi à retrouver cette femme, Melanie, avec qui il t'a dit qu'il était après que Tansy a quitté le pub ?

— Oui, mais elle n'a pas répondu au téléphone, alors je lui ai laissé un message.

— Ok. Et les transcriptions du téléphone de Joey ? Il te les a envoyées ?

— Oui, Kasprak a envoyé quelques captures d'écran par e-mail et Debbie les enregistre dans le système avant de partir aujourd'hui. Elles corroborent ce qu'il a dit à propos de Tansy qui le contactait via un compte de réseau social différent de ses comptes habituels, c'est pourquoi nous n'avons pas pu les trouver. Je vais relancer Andy Grey pour accéder à son téléphone le plus rapidement possible afin de voir avec qui d'autre elle aurait pu parler en utilisant ce compte.

— Fais-moi savoir si tu as besoin que j'accélère ça, dit Kay en actionnant le clignotant alors qu'elle approchait du virage vers la rue de Georgina Leneghan. Et demande à Debbie de trouver quelqu'un pour parler aux amis de Tansy aujourd'hui pour voir s'ils savaient qu'elle avait repris contact avec son père.

— Je m'en occupe.

Elle écouta pendant que son collègue téléphonait à la salle des opérations et relayait ses instructions tandis qu'elle ralentissait pour dépasser un cheval et son cavalier, puis elle s'engagea dans l'allée de Georgina et se gara à côté d'une petite voiture verte d'une dizaine d'années qu'elle n'avait jamais vue auparavant.

Diane, la nouvelle agente de liaison familiale, répondit à la porte d'entrée.

— Chef ?

— Désolée de ne pas avoir téléphoné avant. C'est votre voiture ?

— Oui. Je suis venue avec Hazel la dernière fois mais elle a été rappelée à Chatham.

— Ok.

Kay jeta un coup d'œil par-dessus son épaule alors que Barnes claquait la portière de sa voiture et se hâtait vers elle, glissant son téléphone dans la poche de sa veste.

— Nous devons parler à Georgina.

— Bien sûr.

Diane s'écarta et ferma la porte derrière eux.

— Je vais juste monter voir si elle est réveillée. Elle est allée s'allonger il y a environ une heure.

— Comment va-t-elle dans ces circonstances ?

— Pas très bien. Son médecin traitant a réussi à venir hier en fin d'après-midi après les heures de consultation et lui a prescrit quelque chose, alors je suis sortie ce matin pour aller le chercher. Quoi que ce soit, ça l'a rapidement assoupie.

Kay se mordit la lèvre, saisie d'un pincement de culpabilité.

— D'accord. Voyez si elle est réveillée et si ça ne la dérange pas de nous parler. Dites-lui que c'est urgent, voulez-vous ? Nous pouvons revenir plus tard mais je préférerais éviter.

— Pas de problème, chef.

Barnes fit le tour de la pièce une fois l'agente de liaison familiale partie à l'étage, les épaules affaissées alors qu'il observait les photographies disposées sur le rebord de la fenêtre et les étagères.

— Je n'imagine pas ce qu'elle traverse. Quand j'ai cru que j'allais perdre Emma à cause de ce tueur...

Il s'interrompit et secoua la tête.

— Je sais.

Kay le rejoignit, prit l'un des cadres en argent et observa la jeune femme en toge de diplômée qui lui souriait. Elle jeta un coup d'œil autour de la pièce.

— Et celles-ci sont nouvelles, n'est-ce pas ? Il y a plus de photos ici que la dernière fois.

Barnes plissa le nez et fronça les sourcils devant les fleurs qui remplissaient les vases partout où ils regardaient.

— Je déteste l'odeur des lys.

— Moi aussi.

Elle se tut en entendant des voix en provenance de la pièce au-dessus, le plancher craquant avant que le bruit d'eau courante ne lui parvienne.

Quelques instants plus tard, Diane réapparut et commença à ramasser les mouchoirs froissés éparpillés autour des coussins du canapé.

— Elle prend juste une douche rapide.

— Comment vous en sortez-vous ? C'est votre

première mission en tant qu'agente de liaison familiale solo, n'est-ce pas ?

— La deuxième. Ça ne devient pas plus facile cependant.

L'agente fit une pause pour observer la rangée de photographies.

— Pas que ça devrait l'être. Je veux dire, si on ne s'en souciait pas, on n'attraperait pas les salauds qui font ça aux familles, n'est-ce pas ?

Ils se turent en entendant des pas dans l'escalier, puis la porte s'ouvrit doucement et Georgina Leneghan entra d'un pas traînant, le visage blême.

— Désolée de vous avoir fait attendre, murmura-t-elle en traversant la pièce pour s'effondrer dans le canapé moelleux.

Elle tendit la main et tira un coussin vers elle, puis le serra contre sa poitrine.

— Je suis désolée d'avoir dû vous déranger, dit Kay.

La femme haussa les épaules.

— Croyez-moi, je préfère vous aider plutôt que de rester allongée à penser que je suis impuissante. Avez-vous trouvé qui a fait ça à ma fille ?

— Nous suivons plusieurs pistes en ce moment—

Les épaules de Georgina s'affaissèrent.

— Donc c'est non. Que vouliez-vous de moi ?

— Nous avons parlé à Joey Twist ce matin.

Kay adoucit sa voix en voyant l'expression de choc qui traversa le visage de l'autre femme.

— Il nous a parlé des événements qui ont conduit au divorce, et du fait que vous aviez déclaré à l'époque qu'il ne pouvait plus rien avoir à faire avec Tansy. Est-ce exact ?

— C'est exact, oui.

Georgina se mordit la lèvre.

— Je voulais seulement le meilleur pour elle, vous comprenez ? Joseph, Joey, et moi, nous avons essayé, vraiment, mais je ne pense pas que nous étions faits pour être ensemble dans une relation à long terme. Je sais qu'il s'est senti piégé quand je suis tombée enceinte. Je ne l'ai pas fait exprès, mais je ne pouvais pas supporter de... Je... Quand elle est née, c'était la plus belle petite chose que j'aie jamais vue. Je savais que je ferais n'importe quoi pour la protéger... et j'ai échoué.

De nouvelles larmes coulèrent sur ses joues, et elle renifla tandis que Diane traversait la pièce pour prendre une poignée de mouchoirs en papier dans une boîte colorée posée sur une table basse en chêne, qui contrastait avec l'atmosphère sombre.

Kay attendit pendant que les deux femmes s'entretenaient à voix basse, puis elle prit une profonde inspiration.

— Saviez-vous que Tansy avait repris contact avec son père ?

— Je ne le savais pas, non...

Les yeux de Georgina s'écarquillèrent tandis qu'elle regardait Diane puis Kay.

— Pourquoi ne m'aurait-elle pas dit une chose pareille ?

Kay resta immobile, laissant le silence s'étirer pendant que la mère de Tansy triturait ses ongles et fixait la moquette.

— À moins que...

Elle baissa la main.

— Quand elle a eu dix-huit ans, elle a dit qu'elle voulait en savoir plus sur lui. Bien sûr, à ce moment-là, le groupe s'était séparé après cette dispute entre Joey et Thommo des années auparavant, et je n'avais aucune idée de comment le contacter... et même si je l'avais su, je ne voulais pas qu'elle ait quoi que ce soit à faire avec lui.

— Pourquoi pas ?

— Parce que c'est un salaud égoïste.

La femme renifla et se redressa légèrement en levant les yeux vers Kay.

— Et je savais que si elle le rencontrait, il la charmerait et lui raconterait toutes sortes de mensonges à mon sujet, et qu'elle se laisserait emporter par le glamour de ce qu'il faisait autrefois... je veux dire, le groupe. Elle oublierait que c'est moi qui l'ai élevée seule, que c'est *moi* qui ai travaillé si dur pour lui offrir la meilleure enfance possible malgré son absence. Je ne voulais pas la perdre. Et maintenant, c'est le cas...

Kay soupira, la douleur et le chagrin de cette femme lui transperçant le cœur.

— Tansy a utilisé un détective privé pour retrouver Joey, et l'a contacté la semaine dernière. Elle s'est inscrite dans un hôtel à Maidstone plutôt que de venir directement ici parce qu'elle et son père avaient convenu de se rencontrer tard vendredi soir. Il a confirmé qu'elle a quitté le pub où le groupe séjournait avant le festival juste après trois heures du matin, en taxi. Nous essayons actuellement de retrouver le chauffeur.

— Bon sang.

Les mains de Georgina tremblaient tandis qu'elle tamponnait ses joues avec le mouchoir.

— Cela signifie que son père est l'une des dernières personnes à l'avoir vue vivante, n'est-ce pas ?

— En effet, oui.

— Et que se passe-t-il si vous ne retrouvez pas ce chauffeur de taxi ?

Kay pinça les lèvres.

— Dans ce cas, nous examinerons à nouveau les déplacements de votre ex-mari cette nuit-là.

CHAPITRE 30

Kay sirotait une bière fraîche et se protégeait les yeux de la main tandis que le soleil commençait à disparaître derrière la ligne de crête de la maison voisine.

Une légère brise faisait onduler les hautes herbes autour de ses pieds, et elle se déplaça sur le côté lorsqu'un gros scarabée noir se fraya un chemin entre les brins, sa carapace luisante sous la lumière.

Elle leva les yeux en entendant un bêlement rauque pour voir Hovis trotter vers elle, avant qu'il ne s'arrête et ne baisse la tête vers une nouvelle botte de foin qu'Adam avait placée dans une mangeoire de fortune sous l'un des arbres.

Le mouton ignora soigneusement la libellule turquoise qui planait au-dessus de l'abreuvoir en acier galvanisé à côté de sa nourriture, mais jetait de temps en temps un coup d'œil par-dessus son épaule vers l'endroit où Kay était assise.

— Je n'ai rien de mieux que ça, alors inutile de me faire ces yeux-là, dit-elle.

Mécontent, Hovis reporta son attention sur la mangeoire.

Adam posa un plateau chargé sur la table à côté d'elle, puis prit le siège en face avant de faire tinter sa bière contre la sienne.

— Tu es un peu réticente ce soir. J'en déduis que c'était une journée difficile.

— Ouais.

Elle se tourna vers lui alors qu'il lui tendait une petite assiette, et examina l'assortiment de nourriture qu'il avait réparti dans différents bols. Olives, houmous, crackers salés et saumon fumé se disputaient l'espace parmi des tranches de pain au levain fraîchement coupées et plus encore.

— Ça a l'air bon.

— J'entendais ton estomac gargouiller depuis la cuisine.

Elle rit.

— Tu sais, j'ai mangé aujourd'hui.

— Je peux appeler Barnes pour vérifier.

— Il me soutiendra.

Souriante, elle se jeta sur la nourriture, empilant un peu de tout sur son assiette avant de se rasseoir confortablement. Elle piqua une olive.

— Je n'ai pas eu l'occasion de te demander hier soir : tu as eu des nouvelles de cette revue concernant l'article que tu as soumis ?

Adam lui fit un clin d'œil en réponse, puis se leva et contourna l'arbre jusqu'à une pile de bois coupé qu'ils gardaient pour pailler le jardin.

Kay fronça les sourcils, puis un sourire se forma

lorsqu'il émergea de derrière la pile avec un seau en acier inoxydable.

Le col vert foncé et le papier doré d'une bouteille de champagne en dépassaient, et il tenait deux verres en cristal dans son autre main, souriant alors qu'il les posait devant elle.

— Oui, et j'ai reçu le contrat cet après-midi, dit-il en ouvrant habilement la bouteille avec un doux *plop*. Et ils m'ont demandé d'écrire l'article principal pour le même numéro.

— C'est fantastique.

Kay repoussa son assiette et leva le visage pour l'embrasser avant de prendre l'un des verres.

— Félicitations.

— Merci.

Il fit tinter son verre contre le sien, but une gorgée et s'assit à nouveau.

— J'espère qu'une fois publié dans l'édition d'hiver, je pourrais avoir plus d'offres pour des conférences sur ce sujet. Ce sera bon pour le réseautage de toute façon. C'est difficile de savoir qui pourrait le lire, la revue a un public international.

— Donc ça signifie que tu pourrais avoir l'occasion de parler lors de conférences, ce genre de choses ?

— Peut-être, oui. Et si tu peux t'arracher à ton travail de temps en temps, on pourrait en profiter pour faire une pause de temps à autre si tu veux ?

— Ce serait bien.

Elle fit un signe de tête vers Hovis.

— J'en déduis donc qu'il a un certificat de bonne santé vu la façon dont il s'attaque à ce foin.

— Et il n’a pas encore réussi à comprendre comment traverser le pont pour entrer dans le jardin, dit Adam entre deux bouchées. Peut-être qu’il n’aime pas le bruit de l’eau qui coule.

— Il n’y a *pas* d’eau qui coule. Ce lit de ruisseau est à sec depuis six semaines maintenant, à part quelques flaques ici et là. Je pense que ce n’est qu’une question de temps avant qu’il ne comprenne comment atteindre la pelouse. Sans parler de ces roses, elles ne se sont jamais remises depuis que cette chèvre les a saccagées.

— Ne t’inquiète pas, je prévoyais de construire une barrière de ce côté du ruisseau, juste au cas où. Je pense que la berge est trop raide pour qu’il puisse la descendre, donc je ne pense pas qu’il essaiera entre-temps.

Kay plissa les yeux vers lui.

— Tu es sûr ?

— Certain. Il aurait pu essayer quand il était plus jeune, mais pas maintenant.

— Une barrière serait bien quand même. Vu la façon dont il me regarde, j’ai le pressentiment qu’il fait déjà des plans.

CHAPITRE 31

Une pâle lueur dorée baignait les murs de la salle des opérations lorsque Kay y entra peu après sept heures le lendemain matin.

Les bruits étouffés des étages inférieurs du commissariat filtraient par les escaliers et la porte dans son sillage, le claquement d'une porte de cellule et des rires lui parvenant alors qu'elle déposait son sac sous son bureau et se dirigeait vers le tableau blanc.

Le reste de l'équipe allait bientôt arriver, mais elle avait besoin de cet espace, de ce moment pour elle-même afin de réfléchir à l'enquête jusqu'à présent.

Elle serra la mâchoire en parcourant du regard les notes qu'elle et Barnes avaient ajoutées depuis leur retour de la scène de crime samedi matin, consciente que l'heure d'or pour recueillir des preuves et prendre de l'élan dans l'affaire était depuis longtemps passée, ce qui ajoutait au désespoir qui la consumait.

Ses yeux se posèrent sur les photos de Joey Twist que Gavin avait épinglées au tableau, l'une montrant l'homme dans la vingtaine lorsqu'il s'appelait encore Joseph Throndsen, et l'autre de cette fameuse nuit où il avait frappé son camarade de groupe sur scène, entraînant une pause de quinze ans.

Une pause de quinze ans qui avait conduit à une tournée de retrouvailles, et à une rencontre avec sa fille perdue de vue avant qu'elle ne soit brutalement assassinée.

— Pourquoi ? murmura-t-elle, son attention se portant sur la photo de Tansy que Georgina avait fournie. Pourquoi quelqu'un t'a-t-il tuée ? Et pourquoi t'ont-ils tuée là-bas ?

Elle déglutit en observant le sourire ouvert de la jeune femme, ses yeux pétillants et sa peau rayonnante. Toute une vie devant elle, interrompue par une mort violente et terrifiante.

— Bonjour, chef.

Kay se retourna au son de la voix de Gavin, et haussa un sourcil tandis que l'enquêteur jetait habilement une canette vide de boisson énergisante dans la poubelle de recyclage près de la porte en entrant dans la pièce.

— Je suppose que c'était ton petit-déjeuner ?

Il sourit.

— Le petit-déjeuner numéro un. Je mangerai quelque chose plus tard. Et tu commences à ressembler à Sharp, chef.

— Quelle horreur. Tu imagines ?

Elle fit un signe du menton vers le tableau blanc.

— Des idées sur le mobile ?

— Non.

Il sortit son téléphone portable de sa poche et le posa sur son bureau, avant de la rejoindre et de fixer la photo de Tansy.

— J'étais allongé à y réfléchir à deux heures du matin, et je... je veux dire, son propre père aurait-il pu la tuer ?

Kay se mordit la lèvre avant de répondre.

— Je ne sais pas. Pourquoi le ferait-il ? Quand nous lui avons parlé hier, il a dit qu'ils avaient fait toutes sortes de projets pour passer plus de temps ensemble.

— Mais nous n'avons que sa parole pour dire qu'il l'a vue monter dans ce taxi.

— Pour l'instant.

Elle regarda derrière lui alors que la salle des opérations commençait à se remplir de plus d'officiers et de personnel administratif, puis elle aperçut Laura et Barnes qui se dirigeaient vers elle.

— Je vais me chercher un café, et ensuite nous commencerons le briefing. Il y a une tonne d'informations à passer en revue, alors autant le faire tous ensemble.

— Je t'ai évité un voyage à la bouilloire, dit Barnes en lui tendant un gobelet à emporter. J'ai pensé que tu voudrais commencer le plus tôt possible ce matin.

— Merci, tu lis dans mes pensées. Ok, rassemble tout le monde.

En quelques instants, un petit groupe s'était rassemblé autour du tableau blanc face à elle, leurs visages attentifs.

Kay prit un moment pour examiner chacun d'entre eux à tour de rôle, fit un signe de tête rassurant à une paire de nouveaux assistants administratifs qui avaient rejoint l'équipe depuis une autre enquête, puis elle se tourna vers Laura.

— Commençons par les entretiens avec le personnel de l'hôtel.

— Quelques points intéressants, chef, dit l'enquêteuse.

Zena Lightfoot était l'employée qui travaillait jeudi après-midi et qui a pris la réservation de Tansy. Elle a déclaré que Tansy avait dit qu'elle voyageait pour affaires, alors Zena l'a mise dans cette chambre. Apparemment, elles sont plus calmes de ce côté de l'hôtel. En plus, Tansy a demandé à Zena de mettre une note sur la réservation pour indiquer que si quelqu'un demandait si elle séjournait là, ils devaient dire non.

Kay fronça les sourcils.

— Une idée de pourquoi ?

— Pas de la part de Zena, non, mais nous avons retrouvé l'employé qui travaillait de nuit, Chris Brandle. Il a dit que Tansy lui avait demandé de commander un taxi pour elle juste après une heure du matin, mais quand il lui a expliqué qu'il la prendrait devant les portes de la réception, elle a demandé qu'il la rejoigne plus loin sur la route. Il y a un arrêt de bus de l'autre côté de la route à deux voies avant d'arriver au rond-point, et c'est là qu'elle lui a demandé de dire au chauffeur de la rejoindre. Il confirme avoir téléphoné à la compagnie de taxis pour prendre ces dispositions.

— S'il te plaît, dis-moi que tu as obtenu le nom du chauffeur.

— Tim a reçu un message de leur part hier en fin d'après-midi avec ses coordonnées, répondit Laura en souriant. Et je lui parle ce matin.

— Excellent travail, vous deux. Tenez-moi au courant là-dessus. Twist nous a dit que Tansy était arrivée au pub où il séjournait à une heure et demie, alors vois si ce que le chauffeur te dira correspond à cela. Gav, à toi et Sean.

— Chef, nous pensons avoir fait une petite percée.

Gavin consulta les notes dans sa main, puis s'approcha de la carte de Mote Park et des rues environnantes qui avait été épinglée sur le côté du tableau blanc.

— Nous avons terminé de passer en revue les images de sécurité domestique fournies par les résidents des environs, mais ce sont les images que Gareth Torsney nous a données qui se sont avérées les plus intéressantes. Quelqu'un a effectivement accédé à son jardin à trois heures trente samedi matin et l'une de ses caméras de sécurité montre cette personne en train de passer par-dessus la clôture pour entrer dans le parc.

Le cœur de Kay cogna contre ses côtes.

— Une idée de sa destination précise ?

— Pas encore, répondit Sean. Je repasse les images des autres propriétés pour voir si je peux repérer quelqu'un qui correspond à la description de cette personne dans cette rue, même si la seule chose que nous pouvons voir est qu'il porte des vêtements sombres, donc...

— Quelqu'un t'aide avec ça ?

— Non, mais—

Kay leva la main et se tourna vers Debbie.

— C'est une priorité. De qui est-ce qu'on peut se passer ici ?

L'agente en uniforme retourna en courant à son bureau, et revint avec un document de trois pages qu'elle feuilleta rapidement.

— Si nous retirons deux stagiaires des téléphones, ils peuvent aider Sean.

— Fais-le. Comme je l'ai dit, c'est une priorité. Kyle, quelque chose d'intéressant concernant les camarades de groupe de Joey ?

— Rien de louche, chef. Quelques délits mineurs par-ci par-là dans leur jeunesse, mais rien dans nos dossiers.

L'enquêteur stagiaire haussa les épaules.

— La plupart des recherches que j'ai faites sur eux provenaient de sites de fans en ligne, que j'ai ensuite corroborées avec Kasprak. Il semble certainement que la pause de quinze ans ait adouci toute animosité qui existait entre eux la dernière fois qu'ils ont fait une tournée.

— J'imagine que la promesse de plus d'argent a aussi aidé, dit Kay, avant de laisser le rire sardonique qui suivit s'éteindre et de diriger son attention vers Barnes. Des nouvelles de la femme qui dirige le fan club ?

— Rien pour l'instant, répondit son collègue en agitant son téléphone portable en l'air. Je vais l'appeler à nouveau après ça pour la relancer.

— S'il te plaît. Plus vite nous pourrons corroborer la déclaration de Joey sur les personnes avec qui il était avant et après cette rencontre avec sa fille aux premières heures de samedi matin, mieux ce sera. Surtout si Laura peut retrouver le chauffeur de taxi pour appuyer cela aussi.

Ses yeux se posèrent à nouveau sur Gavin.

— Quelqu'un a-t-il cherché si nous avons eu des attaques similaires dans notre région ? Ou des rapports récents d'agressions qui auraient pu mener à une escalade de la violence ?

— J'ai fait un rapport lundi, chef, dit-il. Il y en avait une demi-douzaine que je pensais pertinents, mais après que les agents en uniforme ont interrogé les personnes impliquées, tous leurs alibis ont été vérifiés. Aucun meurtre non résolu n'est apparu avec des tendances similaires à celui de Tansy, et il n'y avait rien dans le système récemment concernant des attaques dans ou autour du parc non plus.

— D'accord, rends-moi service et élargis ta recherche au niveau du comté. Discute avec Paul Solomon à Northfleet pour voir s'il a entendu parler de quelque chose comme ça dans son secteur auparavant, et s'il ne trouve rien, fais-le-moi savoir et j'en parlerai à Sharp pour obtenir de l'aide là-bas pour fouiller les archives.

Elle roula l'ordre du jour et le tapota contre sa jambe tandis que son regard parcourait à nouveau le tableau blanc.

— Peut-être y a-t-il quelque chose dans le passé de Joey à côté duquel nous sommes passés. Debs, des résultats ressortent des conversations avec les amis de Tansy ?

— Nous avons fini de rassembler les déclarations de ceux avec qui elle est allée à l'université et de ses collègues de Bristol, répondit l'agente en uniforme. Mais j'ai une de ses amies de ses années d'école ici dans le Kent avec qui j'ai pensé que tu voudrais peut-être parler toi-même, elles sont restées en contact toutes ces années, et Natasha dit que souvent quand Tansy venait rendre visite à sa mère, elles se retrouvaient pour boire un verre. J'ai pensé que Tansy aurait pu se confier à elle sur sa recherche de son père, mais je ne voulais pas en discuter au téléphone avec elle. Elle vit près de Tenterden et travaille à domicile.

— Parfait. Merci, Debs. Donne-moi son numéro et j'irai lui parler aujourd'hui. Est-ce qu'on a reçu le rapport final de Harriet ?

— Oui, chef, je l'ai lu mais ça ne va pas te plaire.

— Pourquoi pas ?

Debbie pinça les lèvres avant de répondre.

— Parce que les preuves médico-légales qu'elle et son équipe ont recueillies ne sont pas concluantes concernant la théorie de Lucas selon laquelle il pourrait y avoir eu deux personnes impliquées dans le meurtre et la mutilation de Tansy.

— Merde.

Le cœur de Kay se serra en voyant les mêmes expressions abattues sur les visages de ses collègues.

— Donc nous ne savons pas si nous devons chercher un suspect ou deux. Bon sang, ça élargit considérablement le champ.

— Harriet m'a demandé de te faire savoir que son équipe traite maintenant toutes les autres preuves collectées autour du périmètre de la scène de crime. Ils se sont concentrés sur l'endroit où Tansy a été découverte et ont suivi la théorie de Lucas. Elle confirme également qu'ils ont trouvé plus de trente échantillons dans la chambre d'hôtel, ajouta Debbie. Des partiels, pour la plupart. Je veux dire, une fois que nous aurons un suspect, nous pourrons comparer ces empreintes, mais c'est une sacrée quantité d'informations à trier, chef, et—

— D'abord, il nous faut un suspect.

Kay passa une main dans ses cheveux, puis froissa l'ordre du jour et le jeta sur son bureau.

— Ou deux.

CHAPITRE 32

— Natasha Berrington ? Je suis l'inspectrice principale Kay Hunter, et voici l'inspecteur Ian Barnes. Ma collègue, l'agente West, vous a parlé hier. Pourrais-je vous dire un mot ?

La jeune femme d'une vingtaine d'années sur le pas de la porte de la petite maison mitoyenne semblait avoir passé les dernières vingt-quatre heures dans les vêtements qu'elle portait, son visage sans aucune trace de maquillage.

Ni de sommeil, d'ailleurs.

Elle cligna des yeux, souffla une mèche de cheveux bruns de ses yeux et s'appuya contre le chambranle en croisant les bras sur sa poitrine généreuse.

— Vous n'auriez pas pu appeler d'abord ? Je suis en pleine mise à jour d'un logiciel et le client m'a harcelée au téléphone toute la nuit. Je suis crevée.

— Ça ne prendra qu'une minute.

Kay afficha son sourire le plus charmeur et fit un pas en avant.

— Nous espérions que vous pourriez nous en dire plus sur votre amie, Tansy.

Une vague de tristesse passa sur le visage de Natasha, et elle retint ses larmes.

— Désolée. Je suis juste fatiguée. Bien sûr, entrez.

Kay laissa Barnes la précéder, puis ferma la porte d'entrée alors qu'un camion articulé passait en rugissant, le PVC ne faisant pas grand-chose pour atténuer le bruit.

Un couloir étroit avait autrefois été tapissé d'un motif floral léger et aéré, sans doute dans une tentative de compenser le manque de lumière naturelle dans cet espace sombre. La majeure partie du mur à sa gauche était obscurcie par des cartons de formes et de tailles diverses, certains débordant de livres et de bibelots divers, l'un d'eux laissant entrevoir une demi-douzaine de claviers d'ordinateur différents par une ouverture sur le dessus.

— Je suis sur le point de déménager, expliqua Natasha par-dessus son épaule en les guidant vers une cuisine à l'arrière de la propriété. Je ne vis pas habituellement dans un taudis, mais il n'y a que peu de place pour ces affaires et l'unité de stockage que j'ai réservée n'est pas disponible avant mardi.

— Vous restez dans le coin ?

— Non, je vais vers le nord. Enfin, plus ou moins. Mon copain a accepté un boulot à Milton Keynes, alors on a acheté une maison en périphérie.

Kay parcourut du regard la vaisselle éparpillée et les tiroirs de cuisine ouverts, et elle remarqua les cartons pliés à plat empilés contre la porte du four.

— Quand est-ce que vous partez ?

— Mercredi en huit.

Natasha s'appuya contre le rebord de l'évier et croisa à nouveau les bras sur sa poitrine.

— Que vouliez-vous savoir ? J'ai tout dit à la femme à qui j'ai parlé hier.

— Quand avez-vous parlé à Tansy pour la dernière fois ?

— Euh, probablement il y a une semaine. Elle venait voir sa mère et on se retrouve habituellement pour boire un verre. Je ne sors pas beaucoup à cause du travail en ce moment, donc je n'avais pas eu l'occasion d'aller la voir à Bristol depuis un moment.

— Comment vous a-t-elle semblé ?

Les épaules de Natasha se soulevèrent, puis s'affaissèrent avant qu'un soupir ne s'échappe de ses lèvres.

— Je n'arrive pas à croire qu'on parle d'elle comme ça. Je ne sais même pas quoi dire à sa mère. Elle se demande probablement pourquoi je n'ai pas appelé. Mais... Tansy semblait bien quand on s'est parlé. Occupée. Elle était au travail quand elle a appelé. Donc c'était un peu une conversation précipitée.

— Semblait-elle anxieuse, ou heureuse ?

— Juste... occupée. Un peu stressée peut-être, mais j'ai mis ça sur le compte du travail. Comme je l'ai dit, je travaille à toute heure en ce moment, donc je n'ai probablement pas fait très attention pour être honnête, à part noter l'heure à laquelle on devait se retrouver samedi soir.

— C'était samedi dernier ?

— Oui.

— A-t-elle apporté des changements à ce plan ?

— Non. Pourquoi ?

— Tansy vous a-t-elle dit autre chose sur son voyage ici, peut-être quelque chose sur des rendez-vous qu'elle pourrait avoir prévus ?

— Non.

Natasha fronça les sourcils.

— Pourquoi ? Que se passe-t-il ?

— Vous a-t-elle dit qu'elle espérait rencontrer son père pendant qu'elle était ici ?

— Quoi ?

Les sourcils de la femme se haussèrent.

— Vous plaisantez ? Cette ordure ? Quand est-ce qu'il l'a contactée ?

— Il ne l'a pas fait. C'est elle qui l'a fait. Tansy a engagé un détective privé pour le retrouver.

Kay observa Natasha lâcher prise sur l'évier, puis s'agripper à la surface comme pour essayer de ne pas tomber.

— Vous n'en aviez aucune idée ?

— Non... pourquoi... waouh.

— Tansy vous cachait-elle souvent des choses ?

— Je... jamais. Enfin, je suppose que non. Je veux dire, elle ne m'a pas parlé de son père, alors qui sait, hein ?

Le regard de Natasha tomba sur le sol carrelé bon marché.

— Merde.

— Depuis combien de temps connaissiez-vous Tansy ? demanda Barnes.

— Depuis l'école primaire. J'ai commencé trois mois après le début du premier trimestre parce que mes parents ont déménagé d'Espagne. Ma mère avait travaillé comme traductrice dans les services diplomatiques mais voulait se rapprocher de ses parents. Elle a obtenu un emploi à Londres quand nous sommes revenus ici, et mon père était souvent absent, il travaillait sur des plateformes pétrolières, donc mes grands-parents s'occupaient de moi et tout ça.

— Vous étiez donc proches ?

Natasha hocha la tête, une grosse larme roulant sur sa joue avant qu'elle ne l'essuie d'un revers de main et renifle.

— Très proches. C'est pour ça que ça fait mal qu'elle ne m'ait pas parlé de son père.

— Peut-être voulait-elle attendre de voir comment se passerait la rencontre avec lui, suggéra Kay. Après tout, vous avez dit que vous aviez prévu de la voir pour boire un verre samedi soir, n'est-ce pas ?

— Je suppose.

— Comment est-ce que vous communiquiez, Tansy et vous ? Par téléphone ? Par SMS ?

— Une application de messagerie. Parfois via les réseaux sociaux si on partageait un post qu'on avait vu, vous voyez ?

— Et quel était son nom d'utilisateur sur ces applications ?

Kay attendit que Barnes note les détails, puis reporta son attention sur Natasha.

— C'étaient les seuls comptes qu'elle utilisait avec vous ?

— Que voulez-vous dire ?

— A-t-elle déjà utilisé un autre compte de réseau social pour vous contacter ?

— Non. Pourquoi aurait-elle fait ça ?

— Tansy utilisait un compte différent pour communiquer avec son père, expliqua Kay. Nous pensons qu'ils craignaient que les médias ne le découvrent autrement.

La lèvre de Natasha se retroussa.

— Vous voulez dire que *lui* aurait été inquiet à propos des médias. Je parie qu'ils sont tous en train de limiter les dégâts ou je ne sais quoi maintenant, n'est-ce pas ? Ou est-ce que son manager est en train de réfléchir à comment tirer le meilleur parti du meurtre de Tansy ?

— Vous connaissez Brian Kasprak ?

— Non. Juste ce que j'ai lu en ligne aujourd'hui. Cette tournée, c'est juste une histoire de fric, n'est-ce pas ?

Kay ignora la question.

— Y a-t-il quelqu'un d'autre que Tansy aurait pu contacter avant de revenir ici ? Quelqu'un d'autre de vos années d'école, ou peut-être d'un ancien travail ?

— Je ne pense pas.

Natasha leva les mains de frustration.

— Croyez-moi, si je savais quoi que ce soit sur les raisons de son meurtre, et sur qui aurait pu le faire, je vous le dirais. Je ferais n'importe quoi pour la récupérer, et si ce n'est pas possible, alors je veux vous aider à trouver le salaud qui l'a tuée.

Le regard de Kay se porta sur Barnes lorsque son téléphone vibra. Ses yeux s'écarquillèrent en voyant le numéro à l'écran et il lança à Kay un regard d'excuse avant de se précipiter vers la porte, sa voix devenant un murmure. Elle se retourna vers Natasha et sortit une carte de visite de son sac qu'elle lui tendit.

— Merci pour votre temps, et je suis vraiment désolée pour votre perte. Si vous pensez à quoi que ce soit, n'importe quoi qui pourrait nous aider, n'hésitez pas à appeler mon numéro direct. Peu importe l'heure, j'essaierai de répondre et si je ne peux pas, je vous rappellerai dès que possible, d'accord ?

— D'accord.

Cinq minutes plus tard, Kay rejoignit son collègue, qui était déjà monté dans la voiture et avait démarré le moteur.

— Que se passe-t-il ? demanda-t-elle en attachant sa ceinture alors qu'il s'éloignait du trottoir.

— La femme du fan club, Melanie Cranwick, vient d'appeler. Elle doit aller travailler dans une heure mais dit qu'elle peut nous parler maintenant si on se dépêche.

Kay serra ses doigts autour de l'accoudoir intégré à la portière.

— Bien, voyons à quelle vitesse tu peux nous y emmener, d'accord ?

CHAPITRE 33

Laura mit son téléphone en mode silencieux, puis leva les yeux vers l'enseigne métallique rayée et écaillée qui pendait dangereusement à un support en fer forgé au-dessus d'une porte en bois d'un blanc sale.

Elle proclamait que la compagnie de taxis opérait depuis 1976, et Laura se demanda si quelqu'un avait passé un coup de pinceau sur la façade au cours des années qui avaient suivi, ou si le bâtiment industriel bas et ondulé n'était qu'une idée après coup pour ce qui semblait par ailleurs être une entreprise prospère.

La grande vitre à double vitrage enchâssée dans la moitié supérieure de la porte semblait ne pas avoir été nettoyée depuis la dernière décennie, et ce qu'elle pouvait voir du verre était parsemé d'autocollants suggérant qu'il pourrait y avoir des caméras de surveillance en fonctionnement mais qu'il n'y avait définitivement pas d'argent liquide conservé sur place.

Elle fronça les sourcils et essaya de se rappeler la dernière fois qu'elle avait utilisé de l'argent liquide pour payer un taxi – ou même *pris* un taxi au lieu de son application de covoiturage préférée, puis elle chassa cette pensée alors que Kyle verrouillait la voiture de service qu'on leur avait attribuée ce matin-là et s'approchait d'elle.

— Allons trouver ce Toby McKinnon, dit-elle. Espérons qu'il soit là.

— Il travaillait aujourd'hui ?

— Pas avant dix heures, c'est pour ça que nous sommes ici maintenant.

Laura vérifia sa montre alors qu'ils traversaient l'asphalte criblé de nids-de-poule.

— Cela nous donne une demi-heure pour faire l'entretien avant que son service ne commence.

Elle fut à moitié tentée de tirer sur la manche de sa veste pour ouvrir la porte, tant la crasse maculait la surface de la poignée, et à la place, elle poussa avec son épaule. Résistant à l'envie de plisser le nez face à l'odeur âcre de transpiration qui emplissait le bureau en forme de boîte, elle s'approcha de l'homme flétri assis derrière un comptoir surélevé, une expression de lassitude perpétuelle gravée sur ses traits.

Un semblant d'intérêt traversa son visage lorsqu'elle sortit sa carte de police, puis il se pencha en arrière et beugla par-dessus son épaule.

— Toby ? Y a une flic qui veut te parler.

Cela fait, il ignora le duo et se retourna vers un écran d'ordinateur d'apparence antique alors que la console noire devant lui s'allumait et qu'une sonnerie de téléphone retentissait.

Laura grimaça face au volume qui emplissait la pièce,

puis se retourna lorsqu'un toussotement poli filtra à travers le bruit.

— Je suis Toby, dit un quarantenaire trapu qui se tenait à côté d'un classeur gris rayé et cabossé, les pouces enfoncés dans les poches de son jean. Vous voulez venir dans le garage ? Croyez-le ou non, c'est un peu plus calme là-bas.

Il leur adressa un sourire espiègle, puis pivota sur ses talons et les guida en passant devant deux bureaux en bois couverts de classeurs à levier et de paperasse froissée.

Laura eut une moue de dégoût lorsque les semelles de ses chaussures collèrent au revêtement de sol bon marché, et elle repoussa son dégoût pour ce sur quoi elle pouvait marcher, pour suivre l'homme jusqu'au fond du bureau et à travers une porte coupe-feu qui pouvait ou non avoir passé la dernière inspection de santé et de sécurité.

Elle retint un hoquet de surprise en entrant dans le garage.

Contrairement à l'état du bureau d'accueil, l'endroit était impeccable et ressemblait à une version plus grande de l'entreprise élégante de Gareth Torsney.

Des taches d'huile couvraient le sol en béton ici et là, et la poussière s'accumulait dans les coins, mais les établis qui bordaient l'espace étaient propres et organisés. Un tableau de liège similaire à celui utilisé par l'équipe d'enquête dans la salle des opérations s'étendait au-dessus, avec une collection de bons de travail et de fiches de tâches épinglés en rangées nettes pour faciliter la consultation.

McKinnon traversa la pièce jusqu'à une radio qui jouait dans le coin éloigné de l'établi et baissa le volume avant de leur faire signe de s'approcher d'une table pliante en métal et de quatre chaises à côté.

— Ça ira ? On l'utilise juste pour les pauses café occasionnelles, c'est tout. C'est mieux que d'essayer de s'entendre par-dessus Maurice là-bas, et ça l'empêche d'écouter aux portes.

Laura sourit en s'asseyant pendant que Kyle sortait son carnet de son gilet utilitaire.

— J'imagine qu'il sera déçu.

— Il s'en remettra. Bon, je dois pointer dans environ vingt minutes si je ne veux pas perdre d'argent. Vous vouliez me poser des questions sur un travail vendredi soir, c'est ça ?

— C'est exact. Nous allons rendre cela officiel dans les circonstances actuelles, donc je vais commencer par vous mettre en garde et ensuite si vous avez des questions à ce sujet avant que nous commencions, vous pourrez les poser. D'accord ?

McKinnon se redressa sur son siège.

— Ouais, d'accord. Ça ne veut pas dire que je suis suspect ou quoi que ce soit, hein ?

Laura ignora la question et lut plutôt la mise en garde avant de se lancer dans l'entretien.

— Pouvez-vous confirmer que vous avez reçu une demande vendredi soir pour aller chercher une femme à un arrêt de bus le long de la route de l'hôtel où elle séjournait ?

— Ouais. Ça venait du répartiteur ici. C'est Janie qui travaillait ce soir-là. Je crois que vous lui avez parlé pour organiser cette rencontre, non ?

Il sortit de la poche de sa chemise un carnet bien usé.

— Je note tous mes boulots là-dedans, juste comme sauvegarde pour que je puisse vérifier que j'ai tout quand ils me paient, vous voyez ce que je veux dire ?

Laura attendit pendant qu'il feuilletait les pages.

— Voilà. Je venais de déposer un client à cet hôtel près du château de Leeds, alors je l'ai prise à une heure quinze.

— Comment vous a-t-elle semblé quand vous l'avez vue ?

— Pas ivre, répondit-il en souriant, puis il redevint sérieux quand le visage de Laura resta impassible. Je crois que c'est pour ça que je m'en souviens si bien. Elle n'était pas habillée pour sortir, même si elle portait une robe d'été. Elle avait un cardigan gris qu'elle serrait autour d'elle quand je me suis arrêté à l'arrêt de bus. Il ne faisait pas si froid pourtant, alors peut-être qu'elle était nerveuse ou quelque chose comme ça ?

— A-t-elle dit quoi que ce soit pendant le trajet ?

— Pas vraiment.

Il haussa légèrement les épaules.

— J'ai essayé de lui parler, vous savez, juste lui demander comment s'était passée sa journée. Elle a marmonné un truc du genre « bien » et puis j'ai confirmé où elle voulait que je l'emmène, et c'était tout jusqu'à ce qu'on arrive au pub. Là, elle m'a dit que je devais rester discret parce qu'elle ne voulait réveiller personne, et si je pouvais la déposer à l'arrière près de la porte de la cuisine.

— Avez-vous trouvé cela étrange ?

— Un peu, je suppose. Mais c'était la cliente, non ? Et le client a toujours raison.

— Comment a-t-elle payé ?

— Elle n'a pas payé. Un type est sorti et m'a donné vingt livres. En liquide, je veux dire.

— Qu'est-ce qu'il vous a dit ?

— Pas grand-chose. Il m'a demandé combien c'était, m'a payé, m'a dit de garder la monnaie et m'a demandé si je pouvais la reprendre à trois heures.

McKinnon se pencha en avant, les coudes sur les genoux.

— Bien sûr, à ce moment-là, j'avais compris ce qu'elle faisait.

— Que voulez-vous dire ?

McKinnon lui adressa un sourire lubrique.

— Un pub au milieu de nulle part ? Un homme plus âgé, une femme plus jeune, et entrée-sortie en une heure. Allez, vous êtes la détective.

— C'était sa fille, gronda Laura. Et elle a été assassinée quelques heures après que vous l'avez vue en vie pour la dernière fois.

Le chauffeur de taxi pâlit.

— Sa... sa fille ? Que voulez-vous dire par assassinée ?

— Dites-moi ce qui s'est passé quand vous êtes allé la chercher. Vous avez dit que cet homme vous avait demandé de revenir à trois heures—

— Mais c'est là le problème. Je n'y suis pas retourné.

— Quoi ?

— Ouais. J'ai reçu un appel vers deux heures cinquante. J'étais déjà en route quand mon téléphone a sonné et un type, je suppose que c'était lui, son père comme vous dites, m'a dit qu'elle avait pris d'autres dispositions et de ne pas m'inquiéter. Puis il a raccroché.

La gorge de Laura se dessécha.

— Donc, attendez une minute, vous me dites que vous n'êtes jamais retourné au pub après l'avoir déposée ?

— C'est ça. Une fois que cette course a été annulée, j'ai appelé Janie et je lui ai dit que j'étais disponible. J'ai eu une autre course dans les cinq minutes, pour prendre deux types à la sortie d'une boîte de nuit en ville et les ramener à Kemsing parce que les trains ne circulaient pas. Regardez, c'est noté dans mon carnet ici.

— Je vais avoir besoin d'en faire une copie.

— Je vous en prie. Il y a un photocopieur dans le bureau.

Laura se leva, puis s'arrêta.

— Pouvez-vous me montrer les appels récents sur votre téléphone ? J'aurai besoin du numéro d'où provenait cet appel.

Pendant que McKinnon tapotait sur l'écran de son téléphone, Laura essaya d'ignorer les battements de son cœur alors qu'un malaise l'envahissait.

Le chauffeur de taxi finit par tourner l'écran vers elle.

— Voilà. L'appel est arrivé à deux heures cinquante-trois.

— Merde, murmura Laura. C'est un numéro différent.

CHAPITRE 34

— Dix-sept minutes. Pas mal, inspecteur, dit Kay en regardant sa montre. Tu es sûr de ne pas avoir des ancêtres finlandais quelque part ?

Barnes pointa la clé par-dessus son épaule, puis fronça les sourcils en voyant les fossettes se former sur les joues de l'inspectrice principale.

— Non. Pourquoi ?

— J'ai entendu dire qu'ils font les meilleurs pilotes de rallye, dit-elle. Je croyais que c'était moi qui devais conduire toute la semaine d'ailleurs ?

En lui lançant les clés en réponse, il retint un sourire et se dirigea vers un portail en bois fraîchement verni encastré dans une épaisse haie de lauriers.

— J'ai oublié.

— Ça doit être l'âge.

Il rit, sachant pertinemment que ses talents de conducteur étaient légendaires au sein de l'équipe d'enquête, et que Gavin devenait rapidement un sérieux prétendant au titre de celui qui pouvait arriver le plus vite sur une scène de crime.

— Vous avez encore un long chemin à parcourir, les jeunes, avant de me rattraper.

Entendant un petit rire derrière lui, il poussa le portail, le tint ouvert pour Kay, puis la suivit le long d'un chemin pavé bien entretenu, bordé de chaque côté par une herbe luxuriante.

Des parterres de fleurs colorées encadraient la propriété, et des bacs en bois assortis étaient placés de chaque côté d'une porte d'entrée ouverte par laquelle il pouvait entendre une station de radio locale diffuser le dernier tube du Top 10.

Il frappa du poing contre le panneau en bois et entendit un « Entrez ! » aérien depuis les profondeurs de la maison.

Au lieu d'entrer dans un couloir, il se retrouva dans un salon au plafond haut et avec une fenêtre donnant sur le jardin de devant. Un poêle à bois se tenait inactif dans un âtre en pierre sur le côté de la pièce, devant lequel on avait placé un vase de fleurs séchées.

Des photographies en noir et blanc ornaient le mur à gauche de l'âtre, et alors que Kay et lui s'arrêtaient pour les regarder, il reconnut beaucoup de membres de groupes de rock des années soixante-dix et quatre-vingt, tous posant avec la même femme, son sourire large et ses yeux pétillants.

— Vous avez trouvé ma galerie de crapules alors.

Il se retourna à cette voix pour voir une version légèrement plus âgée de la même femme, un panier à linge plein dans les bras, debout sur le tapis coloré devant le canapé, ses cheveux relevés en queue de cheval désordonnée.

— Melanie Cranwick ?

— C'est moi. Vous devez être l'inspecteur Barnes.

— Et voici l'inspectrice principale Kay Hunter.

Melanie s'arrêta, les mains sur les hanches.

— Bien, alors de quoi avez-vous besoin ? C'est à ce moment-là qu'ils proposent généralement du thé à la télé.

Barnes sourit en levant la main.

— Pas de thé nécessaire, merci. On peut s'assoir ?

— Si vous voulez.

Elle s'enfonça dans les coussins tandis que Kay sortait son carnet et que Barnes énonçait la mise en garde formelle.

Elle ne montrait aucun signe de panique face à leur présence, et en fait, il pensa qu'elle avait l'air de s'ennuyer de toute cette affaire.

— Depuis combien de temps Joey Twist et vous vous fréquentez ? commença-t-il.

Un sourire malicieux traversa ses lèvres.

— Officieusement, depuis environ vingt-cinq ans. Je suppose que la base de fans plus large était au courant pour nous au moment où le groupe s'est séparé il y a quinze ans cependant.

— Vous vous disputez beaucoup ?

— Pourquoi ?

— Répondez à la question s'il vous plaît.

— De temps en temps je suppose. Rien de majeur, c'est juste que parfois nous sommes tous les deux frustrés je suppose, comme dans toute relation qui a fait le tour du pâté de maisons quelques fois.

— A-t-il déjà été violent envers vous ?

— Non, répondit-elle avec emphase. Absolument pas.

— Avez-vous continué à vous voir pendant la pause du groupe ?

— De temps en temps.

Elle tendit la main et tira sur un fil qui dépassait de son jean déchiré à la mode.

— Je veux dire, aucun de nous ne cherche quelque chose de sérieux. Je vois un autre type de temps en temps. Avant que vous ne demandiez, Joey sait que nous ne sommes pas exclusifs, et je sais qu'il a vu d'autres femmes au fil des années.

— Ça ne vous dérange pas ?

Elle haussa les épaules.

— Non. Je me suis mariée jeune, à dix-huit ans, et ça a été un désastre. J'ai divorcé juste après mon vingt et unième anniversaire, et j'ai juré de ne plus jamais remonter l'allée après ça. Ce que Joey et moi avons me convient parfaitement.

— Vous avez des enfants ?

— Non, Dieu merci.

Elle rit, un aboiement rauque qui illumina son visage.

— J'ai trois nièces et un neveu et croyez-moi, quelques heures avec eux éliminent toute envie d'enfant de mon système pour quelques mois.

— Saviez-vous que Joey avait une fille ?

— Tansy ? Oui. Il ne l'a pas vue depuis que son ex l'a mis à la porte il y a des années cependant. Je crois qu'il a dit qu'elle avait environ trois ans la dernière fois qu'il l'a vue.

Barnes observa attentivement son visage.

— Donc il ne vous a pas dit qu'il l'avait rencontrée aux premières heures de samedi matin ?

— Quoi ?

Melanie se redressa, la mâchoire tombante.

— Tansy l'a contacté il y a peu, poursuivit Barnes. Elle voulait le voir, alors ils ont convenu qu'elle irait au pub où le groupe séjournait vendredi soir.

— Mais j'étais avec lui vendredi soir. Je...

Elle s'enfonça dans les coussins, son regard tombant sur le tapis.

— Fils de pute... Juste après une heure du matin, il est sorti du lit et a commencé à enfiler ses vêtements. Je lui ai demandé où il allait, j'ai pensé qu'il descendait au bar pour piquer un verre ou quelque chose comme ça, et il a dit qu'il s'était souvenu que Brian avait organisé une interview vidéo avec une émission de musique américaine. Je n'arrivais pas à croire que Brian puisse être un tel crétin en faisant un coup pareil la veille de leur concert de retour, mais Joey semblait content. Maintenant je sais pourquoi...

— A-t-il mentionné Tansy à un moment donné ?

— Non. Pas même quand il est revenu dans la chambre. J'ai bien pensé qu'il avait l'air plus enjoué que d'habitude. Normalement, s'ils font une interview si tard, il peut être sacrément grognon. Lui, et les autres, ils en ont marre de répondre aux mêmes questions encore et encore.

Elle secoua la tête d'étonnement.

— Il était... *heureux*. Il n'arrêtait pas de parler du concert et de comment ce serait le début d'une nouvelle phase dans sa vie et tout ça.

Melanie soupira.

— Alors, quand est-ce que le reste d'entre nous pourra la rencontrer ?

Barnes regarda par-dessus son épaule là où Kay était assise, stoïque, son regard fermement fixé sur son carnet, puis il reporta son attention sur Melanie et prit une profonde inspiration.

— Il ne vous l'a pas dit ?

— Quoi encore ?

La femme eut un sourire sardonique.

— D'autres secrets ?

— Sa fille a été tuée peu après avoir quitté le pub samedi matin.

Melanie pâlit.

— Tuée ? Vous voulez dire dans un accident ?

— Non, elle a été assassinée. Son corps a été découvert dans le parc par deux des bénévoles chargés du nettoyage. Personne ne vous en a parlé ?

— Non... Je... Je n'ai pas parlé à Joey depuis lundi. J'avais entendu dire qu'une femme était morte au festival, mais je pensais que c'était une overdose ou quelque chose comme ça.

— Nous ne lui avons parlé nous-mêmes que mardi. Je dois vous demander, Melanie, à quelle heure Joey est-il revenu dans votre chambre cette nuit-là ?

— Trois heures treize.

Elle leva la main alors qu'il ouvrait la bouche.

— Je le sais avec certitude parce que je n'arrivais pas à me rendormir, alors je faisais défiler les réseaux sociaux sur mon téléphone. Les pages du groupe étaient inondées de commentaires de fans excités par le spectacle de samedi soir, alors j'essayais de prendre de l'avance en répondant à certains et en partageant les autres.

— Est-il resté avec vous le reste de la nuit ?

— Oui. Nous ne nous sommes levés qu'à huit heures parce qu'il avait une autre...

Elle s'interrompit avec un ricanement amer.

— Interview. Et cette fois, c'était vraiment une interview parce que je l'ai écoutée. C'était avec une station de radio à Cardiff où ils doivent jouer la semaine prochaine. J'imagine qu'ils jouent toujours là-bas ?

— Il faudrait vérifier auprès de Joey, dit Barnes d'un ton neutre.

CHAPITRE 35

— J'ai pensé que c'était mieux qu'un coup de fil, dit Gavin en désignant une table dans le coin le plus éloigné du café franchisé.

L'établissement faisait un commerce soutenu au guichet drive, mais à l'intérieur, il était moins qu'à moitié plein, les clients les plus proches étant deux femmes et un petit enfant qui hurlait à pleins poumons.

Il grimaça face au crescendo qui s'intensifiait, puis adressa un sourire résigné à l'enquêteur Paul Solomon.

— Au moins, on ne risque pas d'être entendus.

Le détective de Northfleet sourit.

— J'en déduis que Leanne et toi n'avez pas encore prévu d'en arriver là.

— Je préfère ne pas y penser.

Ils tombèrent dans le silence pendant que chacun dévorait une viennoiserie qui avait été réchauffée au micro-ondes quelques instants plus tôt. Après avoir fini, Gavin sortit son carnet et un stylo avant de prendre une gorgée de café.

— Merci de me voir si rapidement.

— Pas de problème. Comment ça se passe à Maidstone ?

— C'est chargé, comme tu peux l'imaginer avec cette mort au festival.

— J'imagine. Des progrès ?

Gavin fronça le nez.

— Pas encore.

— Ok.

Paul s'essuya la bouche avec une serviette en papier avant de la jeter sur son assiette vide et de la repousser.

— Comment est-ce que je peux t'aider ?

Baissant la voix malgré la distance qui les séparait des autres clients et le bruit du bambin qui gloussait maintenant tandis qu'une des femmes le faisait sautiller sur ses genoux, Gavin tourna une nouvelle page de son carnet.

— La victime a été étranglée, puis soit son tueur, soit quelqu'un d'autre, car les résultats de l'autopsie sont ambigus, lui a retiré le bout des doigts. Tu as déjà rencontré quelque chose de ce genre par ici ?

Le regard de Paul se tourna vers la fenêtre alors qu'un des clients du drive passait, et il resta silencieux un moment avant de répondre.

— Je ne pense pas, non, et ça fait un moment que je suis ici. Des étranglements, oui. Mais l'ablation des bouts des doigts... peut-être, je ne sais pas. Il y a environ sept ou huit ans, il y a eu un... À quoi penses-tu d'ailleurs ? Que c'était fait pour retarder l'identification ?

— Exactement. Et ça a marché pendant quelques jours.

Gavin fit une pause pendant qu'une serveuse venait nettoyer la table à côté d'eux.

— Il s'avère que c'était la fille d'un des membres du groupe qui devait jouer samedi soir.

Le visage de Paul se tourna à nouveau vers lui, un sourcil levé.

— Coïncidence ?

— On ne sait pas.

Il soupira en laissant tomber son stylo sur la table.

— Je veux dire, on n'a rien. Absolument rien. J'espérais que si quelque chose de similaire s'était produit dans le coin, on aurait une autre piste à explorer, mais...

— Écoute, je vais passer quelques coups de fil, juste au cas où il y aurait quelque chose dans les archives dont je ne suis pas au courant. Je veux dire, tellement de dossiers ont été consolidés et transférés au QG ces dernières années qu'il pourrait bien y avoir quelque chose d'enfoui là-dedans de l'une ou l'autre division, non ?

Il fit un sourire malicieux.

— Je suis sûr qu'il y a un ou deux agents en période probatoire que je peux convaincre de faire quelques heures de travail.

— C'est vrai.

Gavin essaya d'injecter un peu d'enthousiasme dans sa voix, mais son esprit se tournait déjà vers la façon dont il allait annoncer la nouvelle à Kay.

— Et je vais appeler un pote qui travaille pour les gars de l'Essex. Peut-être qu'il y a quelque chose comme ça de l'autre côté de l'estuaire dont on n'est pas au courant.

— Ouais, d'accord, merci. C'est une bonne idée.

— Très bien alors.

Le téléphone de Paul vibra, et il balaya l'écran avant de tendre le bras pour finir le reste de son café.

— Désolé, c’est le chef. J’ai une réunion au bureau à propos d’un raid qui va avoir lieu ce soir.

— Pas de souci. Merci pour ton aide.

— Quand tu veux.

— Fais attention à toi.

— Toi aussi.

Paul fit un signe de la main par-dessus son épaule en se dépêchant de passer devant les autres clients pour sortir, et sa voiture quitta le parking quelques instants plus tard.

Après avoir regardé le détective plus âgé partir, Gavin sirota son café et feuilleta ses notes, sa frustration s’intensifiant.

Si Paul – ou les deux malheureux agents en période probatoire qui allaient être contraints d’aider – ne trouvaient rien pour lier le meurtre de Tansy à une autre affaire, alors quoi ?

Travailler avec Kay avait insufflé une soif de justice chez lui et les autres membres de l’équipe, et quand il se rappela la vue du corps mutilé de Tansy parmi les herbes estivales du parc, une colère monta en lui.

Il mit à jour son carnet avec ce que Paul lui avait dit et fit une liste à puces de ce que l’autre enquêteur allait faire ensuite, puis il força ses épaules à se détendre et sursauta légèrement lorsque son téléphone vibra.

Le numéro de portable de Sean Gaskell apparut en haut de l’écran, et il répondit en gardant sa voix basse.

— Piper.

— Gav ? Tu es loin du commissariat en ce moment ?

— À environ une demi-heure si je me dépêche.

— J’ai repassé les images de vidéosurveillance, dit l’agent. Je pense que tu dois voir ça.

Gavin repoussait déjà sa chaise et se précipitait vers la porte.

— Qu'est-ce que tu as trouvé ?

— Cette personne qu'on a vue sur la caméra de sécurité dans le jardin de Gareth Torsney. Je pense que c'est Tansy Leneghan.

CHAPITRE 36

— Combien de temps ça prend pour aller chercher une fichue pizza ?

Kay leva les yeux de son écran d'ordinateur et sourit pendant que Gavin faisait les cent pas sur la moquette devant le tableau blanc, son estomac grondant bruyamment.

Le reste de la salle des opérations était désert, à l'exception de son équipe soudée de détectives, le dernier agent de police ayant disparu vingt minutes plus tôt et le flux et reflux de la circulation des travailleurs de fin d'après-midi étant désormais réduit à un ronronnement régulier au-delà des fenêtres.

Le soleil descendait maintenant dans le ciel et donnait une douce teinte jaune-violette aux nuages qui s'amoncelaient tandis que, de temps en temps, un éclair se reflétait sur son écran.

Il semblait qu'il y aurait enfin un répit à la chaleur torride qui avait saisi le sud-est du pays cette semaine, et elle savourait l'idée de s'allonger dans son lit plus tard dans la nuit pour écouter la pluie tambouriner sur le toit.

Repoussant sa souris d'ordinateur, elle remit ses cheveux en une queue de cheval lâche et observa l'enquêteur qui s'arrêta les mains sur les hanches et fixa la porte du regard.

— C'est toi qui as commandé le pain à l'ail supplémentaire, dit-elle. C'est probablement ce qui prend autant de temps.

Gavin lui lança un regard noir, puis éclata de rire.

— N'oublie pas la mayo à l'ail aussi, chef. Il faut avoir ça.

— Tu vois, c'est ça.

Elle fronça les sourcils.

— D'ailleurs, je croyais que c'était ton tour d'aller les chercher ?

— Je me suis dit que comme Kyle est le petit nouveau, j'allais profiter de ma supériorité au sein de l'équipe.

Il souriait encore en se retournant pour examiner les notes mises à jour qu'elle avait griffonnées sur le tableau blanc.

— Et relire tout ça.

— Je ne suis pas sûre que ce soit le genre de leadership que j'essaie de promouvoir ici, dit-elle en souriant. Remarque, je me souviendrai de cette histoire de supériorité la prochaine fois que je distribuerai des tâches. Je devrais peut-être te faire courir un peu plus souvent pour moi pour tester ça.

Barnes s'approcha avec un rouleau de papier essuie-tout à moitié utilisé, et le posa sur son bureau avant de secouer la tête.

— Franchement, à vous entendre tous les deux, on se croirait à la maternelle.

— Tu aurais dû l'entendre avec Kyle tout à l'heure, ajouta Laura en suivant dans son sillage avec un pack de six bières qui dégoulinait de condensation. Je suis sortie chercher ça. C'est ok, chef ?

— Personne ne t'a vue ?

— Non, j'ai utilisé cet énorme sac fourre-tout de la librairie que tu m'as donné.

— Ok. Bien joué.

Kay prit une des bières et l'ouvrit alors que son estomac grondait.

— Ok, Gav, tu as raison. Cette pizza prend trop de temps.

Ils riaient encore quand Kyle entra, les bras chargés de quatre boîtes à pizza qu'il procéda à étaler sur la table à côté du tableau blanc.

— Avant que vous ne commenciez à vous plaindre, ils étaient en sous-effectif et quelqu'un a passé une commande de huit pizzas avant la nôtre, dit-il, puis il se tint sur le côté pendant que Gavin et Laura se jetaient sur la nourriture. Et l'un de vous, bande de bâtards, a commandé du pain à l'ail supplémentaire.

— Merci, Kyle, dit Kay en lui tendant une bière. Allez, mangeons.

La conversation dériva vers les potins de bureau avant qu'elle ne partage la nouvelle concernant la nouvelle addition à sa maison, et Barnes s'étouffa avec une bouchée de pain à l'ail avant de se frapper la poitrine du poing.

— Bon sang, chef, je croyais que tu avais dit plus jamais après cette chèvre.

— Je sais, je sais. Adam m'assure que Hovis ne traversera pas le ruisseau pour entrer dans le jardin cependant.

Elle jeta un coup d'œil par-dessus son épaule alors qu'un grondement de tonnerre approchant faisait trembler les fenêtres.

— Surtout si on a une bonne averse ce soir. Il y aura plus d'eau dedans, et je sais qu'on appelle ça un pont, mais ce n'est vraiment qu'une planche de bois. Ce n'est pas très stable alors je doute que Hovis prenne le risque.

Elle se retourna pour voir quatre visages incrédules en train de la fixer.

— Quoi ?

— Je pense qu'on devrait lancer un pari, dit Gavin.

Kyle fouilla dans son portefeuille et en sortit un billet de cinq livres.

— Je participe.

— Moi aussi.

Laura se précipita vers son sac et revint avec son porte-monnaie.

— C'est du tout cuit. Qu'est-ce que vous en pensez ? On choisit un jour, ou une heure ?

— Les deux, dit Barnes en remettant sa contribution. Et je choisis en premier. Demain après-midi, entre midi et cinq heures. Je ne pense pas qu'il pourra se retenir une fois qu'il aura compris que ce soi-disant pont peut supporter son poids.

— Oh allez. Sérieusement ?

Kay regarda Gavin collecter la cagnotte et l'agiter vers elle.

— Quoi ? Tu veux que je participe ?

— Ce serait mesquin de ne pas le faire, chef.

— Non. Pas question.

Elle s'essuya les mains sur une feuille d'essuie-tout, puis pointa le tableau blanc.

— Au travail.

Ignorant leurs ricanements étouffés, elle se dirigea vers le tableau et rassembla ses pensées.

— Ok, Gav. Viens ici, parle-moi de la théorie de Sean selon laquelle il s'agit de Tansy sur ces images de vidéosurveillance.

L'enquêteur finit de sceller une enveloppe contenant la cagnotte du pari, puis la rejoignit.

— Je pense qu'il marque un point, chef. Je veux dire, évidemment les photos sont devenues pixelisées plus on essayait de les agrandir, mais il a fait la même chose avec quelques photos de son compte normal sur les réseaux sociaux, pas celui caché que Joey nous a signalé, et regarde, on voit la même silhouette sur cette caméra gérée par la municipalité, en train de marcher sur New Cut Road vers le parc. La corpulence est étonnamment similaire.

— Ouais, mais elle ne porte pas de robe, Gav.

Kay tapota la photographie de la scène de crime.

— Et elle en portait une quand ces bénévoles l'ont trouvée. Et Joey a confirmé que c'était la même robe qu'elle portait quand ils se sont rencontrés. La rôdeuse de Sean porte ce qui ressemble à un pantalon de jogging. Et un sweat-shirt. Comment tu expliques ça ?

— Je ne sais pas. Mais sur les images vidéo, elles ont le même type de démarche et je veux dire, qui porte ce genre de vêtements à cette heure de la nuit ? Et, regarde, elles ont les cheveux attachés sur la photo du jardin de Torsney, et ici sur l'autre photo.

Il pointa à nouveau les photos des réseaux sociaux.

— Tansy avait tendance à tirer sa queue de cheval un peu vers la gauche à chaque fois, regarde. Leanne fait la même chose, c'est juste une habitude naturelle. C'est le côté où elle attache ses cheveux donc quand elle a fini, ça a cette même inclinaison.

— C'est une possibilité lointaine, dit Kay en jetant un regard en biais à son collègue, entendant le désespoir dans sa voix. Mais, d'accord. Admettons que ce soit Tansy. Que faisait-elle à rôder dans le jardin de Torsney ?

— Plus important encore, chef, celui qui l'a récupérée au pub après sa rencontre avec Joey ne l'a pas tuée, dit Barnes. Alors qui a annulé le taxi, qui l'a récupérée, et—

— Qui lui a donné un sweat-shirt et un pantalon de jogging ? compléta Laura. Et où sont-ils maintenant ?

Kay se tourna vers elle.

— Tu as réussi à retracer le numéro qui a été utilisé pour annuler son taxi de retour à l'hôtel ?

— Pas de chance, répondit Laura en retenant un rot, puis elle posa sa canette de bière. Désolée. J'ai passé en revue les numéros de portable des personnes à qui nous avons parlé jusqu'à présent, comme Georgina, Joey, Brian Kasprak et Melanie Cranwick, et ça ne correspond à aucun d'entre eux. J'ai élargi la recherche aussi, et ça ne donne rien. Celui qui a appelé la compagnie de taxi n'est pas quelqu'un que nous avons déjà rencontré.

— Ou c'est quelqu'un qu'on connaît, mais qui utilisait une autre carte SIM. Tu as une idée s'il s'agit d'un numéro avec forfait ou prépayé ?

— Pas avant que l'opérateur ne me réponde, et ça pourrait être—

— Dans ce siècle ou le prochain.

Kay soupira.

— Bon sang, on n'arrive vraiment pas à avoir une piste concrète, n'est-ce pas ? Kyle, comment s'en sort Harriet avec le reste du matériel collecté sur le site du festival samedi ?

Le plus récent membre de l'équipe de détectives posa la part de pizza qu'il contemplait et lança un regard d'avertissement à Laura.

— C'est la mienne. Chef, j'ai parlé à Patrick au labo médico-légal avant qu'ils ne partent cet après-midi et il a dit qu'ils espèrent finir les préliminaires d'ici le week-end. C'est juste qu'à cause de la nature de certains éléments, comme les poubelles à risque biologique utilisées pour collecter les aiguilles usagées, ça prend plus de temps que d'habitude. Sans parler de l'énorme volume de preuves qu'ils ont collectées. Ils n'ont fini que hier après-midi.

— Hier ?

— Ouais. Patrick a dit qu'ils avaient dû travailler avec les organisateurs du festival pendant que le village de camping et les tentes de rafraîchissements étaient démontés et ensuite traiter tout ça aussi...

— Bon sang.

— Et ils ont trois membres de leur équipe en vacances cette semaine et n'ont pas le droit de faire appel à des sous-traitants pour les remplacer.

Kyle reprit sa part de pizza.

— Je ne répéterai pas ce que Patrick a dit à ce sujet.

Kay laissa ses mots faire leur chemin pendant qu'elle sirotait sa bière.

— Donc nous sommes à des jours d'obtenir des résultats pour tout ça. Pas étonnant que le rapport de Harriet soit peu concluant sur la théorie de Lucas selon laquelle deux personnes pourraient être impliquées dans le meurtre de Tansy.

— Tu penses qu'il y aura quelque chose pour nous aider dans cette recherche périphérique ? demanda Barnes.

— Je ne sais plus quoi penser. Gav, qu'est-ce qui s'est passé avec Paul Solomon à Northfleet ? Quelque chose pour nous aider ?

— Il a dit qu'il allait demander à quelques stagiaires de faire une recherche dans les archives, mais il ne se souvenait pas de quelque chose de similaire pendant son temps là-bas. Il va aussi en parler à une connaissance dans la police de l'Essex, juste au cas où.

— Ça semble bien. Et Sean ? Il va continuer avec les images de vidéosurveillance demain ?

— Il n'y a plus rien à examiner, chef. Il a fini plus tôt cet après-midi mais Tansy, ou qui que ce soit, n'apparaît sur aucun autre enregistrement.

Il fit un signe de tête vers le tableau blanc.

— C'est tout ce qu'on a. À moins que…

— À quoi penses-tu ?

— C'est juste quelque chose qui m'est venu à l'esprit pendant que je parlais à Paul tout à l'heure. Quand il a parlé de vérifier avec l'Essex pour d'éventuelles similitudes avec des affaires qu'ils auraient eues. J'ai été distrait quand Sean a appelé avec les nouvelles sur les images de vidéosurveillance, mais j'allais voir si je pouvais trouver quelqu'un dans le Sussex et le Surrey pour faire les mêmes vérifications. Juste au cas où. Je veux dire, on n'a rien d'autre, n'est-ce pas ?

— Pas encore, Gav. Pas encore.

Kay parcourut une fois de plus du regard le tableau blanc, ses épaules se crispant.

— Mais nous allons trouver. Je ne laisserai pas le meurtrier de Tansy s'en tirer avec ce qu'il lui a fait.

CHAPITRE 37

Une heure plus tard, de grosses gouttes de pluie fouettaient les fenêtres, et des éclairs blanc-violacés zébraient le ciel qui s'assombrissait, illuminant les murs de la salle des opérations d'une lueur fantomatique.

De temps à autre, l'un des téléphones à l'autre bout de la pièce sonnait doucement avant d'être automatiquement redirigé vers le centre d'appels de Northfleet, tandis que Kay, assise à son bureau, fixait son écran d'ordinateur, le menton dans la main.

Le reste de son équipe était parti d'un seul bloc, chacun offrant des mots d'encouragement en franchissant la porte, et elle sourit en se rappelant leur détermination et leur résolution.

Elle se pencha en arrière dans sa chaise, enroula ses doigts autour de la canette de bière tiède et vérifia l'horloge au mur derrière le bureau de Barnes.

Adam serait là dans une demi-heure, ses rendez-vous du soir à la clinique se terminant avant qu'il ne vienne la chercher, et elle avait profité de ne pas avoir à conduire pour rentrer pour s'emparer de la canette de rechange du pack avant de jeter le carton dans la poubelle de recyclage à côté du photocopieur.

Plutôt que de regarder l'orage approcher, elle avait choisi de relire les déclarations des interviews menées jusqu'à présent, pour passer au crible celles recueillies auprès des propriétés voisines du parc et se concentrer sur Joey Twist et son entourage.

— Il doit bien y avoir *quelque chose* là-dedans, marmonna-t-elle en tournant les pages de la déclaration soigneusement dactylographiée de la conversation de Laura et Kyle avec le chauffeur de taxi, avant de la repousser avec frustration.

Le cardigan gris que Toby McKinnon avait mentionné que Tansy portait lors de ce trajet était toujours manquant, et jusqu'à présent, ils n'avaient aucune piste sur qui aurait pu être responsable de l'annulation de sa réservation pour la ramener à l'hôtel.

Et puis il y avait la théorie de Sean et Gavin sur la jeune femme essayant d'entrer dans le parc sans être remarquée par les agents de sécurité du festival. Il y avait eu de nombreux autres incidents au cours des premiers jours du festival de musique où les agents de sécurité avaient expulsé des personnes qui tentaient d'entrer gratuitement, et Kay était certaine qu'il y en avait beaucoup d'autres qui avaient échappé à la capture.

Pouvaient-ils être certains que la personne qu'ils avaient vue était Tansy, ou allaient-ils perdre un temps précieux à poursuivre une piste qui ne menait nulle part ?

Son regard tomba sur la déclaration de Brian Kasprak, et elle se demanda quel genre de contrôle des dégâts le manager était en train de concocter suite à la révélation que la fille de Joey avait été assassinée.

Le groupe avait publié un communiqué trois heures plus tôt, juste à temps pour le cycle d'information de 18 heures, et elle se demanda avec un sourire cynique si Kasprak l'avait fait pour assurer une couverture maximale à la tournée de réunion maintenant retardée – et à l'album suivant.

Cet homme avait certainement un côté impitoyable.

Quand elle prit la déclaration, les pages agrafées s'ouvrirent sur la dernière, avec la signature de Kasprak en relief sous les lignes soigneusement dactylographiées et datées de la veille.

Lui et Joey Twist avaient tous deux choisi d'attendre pendant que l'entretien était transcrit, et Kay avait ajouté sa propre conversation avec Kasprak dans un addendum formel à sa déclaration originale, le photocopieur assombrissant l'effet du stylo bille noir qu'elle avait tendu à l'homme avant qu'il n'ajoute son nom d'un geste flamboyant.

— On dirait qu'il signe des autographes, murmura-t-elle en feuilletant ses mots.

Elle se rappela les déclarations prises auprès des autres membres du groupe, chacune faisant écho à l'autre, disant que malgré la réputation bien méritée de leurs jeunes années, ils profitaient de l'emplacement isolé du pub pour passer des soirées relativement calmes avant leur performance en tête d'affiche du festival samedi.

Deux d'entre eux avaient pu montrer des publications sur les réseaux sociaux qu'ils avaient envoyées, pour dire aux fans combien ils avaient hâte de les voir bientôt, l'un avait un appel vidéo avec sa fille qui vivait à Portland, Oregon, et Thommo, l'ancien ennemi juré de Joey Twist et maintenant à nouveau son coéquipier, avait un alibi fourni par sa femme qui avait rejoint le groupe pour la partie britannique de leur tournée de retour.

Kay fronça les sourcils, son attention se recentrant sur la déclaration qu'elle tenait en main alors qu'une idée grignotait les franges de ses pensées. Tournant les pages, elle trouva la partie où elle et Kasprak avaient parlé dans le couloir à l'extérieur de la salle d'interrogatoire.

Elle tapota le texte de son index, l'esprit en ébullition.

— Si vous faisiez une interview radio pour promouvoir le retour, pourquoi aucun des autres membres du groupe n'était avec vous ? L'animateur n'aurait-il pas voulu parler à l'un d'entre eux ?

Elle laissa la déclaration de côté et frappa une fois sur le clavier de l'ordinateur pour réveiller l'écran, entra son mot de passe et ouvrit rapidement une nouvelle fenêtre. Après avoir tapé le nom du groupe ainsi que les dates de vendredi et samedi, elle ajouta les mots « interview radio » et « Allemagne », puis regarda le moteur de recherche commencer à afficher ses résultats.

Elle ignora les premiers résultats, notant qu'il s'agissait uniquement de liens sponsorisés d'une forme ou d'une autre, et elle fit défiler la page.

Là, sur la septième ligne, se trouvait ce qu'elle cherchait.

— Je l'ai.

En cliquant sur le lien, elle trouva un fichier audio intégré sous le titre de la page. Ignorant le texte en dessous de la vidéo, son allemand étant pratiquement inutile à part pour comprendre qu'elle écoutait bien l'interview dont Kasprak lui avait parlé, elle appuya sur le bouton « play ».

La voix de l'animateur commença par une courte introduction tirée sans doute d'un des communiqués de presse de Kasprak, puis le rire distinctif du manager du groupe remplit les haut-parleurs et l'interview commença sérieusement.

Heureusement, c'était en anglais et en écoutant, Kay réalisa qu'il n'y avait rien de nouveau à apprendre de la conversation – l'animateur se contentait de suivre un script qu'il avait sans doute utilisé pour d'innombrables interviews avec des groupes auparavant, et Kasprak était déterminé à vendre l'album et la tournée comme le plus grand événement de rock de l'année.

Alors que l'interview touchait à sa fin, son attention se porta à nouveau sur le texte sous la vidéo, et elle fit défiler un peu plus bas.

— Hein.

Elle fit une pause alors que le texte s'arrêtait après seulement deux paragraphes.

— Ce n'est pas une transcription. Et pourquoi y a-t-il une date différente ?

Elle trouva l'option de traduction en haut de l'écran et son regard revint au texte.

— Merde.

Elle repoussa le reste de la canette de bière alors que son cerveau rattrapait ce qu'elle lisait.

— Ce n'était pas une interview en direct.

CHAPITRE 38

— Qu'est-ce que tu veux dire par ce n'était pas une interview en direct ?

Barnes attacha sa ceinture de sécurité avant d'agripper l'accoudoir de la portière alors que Kay accélérait en quittant le trottoir, manquant de peu le chat noir et blanc de son voisin qui jaillit de sous une voiture garée.

— L'enregistrement a été fait deux jours avant le meurtre de Tansy, dit-elle en freinant brusquement et en jurant tout bas tandis qu'un bus scolaire patientait au carrefour. Il a été diffusé aux premières heures du samedi matin, mais ce n'était pas du direct.

— Putain. Donc Kasprak ment.

— Oui.

— Merde. Où est-il maintenant ? On le sait ?

— J'ai demandé à nos collègues du Sussex de l'informer en personne hier soir qu'il est attendu ici à neuf heures ce matin et qu'il voudrait peut-être venir avec un avocat.

— Ils ont gâché son sommeil réparateur, n'est-ce pas ?

— Probablement.

— Bien.

Barnes s'installa plus confortablement dans son siège tandis qu'elle s'engageait dans la file de voitures en direction du centre-ville.

— Ça signifie qu'il a passé la majeure partie de la nuit à trouver sa représentation légale.

— Et à réfléchir à ce qu'il va nous dire.

— Comment tu veux qu'on aborde ça ?

— J'aimerais que tu mènes l'interrogatoire. Il a vu comment tu opères quand tu as interrogé Joey, et après la façon dont il m'a parlé mardi, il pourrait me voir davantage comme une confidente. On pourrait peut-être utiliser ça à notre avantage.

Elle soupira.

— Peut-être.

— Sacrée percée quand même, chef, dit-il avec admiration.

— J'ai juste eu de la chance, c'est tout.

Tambourinant des doigts sur le volant, elle observa un groupe d'enfants d'âge préscolaire traverser un passage piéton devant elle comme une file de canetons dépenaillés, leurs imperméables colorés offrant un contraste vif avec le ciel gris et la bruine qui enveloppait la ville.

— Il nous faut plus, Ian. Un mobile, pour commencer. Et si Sean et Gavin ont raison à propos de Tansy qui serait entrée dans le parc d'une manière ou d'une autre... Je veux dire, pourquoi... Oh, je ne sais pas. Putain, allez, les gens, le feu est vert. Désolée.

— Ce n'est rien. Ça nous affecte tous.

Elle jeta un coup d'œil à son collègue, s'attendant

pleinement à voir un sourire narquois se former sur ses lèvres, mais il arborait la même expression de consternation qu'elle était sûre d'avoir gravée sur son propre front. Tournant son attention vers le rétroviseur, elle aperçut sa réflexion et gémit.

— Je vais avoir des rides d'expression à la fin de cette affaire, c'est sûr.

— Tu devrais peut-être remplacer une partie de cette caféine que tu bois par de l'eau, chef. L'hydratation, c'est la clé, paraît-il.

— Va te faire voir.

Elle rit.

— Oh, Dieu merci. Knightrider Street est dégagée. Allons-y.

Cinq minutes plus tard, elle se gara sur le parking du commissariat et se dépêcha de suivre Barnes, le remerciant d'un signe de tête lorsqu'il passa sa carte de sécurité sur la porte et la guida dans les escaliers jusqu'à la salle des opérations.

— Ok, donc je vais tout passer en revue avec toi avant qu'ils n'arrivent, dit-elle en regardant l'horloge.

Elle ouvrit le dossier sur son bureau et le tourna vers lui en commençant à trier les documents qu'elle avait rassemblés la veille au soir avant l'arrivée d'Adam.

— Voici une copie de la déclaration originale de Kasprak ainsi que la déclaration supplémentaire qu'il a signée après notre conversation dans le couloir. Je voulais qu'il signe cela au cas où quelque chose reviendrait à Joey, en particulier étant donné la quantité d'informations que Kasprak a partagées sur la façon dont il s'est impliqué dans le groupe au départ. Et puis voici un résumé de son histoire personnelle et professionnelle que j'ai glané à partir de sources ouvertes, tu sais, les réseaux sociaux, les informations du registre du commerce, les interviews commerciales qu'il a données au fil des ans. J'ai juste fait une liste à puces pour faciliter la référence, mais les URLs des articles originaux sont sauvegardées dans le système au cas où tu voudrais y faire référence par la suite.

— C'est du bon travail, chef, murmura Barnes en prenant la fiche de notes. Et pour les questions spécifiques ?

— Je pense qu'il faut commencer par le mettre à l'aise, de façon amicale, et puis lui balancer le mensonge flagrant sur l'interview radio qui serait son alibi pour ses allées et venues.

Elle souffla sa frange de son visage et leva un sourcil lorsque son téléphone de bureau sonna et qu'elle reconnut le numéro de poste de l'accueil.

— Prêt pour la bataille ?

Il rassembla les papiers et redressa les épaules.

— Plus que jamais.

CHAPITRE 39

Malgré son impatience pour l'entretien et son désir ardent de voir l'assassin de Tansy arrêté, Kay s'assura d'afficher une attitude d'autorité confiante lorsqu'elle s'approcha de l'accueil.

Elle fit un signe de tête à l'agent en uniforme derrière l'écran de sécurité en plexiglas, puis se dirigea vers l'endroit où Brian Kasprak était assis à côté d'un homme corpulent en costume gris sombre, une cravate bleu pâle autour du cou étant la seule concession à la couleur.

Kasprak lui-même portait son jean et sa veste noire caractéristiques par-dessus un t-shirt blanc, bien qu'elle remarquât avec une satisfaction fugace qu'il avait des cernes sous ses yeux injectés de sang et qu'il s'était coupé en se rasant plus tôt ce matin-là, à en juger par l'anticernes appliqué sur son cou.

— Monsieur Kasprak, merci d'être ponctuel, dit-elle. Et vous êtes...

— Steven Javernick, répondit l'avocat en lui tendant

une carte de visite. Je ne peux pas vous dire à quel point je regrette—

— Alors ne le faites pas.

Kay se retourna et les conduisit vers la porte de sécurité renforcée avant de passer sa carte et de la tenir ouverte pour eux.

— Par ici, s'il vous plaît.

Barnes se tenait à l'autre bout du couloir et fit signe aux deux hommes. Il avait choisi la salle d'interrogatoire la plus éloignée, donnant délibérément à Kasprak tout le temps de méditer sur la gravité de la situation dans laquelle il se trouvait alors qu'il passait devant chaque porte fermée.

Kay observa l'homme ralentir à mesure qu'il s'approchait de son collègue, retardant la confrontation inévitable qui allait se dérouler.

Il s'arrêta brièvement avant de suivre Javernick dans la pièce, puis à nouveau en faisant un tour complet, examinant les murs en plâtre beige uni et les quatre chaises autour d'une table métallique recouverte de stratifié.

— Monsieur Kasprak, si vous voulez bien prendre place, nous allons commencer, dit Barnes en déboutonnant sa veste et en tirant une chaise pour Kay en face de l'avocat.

Elle écouta son collègue réciter l'avertissement formel et observa la pomme d'Adam de Kasprak monter et descendre dans sa gorge, son regard fixé sur la surface de la table.

Il s'éclaircit la gorge avant de confirmer son nom et sa profession, alla pour joindre ses mains, puis sembla se raviser et les laissa tomber sur ses genoux hors de vue, affectant une posture décontractée qui ne trompa personne.

Barnes commença l'entretien par un récapitulatif pour l'enregistrement.

— Monsieur Kasprak, lorsque vous avez parlé à ma collègue l'inspectrice principale Hunter mardi, vous avez déclaré connaître Joey Twist depuis le début des années 2000 et l'avoir constamment représenté, lui et le groupe, depuis cette époque, y compris pendant leur pause de quinze ans. Vous avez également déclaré qu'au moment où Tansy Leneghan rencontrait son père au pub aux premières heures du samedi matin, vous étiez interviewé par une station de radio allemande. Souhaitez-vous modifier quoi que ce soit dans cette déclaration ?

Le manager du groupe secoua la tête.

— Non.

— Quand l'interview a-t-elle été organisée ?

— Il y a quelques semaines. L'Allemagne est l'un des plus grands marchés du groupe et la réunion a fait sensation dans la presse rock là-bas. Il y a beaucoup d'anticipation pour le nouvel album, donc tout ce qui ressemble à cette interview aide à impliquer les promoteurs dans la tournée plus tard cette année.

Une partie de la confiance de Kasprak revint alors qu'il s'installait en terrain familier, sa voix stable et ses épaules se détendant.

— Cela signifie de longues heures à parler à des gens comme ça, mais ça en vaudra la peine.

— Bien, d'accord.

Barnes ouvrit le dossier et poussa deux pages en travers de la table.

— Pour les besoins de l'enregistrement, je montre à monsieur Kasprak une impression du site web de la station de radio allemande avec une capture d'écran d'un clip audio et du texte en dessous. La deuxième page est la traduction anglaise de la même page. Les URLs de chacune apparaissent dans le pied de page de l'impression. Parlez-moi de ceci, monsieur Kasprak. Que dit ce document ?

L'homme fouilla dans une poche intérieure de sa veste et en sortit des lunettes, une expression gênée passant furtivement sur ses traits.

— Confession : j'ai besoin de mes lunettes pour lire quoi que ce soit en dessous d'une police quatorze ces jours-ci.

Kay l'observa mettre ses lunettes avant de se pencher pour lire le texte, et elle remarqua avec une certaine satisfaction que la couleur se draina de son visage.

— Euh... Je... euh…

Kasprak retira ses lunettes.

— Je suis sûr qu'il y a une explication raisonnable, je—

— Je l'espère bien, dit Barnes, puis il attendit, son regard ne quittant jamais le visage de l'homme.

Les secondes s'écoulèrent lentement, puis le manager du groupe s'éclaircit la gorge.

— Oh, c'est vrai. Oui. C'était *jeudi* soir que j'ai enregistré l'interview avec eux, pas vendredi. Avec tout ce qui se passe en préparation du festival, j'ai dû mélanger mes jours. Désolé.

Barnes frappa la table de sa main, faisant sursauter Kasprak et son avocat.

— Ce n'est pas suffisant, monsieur Kasprak. Il est question du meurtre brutal d'une jeune femme de vingt-quatre ans, plus précisément la fille d'un de vos clients. À moins que cela ne suffise pas à attirer votre attention et votre concentration, laissez-moi vous dire ceci. Vous êtes actuellement notre seul suspect dans sa mort.

Les yeux de l'homme s'écarquillèrent, sa lèvre tremblant.

— Mais... mais je ne l'ai pas tuée.

— Mais vous *saviez* qu'elle rencontrait son père cette nuit-là, n'est-ce pas ?

— O-oui.

— Comment l'avez-vous découvert ?

Kasprak sembla retrouver un peu de sa bravade et un sourire sournois se forma.

— Elle a employé un détective privé pour fouiner et trouver son père, vous le saviez ?

Barnes resta silencieux, et le seul son remplissant la pièce provenait du faible grattement du stylo de l'avocat sur son bloc-notes alors qu'il prenait furieusement des notes.

Kay se demanda combien on lui avait dit avant l'entretien, et si cela se déroulait comme il l'espérait – ou si les questions de son collègue avaient soulevé des inquiétudes quant à ce que son client pourrait encore lui cacher.

— Je ne sais pas où elle l'a trouvé. Il était aussi subtil qu'un éléphant dans un magasin de porcelaine, poursuivit Kasprak en secouant la tête d'incrédulité.

Il tapota sa poitrine de ses mains, ses yeux passant d'un détective à l'autre.

— Je veux dire, regardez-moi. Je suis dans le business de la musique depuis plus de trente ans. J'ai l'habitude de repérer les fans détraqués à un kilomètre. Pensait-il honnêtement que quelqu'un en train de suivre ma voiture depuis le bureau n'attirerait pas mon attention ? Sans parler d'appeler mon assistante administrative quand je ne suis pas là pour qu'il puisse fouiner et découvrir où se trouvait Joey ces jours-ci ? Bordel de merde...

Javernick leva un doigt d'avertissement de son bloc-notes et secoua légèrement la tête avant de baisser à nouveau le regard, et son client se renfonça dans son siège.

— Tout ce que je dis, c'est que celui qu'elle a engagé pour l'aider n'était pas aussi discret qu'elle le pensait. Enfin, que croyait-il, que fourrer son nez dans les affaires de Joey n'attirerait pas mon attention ?

— Comment avez-vous découvert la réunion ? demanda Barnes.

— Par accident. Comme je l'ai dit, il faut avoir des yeux derrière la tête pour faire ce travail, surtout quand il s'agit de toutes les façons dont les fans essaient d'approcher les membres de leur groupe préféré. Honnêtement, c'est parfois comme garder des chats. S'ils savaient combien...

Il s'interrompit, puis soupira.

— Écoutez, j'étais inquiet, d'accord ? Il y a beaucoup en jeu avec cet album et cette tournée. *Beaucoup*. Je ne voulais pas que Joey perde sa concentration. J'avais besoin qu'il—

Il s'interrompit lorsqu'un coup sec à la porte résonna contre les murs, et Kay tourna la tête alors qu'elle s'ouvrait et que Kyle passait la tête.

— Chef, désolé de vous interrompre, mais j'ai besoin de vous parler de toute urgence.

CHAPITRE 40

— J'espère que ça en vaut la peine, Kyle.

Kay observa son nouvel enquêteur stagiaire qui se dandinait d'un pied sur l'autre, puis réalisa que ce n'était pas dû à la nervosité. Une énergie tangible émanait de lui, et son cœur s'accéléra.

Kyle se mordilla la lèvre pendant que Barnes fermait la porte de la salle d'interrogatoire, puis il s'éloigna de quelques pas et leur fit signe de s'approcher avant de baisser la voix.

— On vient de recevoir un appel d'Andy Grey du service de criminalistique numérique, dit-il. Il a enfin réussi à accéder au téléphone portable de Tansy et il est entré dans le compte de réseau social qu'elle avait créé pour contacter son père.

— Dieu merci, siffla Barnes. Il était temps.

— Qu'est-ce qu'il a trouvé ?

Kay réprima l'envie d'attraper Kyle et de le secouer pour le faire parler plus vite, réalisant qu'il apprenait sans doute de Gavin à délivrer ses informations par petits morceaux.

— Y a-t-il quelque chose qui puisse nous aider ?

— Ouais, ouais. Il pense que oui, en tout cas.

Kyle fit une nouvelle pause pour humecter ses lèvres.

— Il va nous envoyer toutes les captures d'écran et les transcriptions pour que Debbie puisse les intégrer à HOLMES2 et les distribuer à l'équipe immédiatement, mais il a dit qu'il y avait une personne qui l'avait contactée *elle* depuis un compte séparé et lui avait envoyé quelques messages menaçants lui demandant de se tenir à l'écart de Joey et du groupe.

— Quoi ? Qui ? Quand ? Je veux dire, quand a-t-elle ouvert ce compte, et quand ces messages ont-ils commencé à arriver ?

— Le compte a été ouvert au début du mois dernier, donc il y a environ six semaines. Le premier message disait quelque chose comme « Je sais ce que tu manigances, et tu dois arrêter » et il a été envoyé deux semaines après, donc mi-mai.

— Mais tu as dit qu'il y avait plusieurs messages, dit Barnes. Quand l'autre a-t-il été envoyé ?

Kyle sourit.

— Mercredi dernier.

— Bon sang.

Kay s'éloigna de lui et se couvrit la bouche pour s'empêcher de hurler de soulagement. Elle s'éloigna de quelques pas, fixa la porte fermée de la salle d'interrogatoire, puis se retourna et revint vers ses collègues en prenant une profonde inspiration.

— Que disait celui-là ?

— Il était direct, chef. Il disait simplement « Dégage ». Tansy n'a répondu à aucun des deux, mais ils ont certainement été reçus et lus. D'après ce qu'Andy peut dire, et d'après ce que nous savons des déclarations, Tansy était la seule personne à avoir accès à ce compte.

— Ok. Andy a-t-il une idée de qui a envoyé ces messages ?

— Seulement une intuition, et seulement basée sur le recoupement de l'activité de cette personne sur un autre compte plus officiel, car les deux messages ont été envoyés depuis un compte privé comme celui de Tansy. Je veux dire, basé sur le compte *normal* de cette personne sur ce site. Il semble que le message ait été envoyé à Tansy entre deux activités sur le compte officiel, et la personne était *vraiment* active sur celui-ci à la même période à cause du festival.

Il secoua légèrement la tête en direction de Barnes, qui avait inspiré brusquement.

— Et avant que vous ne demandiez, il a vérifié tous les autres à qui nous avons parlé concernant la rencontre de Tansy avec son père aussi.

— Bon sang, Kyle, dit Kay avec impatience. *Qui* ?

L'enquêteur stagiaire pointa du pouce vers la salle d'interrogatoire.

— Kasprak.

— Putain, souffla Barnes en frappant le dossier contre sa jambe. On le tient.

— Pas encore, dit Kay. Mais c'est un sacré bon début. Kyle, tu veux bien faire savoir à Andy que j'apprécie son aide ? Et fais entrer ces transcriptions dans HOLMES2 avec une impression de tout ça sur mon bureau pour que je puisse y jeter un œil après cet interrogatoire.

— Je m'en occupe, chef.

Elle le regarda partir, puis se tourna vers Barnes pour voir le sourire carnassier qu'il arborait.

— J'imagine que tu veux y retourner ?

— Allons-y, chef.

La porte heurta le mur en plâtre lorsque son collègue l'ouvrit, et elle grimaça au bruit sourd qui résonna dans la pièce avant de la refermer derrière elle et de le suivre jusqu'à la table.

Sa posture resta professionnelle lorsqu'il redémarra l'enregistrement et récita une introduction formelle, puis il ouvrit le dossier devant lui et fixa Brian Kasprak du regard.

— Quels comptes de réseaux sociaux avez-vous, monsieur Kasprak ?

L'homme fronça les sourcils.

— Euh, les habituels.

Il énuméra quelques noms familiers, confirma les noms de ses comptes sur ceux-ci, puis fronça les sourcils.

— Pourquoi ?

— Parlez-nous des deux messages que vous avez envoyés à Tansy Leneghan pour lui dire d'éviter son père, dit Barnes. Plus précisément, le second qui dit « Dégage ».

— Je ne sais rien à ce sujet.

Kasprak releva le menton, les joues rougissantes.

— Vous en êtes sûr ?

L'homme déglutit, mais ne dit rien.

— Très bien, dit Barnes imperturbable. Que dire du

premier message lui disant « Je sais ce que tu manigances, et tu dois arrêter » ?

L'avocat se pencha et chuchota à l'oreille du manager du groupe, ses mots inaudibles de là où Kay était assise. Elle les toisa jusqu'à ce que Kasprak baisse les yeux vers la table et fasse un léger signe de tête.

— D'accord, je euh...

Il s'arrêta pour s'éclaircir la gorge.

— J'ai bien envoyé celui-là, oui.

— Pourquoi ?

— C'est comme je l'ai dit. J'avais peur que Joey perde sa concentration si elle venait fouiner. En plus, mon premier intérêt est pour chaque membre de ce groupe, et leur bien-être. Tansy aurait pu être après son argent, non ? Je veux dire, je n'ai rien contre le fait qu'elle essaie de le contacter, mais elle devait attendre. Au moins jusqu'à la fin de la tournée. Elle aurait tout gâché.

— De quelle manière ?

— En voulant les accompagner ou quelque chose comme ça. En le distrayant. Enfin, bon sang, ils avaient vingt ans à rattraper, non ? Pensez-vous vraiment que Joey serait allé en studio pour enregistrer un album plutôt que de passer du temps avec sa fille ?

— Vous lui avez demandé ?

— Non. Je n'en ai pas eu l'occasion, n'est-ce pas ?

Barnes se pencha en avant, ignorant le regard d'avertissement de Steven Javernick.

— Alors, monsieur Kasprak, où étiez-vous exactement quand Tansy Leneghan était au pub tôt samedi matin ? Parce que vous ne parliez pas à une radio allemande, n'est-ce pas ?

Kasprak passa ses mains sur son visage avant de soupirer.

— J'étais caché dans le débarras juste à côté de la cuisine. J'ai entendu Joey bouger dans sa chambre et j'entendais des voix, puis je l'ai entendu quitter la chambre et descendre. Il faut comprendre, c'est mon travail de m'assurer que ces hommes tiennent les promesses que nous avons faites aux promoteurs, donc s'il préparait quelque chose qui aurait pu compromettre l'événement du jour, j'allais foutrement y mettre un terme. Il faisait les cent pas dans le bar, à regarder par les fenêtres. Il était assez évident qu'il attendait quelqu'un, et il ne fallait pas être un génie pour deviner qui, surtout après que ce détective privé avait contacté le bureau. Alors je suis allé me cacher. Je me suis dit qu'il ne voudrait pas qu'elle utilise la porte d'entrée, la cuisine était le choix évident.

— Qu'avez-vous fait quand elle est arrivée ?

— Ils sont allés au bar, alors je me suis faufilé...

Il laissa échapper un ricanement guttural.

— J'ai dû avoir l'air d'un idiot à ramper à quatre pattes à travers la cuisine et jusqu'au bar, mais je ne pouvais pas risquer que l'un d'eux me voie. J'ai bien sûr tout entendu, comment il allait arranger pour qu'elle parte en tournée avec eux, et à quel point il avait hâte de passer plus de temps avec elle... Tout ce qui m'inquiétait, en fait.

— Que s'est-il passé quand elle est partie ?

Le visage de Kasprak s'affaissa.

— Si j'avais su ce qui allait se passer... J'ai vu le taxi la déposer, vous voyez. Par la fenêtre du débarras. Alors avant de ramper jusqu'au bar, j'ai appelé la compagnie et demandé si un retour avait été réservé. C'était le cas, alors j'ai dit que d'autres dispositions avaient été prises et qu'ils pouvaient l'annuler. Je voulais juste lui parler, lui faire comprendre qu'elle devait attendre, qu'elle devait laisser toutes les histoires de famille jusqu'à l'année prochaine, au moins jusqu'à ce que la partie européenne de la tournée soit terminée et qu'on ait atteint cette première place des ventes de Noël—

— Avez-vous utilisé votre voiture ?

— Oui.

— Où est-elle maintenant ?

— Ici. Enfin, elle est sur le parking au coin de la rue. À côté de ce musée des calèches.

Barnes regarda les deux hommes.

— Nous allons avoir besoin de vos clés de voiture, monsieur Kasprak. Et vous devriez peut-être prévoir d'autres moyens de transport pour les prochains jours.

— C'est absurde, balbutia Javernick. Vous ne pouvez pas faire ça. Mon client a assisté à cet entretien volontairement, et—

— Votre client est actuellement le principal suspect dans le meurtre brutal et la mutilation de Tansy Leneghan, dit Barnes. Alors oui, nous le pouvons. Les clés, s'il vous plaît.

Le front de Kasprak se plissa, puis il sortit ses clés de sa poche d'une main tremblante et tendit le porte-clés de la voiture.

— Je veux un reçu. Et si elle revient endommagée, je—

— Vous aurez un reçu, ne vous inquiétez pas.

Barnes fit glisser le porte-clés vers Kay et reporta son attention sur le manager du groupe.

— Alors, comment avez-vous persuadé Tansy de monter dans votre voiture ?

— Je suppose qu'elle était trop fatiguée à ce moment-là pour argumenter, dit Kasprak. Je me suis garé plus bas dans la rue et j'ai fait clignoter mes phares quand elle est sortie du pub, pour qu'elle ne puisse pas me voir jusqu'à ce qu'elle ouvre la portière arrière. Elle a ri un peu, puis elle est montée et m'a demandé si j'avais entendu leur conversation. J'ai dit que oui, et je lui ai demandé si elle voulait bien m'écouter pendant que je la conduisais où elle voulait.

— Saviez-vous où elle logeait ?

— Non, et elle ne me l'a jamais dit. Elle m'a demandé de la déposer sur cette portion de route près du magasin et de l'hôtel, alors j'ai supposé qu'elle y séjournait. Il n'y a rien d'autre dans les environs, n'est-ce pas ? Je veux dire, malgré tout ce jeu de cache-cache ce soir-là, elle n'était pas vraiment maligne à ce sujet.

— De quoi avez-vous parlé ?

— J'ai juste essayé de lui faire entendre raison, c'est tout. Mais elle ne voulait rien entendre.

Le regard de Kasprak se baissa vers la table.

— Je n'en suis pas fier, pas après ce qui s'est passé, mais j'ai perdu mon sang-froid avec elle. Elle était tellement naïve à propos de toute cette foutue histoire, c'était exaspérant.

— Vous l'avez frappée ?

La tête de l'homme se releva brusquement.

— Non. Bien sûr que non.

— Avez-vous perdu le contrôle et l'avez-vous frappée ? Est-ce que c'est ce qui s'est passé ?

La voix de Barnes ne vacilla pas.

— Nous avons déjà vu ça, Brian. Les nerfs à vif, la frustration... vous savez comment c'est. Un seul coup suffit. Peut-être que quand ça l'a assommée, vous avez paniqué. Peut-être que vous avez décidé de finir le travail et de l'étrangler, sauf qu'elle n'était pas encore morte, n'est-ce pas ?

— Non. Non, non, je ne l'ai pas tuée.

La voix de Kasprak monta dans le désespoir.

— J'ai juste... on s'est juste un peu crié dessus. Et puis elle a dit qu'elle voulait voir où son père jouait plus tard ce jour-là. Je lui ai dit qu'il n'était pas question que je lui donne un pass en coulisses, pas là-bas de tous les endroits. Elle a dit que je devais le faire, qu'elle ne pouvait pas obtenir de billet, et quand j'ai dit non à nouveau, c'est là qu'elle m'a dit de la déposer. Dès que j'ai arrêté la voiture, elle est sortie, a claqué la portière et elle est partie furieuse.

— Et vous l'avez juste laissée marcher seule.

Kasprak pâlit.

— Hé, si j'avais su que c'était la dernière fois que j'allais la voir vivante, j'aurais insisté pour la conduire là où elle séjournait. Je le jure.

Barnes se rassit un moment dans son siège puis fit un geste vers la veste de Kasprak.

— Pourriez-vous l'enlever un moment, s'il vous plaît ?

— Quoi ?

— Votre veste. Pourriez-vous l'enlever s'il vous plaît ?

Le manager du groupe regarda Javernick, qui haussa les épaules d'un air perplexe en réponse.

— Oh, d'accord. Comme vous voulez.

Kasprak se leva, puis enleva doucement sa veste et leva les mains.

— Autre chose, inspecteur ? Vous voulez que je fasse un numéro de chant et de danse maintenant ?

— Montrez-moi vos bras, s'il vous plaît.

L'homme leva les yeux au ciel, mais tourna ses bras à gauche et à droite.

Kay retint un soupir.

Il n'y avait pas une seule marque de griffure en vue, pas même un signe qu'une telle blessure ait été dissimulée avec le même maquillage que l'égratignure de rasage.

Son cœur cogna contre ses côtes.

— Monsieur Kasprak, pourriez-vous enlever le maquillage sur votre cou s'il vous plaît ?

— Quoi ?

Elle tendit la main vers une boîte de mouchoirs à côté de l'équipement d'enregistrement et la fit glisser sur la table vers lui.

— Enlevez le maquillage s'il vous plaît.

Elle retint son souffle pendant qu'il frottait sa mâchoire, puis se pencha plus près.

— Comment vous êtes-vous fait cette égratignure ?

— Je me suis coupé en me rasant ce matin.

— Cela vous arrive-t-il souvent ?

Il la fusilla du regard.

— Ma main tremblait. J'imagine que j'avais beaucoup de choses en tête.

— Je n'en doute pas, répondit Kay en retournant à sa place avant de faire un signe de tête à Barnes.

Son collègue s'éclaircit la gorge, puis se tourna vers

l'équipement d'enregistrement, sa main planant au-dessus du bouton « stop ».

— Entretien interrompu à onze heures quarante-trois.

Avant qu'il n'ait eu le temps d'arrêter l'enregistrement, Javernick bondit de son siège.

— Mon client a des affaires importantes à régler cet après-midi, détective.

— Il a raison, dit Kasprak, du désespoir dans la voix. Je dois discuter avec les promoteurs en Pologne du financement de la tournée là-bas. Nous essayons de planifier ça depuis trois mois.

— Oh, vous n'irez nulle part, monsieur Kasprak, répondit Barnes. Pas avant que nous n'ayons corroboré *tous* vos numéros de téléphone avec la compagnie de taxi. Et nous allons vous inviter également à fournir un échantillon d'ADN.

CHAPITRE 41

Kay se précipita dans la salle des opérations, aperçut Laura près de la bouilloire et lui fit signe tout en se dirigeant vers son bureau.

— J'ai besoin que toi et Gavin ameniez Melanie Cranwick pour l'interroger, dit-elle en ramassant les transcriptions des messages du compte de réseaux sociaux caché de Tansy que Kyle avait laissées en une pile soignée sous sa souris d'ordinateur. Et pour l'amour de Dieu, assurez-vous de lui lire ses droits.

— Bien sûr, chef.

Laura se retourna pour prendre sa veste du dossier de sa chaise et rejeta ses cheveux par-dessus le col. Elle jeta un coup d'œil par-dessus son épaule alors que Barnes entrait d'un pas vif.

— J'en déduis qu'il y a eu une avancée ?

— C'est Kasprak qui a annulé le taxi de retour de Tansy vers Maidstone, dit-il. Et c'est lui qui l'a ramenée, même s'il jure qu'elle allait bien quand il l'a déposée un peu plus loin de l'hôtel.

— Tu as obtenu le prélèvement ADN ? demanda Kay.

— Déjà emballé et avec Hughes à l'accueil pour le coursier, dit-il. J'ai appelé le laboratoire pour les prévenir que c'est une priorité.

— Je parie qu'ils étaient ravis. Combien de temps ont-ils dit que ça prendrait ?

— J'ai fait jouer mes relations, donc nous pourrions, je dis bien *pourrions*, l'avoir avant le week-end.

— Bon sang, j'espère bien. Je n'ai pas envie d'essayer de persuader un magistrat de signer pour garder Kasprak en détention au-delà des trente-six heures réglementaires. Pas sans quelque chose de concret pour l'inculper.

— Est-ce qu'il risque de s'enfuir, chef ? demanda Laura.

— J'espère que non, répondit Kay. Et tu es toujours là parce que... ?

— Je m'en vais.

L'enquêteuse fila, entraînant Gavin loin du photocopieur en passant pour le diriger vers la porte.

— Ce sont les transcriptions du téléphone de Tansy, chef ? demanda Barnes en regardant par-dessus son épaule. Waouh. Ils ont été vraiment bavards une fois qu'elle a contacté Joey, on dirait.

— Oui, je sais.

Kay parcourut les textos, passant chaque page à Barnes pour qu'il finisse de les lire pendant qu'elle examinait le reste par ordre chronologique.

— Et on dirait qu'il ne plaisantait pas. Une fois le choc passé, on peut entendre son enthousiasme dans ces messages à propos de l'organisation de cette rencontre, tu ne trouves pas ?

— Quand le dernier a-t-il été envoyé ?

Kay se tourna vers les derniers messages et avala sa salive face à leur caractère poignant.

— Voilà, à une heure cinq samedi matin : « Je pars prendre le taxi. À bientôt ! XX ». Puis il a répondu : « Je te retrouve derrière le pub. Je déverrouillerai la porte de la cuisine. J'ai hâte de te voir enfin. XX ».

Barnes prit la page de ses mains et soupira.

— Et elle était morte quelques heures après ça. Bon sang, chef.

— Bon, on a probablement une demi-heure avant que Laura et Gavin ne reviennent avec Melanie. Mettons-la à profit. Je veux que tu examines les comptes de réseaux sociaux du groupe, et je vais m'occuper des siens à elle. Établissons un meilleur profil que celui sommaire que nous avons actuellement pour elle et assurons-nous que ce prochain entretien soit efficace.

— Bien compris, chef.

Kay frappa à la porte de la salle d'interrogatoire numéro trois et l'ouvrit pour voir Melanie Cranwick vêtue d'un sweat-shirt crème et d'un jean bleu.

Elle était assise à côté d'un avocat commis d'office familier qui avait été désigné pour elle. Dans l'urgence, et avec peu de fonds pour le type de représentation juridique que Brian Kasprak avait engagé, la femme avait suivi le conseil de Gavin et accepté l'aide d'un cabinet local d'avocats pénalistes dont les bureaux n'étaient qu'à un jet de pierre du commissariat de Palace Avenue.

L'homme portait un costume gris foncé bon marché et un air de lassitude permanente, desserrant sa cravate et adressant un signe de tête à Barnes en guise de salutation alors que son collègue s'asseyait et mettait en marche l'équipement d'enregistrement, répétant l'avertissement formel qui avait été donné à Melanie moins d'une heure auparavant par leurs collègues.

— Melanie, nous aimerions commencer par vous interroger sur votre relation avec Brian Kasprak, dit Barnes. Pouvez-vous nous dire comment vous avez commencé à travailler pour lui ?

— Je suppose que j'avais environ vingt et un, vingt-deux ans peut-être. Fraîchement divorcée en tout cas, et en quelque sorte en train de me demander quoi faire de ma vie.

Son regard devint nostalgique.

— Mon Dieu, c'était une belle époque quand même. Je partageais un appartement à Islington et je travaillais comme secrétaire intérimaire dans une banque de la City. Je gagnais bien ma vie aussi, alors la plupart des soirs, j'allais voir des concerts en ville. L'un des groupes locaux n'avait aucune idée de comment se faire connaître et j'en avais vu assez à ce moment-là pour savoir comment le faire pour eux, alors j'ai commencé à gérer leur fan-club. Ils se sont séparés environ six mois plus tard, mais j'avais en quelque sorte fait la connaissance de Brian sur la scène musicale à ce moment-là et je m'ennuyais dans mon travail, alors je lui ai proposé d'aller travailler pour lui à la place.

— Il payait si bien que ça ? demanda Barnes en haussant un sourcil. Par rapport à une banque ?

Melanie réprima un sourire malicieux.

— Eh bien, il y avait d'autres avantages, je suppose. Joey en était un. Je sortais un peu avec lui à l'époque aussi.

— Comment votre rôle auprès de Brian a-t-il évolué au fil des années ?

— Oh mon Dieu, tellement.

Elle leva les mains.

— Je veux dire, par où commencer ? Internet en était encore à ses balbutiements comparé à aujourd'hui, les sites de réseaux sociaux étaient... Enfin, les gens en parlent maintenant avec une sorte de nostalgie, mais honnêtement, ils étaient nuls. C'est tellement plus facile de promouvoir le groupe maintenant et de rester en contact avec leurs fans. Je gère cet aspect pour le groupe depuis tout ce temps—

— Et les réseaux sociaux de Brian ? Depuis combien de temps les gérez-vous ?

— Juste depuis cette année, depuis que la réunion a été annoncée. Vous voyez, il y a tellement à faire avec un projet comme celui-ci. Il jongle entre le financement de l'album et de la tournée, parle aux promoteurs de tournée du monde entier à toute heure, tout en faisant la promotion du groupe à travers ses propres comptes de réseaux sociaux pour susciter l'intérêt des investisseurs.

Elle se pencha en avant, baissant la voix d'un air conspirateur.

— Saviez-vous qu'il est même question qu'il fasse partie du jury d'un de ces concours de talents télévisés plus tard cette année ? Il serait parfait, il est tellement photogénique, et il connaît *tellement* bien l'industrie musicale. L'avoir comme mentor pour une étoile montante serait incroyable.

— Que faisiez-vous pendant que le groupe était en pause ?

Une partie de son enthousiasme disparut de son visage.

— J'ai dû trouver un autre travail. Je veux dire, j'ai continué à gérer le fan-club, le site web et la newsletter, mais Brian ne pouvait plus me payer alors qu'il n'y avait plus d'argent qui rentrait. Vous a-t-il dit que les paiements de redevances se tarissaient ? Alors, oui, j'ai trouvé un emploi pas loin d'ici dans la zone industrielle d'Aylesford, dans une entreprise de biosciences jusqu'à ce qu'ils me licencient il y a quelques années, puis j'ai trouvé un autre emploi dans un petit bureau d'assurance ici en ville.

Elle secoua la tête et poussa un soupir théâtral.

— Je ne peux pas vous dire à quel point j'étais heureuse de leur dire d'aller se faire voir quand Brian m'a appelée fin janvier pour me parler des plans du groupe pour se reformer. Il m'a proposé de reprendre mon ancien poste sur-le-champ, disant qu'ils ne pouvaient pas le faire sans moi. Bien sûr, Joey m'avait prévenue que ça allait probablement arriver après sa rencontre secrète avec Thommo, mais c'était quand même bon d'entendre à nouveau la voix de Brian.

— Quand Brian a-t-il appris l'existence de Tansy ?

— Quoi ?

Ses yeux s'écarquillèrent.

— Qu'a fait Brian quand il a appris qu'elle avait demandé à un détective privé de retrouver son père, Joey Twist ?

— Je... je ne sais pas. Je ne savais pas qu'il était au courant pour elle. Joey me l'a dit quand elle l'a contacté.

— Quand Joey vous l'a-t-il dit ?

— La semaine dernière. Mercredi, je crois.

— Mais vous le saviez déjà avant, n'est-ce pas, Melanie ?

Elle releva le menton.

— Je ne sais pas de quoi vous parlez.

— Brian vous a dit que Tansy avait engagé un détective privé pour retrouver Joey. C'était son idée de créer un compte secret sur les réseaux sociaux pour lui envoyer un message lui disant de garder ses distances, ou la vôtre ?

— Je... je ne sais pas.

— Avez-vous découvert le mot de passe de Brian pour le compte secret et envoyé un message menaçant à Tansy lui disant de « dégager » ?

Barnes ouvrit le dossier et fit glisser la photocopie de la capture d'écran.

— Celui-ci, là. L'avez-vous envoyé depuis le compte de réseaux sociaux de Brian Kasprak ?

— Je... je ne suis pas sûre.

Elle garda les mains jointes, comme si elle avait peur de toucher la page.

— Je ne m'en souviens pas.

— Réfléchissez, Melanie. C'est important. L'un de vous connaît les comptes de réseaux sociaux du groupe sur le bout des doigts. L'un de vous était suffisamment paniqué par le fait que la fille de Joey prenne contact pour la menacer. Et l'un de vous ment.

Il se pencha plus près.

— Et actuellement, vous êtes tous les deux soupçonnés de son meurtre.

CHAPITRE 42

Les sanglots brisés de Melanie remplissaient la salle d'interrogatoire tandis que Kay observait impassiblement, la mâchoire serrée.

Barnes fit glisser une boîte de mouchoirs en papier et garda son avis pour lui pendant que l'avocat commis d'office consultait sa montre.

— Peut-être que ma cliente pourrait avoir cinq minutes pour se ressaisir, dit-il d'un ton monotone et ennuyé. Et j'aimerais lui parler.

— Très bien.

Kay repoussa sa chaise tandis que son collègue mettait en pause l'équipement d'enregistrement, puis elle le suivit dans le couloir. En fermant la porte, elle s'adossa au mur en plâtre et croisa les bras.

— Alors, qu'en penses-tu ?

La bouche de Barnes se tordit.

— Je ne sais pas, chef. Je pense qu'elle a envoyé ce message, mais j'ai du mal à croire qu'elle ait pu assassiner Tansy. Je n'arrive pas à l'imaginer.

— Et si elle savait qui l'a fait ? Pourrait-elle protéger Kasprak ?

Ses épaules se haussèrent puis s'affaissèrent, et il se retourna lorsque la porte s'ouvrit et que l'avocat commis d'office passa la tête.

— Ma cliente souhaiterait faire une déclaration, dit-il.

Kay haussa un sourcil en direction de Barnes, puis suivit les deux hommes dans la pièce, attendant que l'équipement d'enregistrement soit remis en marche, puis elle posa ses bras sur la table et regarda la femme en face d'elle.

— Notre patience s'épuise rapidement, Melanie, alors allons-y. Plus de mensonges.

— D'accord, murmura la femme.

— Et parlez plus fort, s'il vous plaît. Nous devons nous assurer que l'enregistrement puisse capter votre voix.

S'éclaircissant la gorge, Melanie se redressa même si son regard ne quittait pas la table.

— C'est moi qui ai envoyé ce message à Tansy pour lui dire de dégager. Je n'ai jamais voulu qu'elle soit tuée, je ne l'ai pas tuée. Quand Brian m'a parlé du détective privé, il ne m'a pas dit que Tansy était la fille de Joey. Il a juste dit que quelqu'un essayait de retrouver Joey à partir de son passé, et que si elle s'approchait trop vite, elle pourrait compromettre tout le projet de réunion. Il m'a interdit de dire à Joey qu'il savait pour cette femme de son passé, et d'en parler à qui que ce soit d'autre dans le groupe. Je pense qu'il croyait qu'elle abandonnerait si elle ne trouvait pas un moyen de contacter Joey directement. Il… nous pensions qu'elle abandonnerait une fois que Brian aurait fermé toute possibilité d'une introduction.

Elle s'arrêta pour tamponner ses yeux avec un mouchoir déjà trempé, puis prit une profonde inspiration.

— Je pensais que Tansy était quelqu'un que Joey connaissait romantiquement, vous voyez, d'il y a longtemps. Les gens font ça, n'est-ce pas ? Ils réalisent qu'ils auraient dû tenter leur chance avec quelqu'un il y a vingt ou trente ans et veulent voir si c'est possible quand ils vieillissent, et ils essaient de raviver quelque chose. Je suppose que j'étais jalouse, c'est tout. J'ai découvert ce compte de réseaux sociaux secret de Brian par accident parce qu'il est apparu dans les notifications de mon compte habituel avec la mention « Connaissez-vous cette personne ? », probablement parce que je gère tous les comptes du groupe. Brian est comme les autres, pas très doué avec la technologie et les réseaux sociaux, dit-elle avec un sourire malicieux. Ce sont tous des dinosaures avec ces trucs, croyez-moi.

— Comment saviez-vous que c'était son compte ? Ce n'est pas sa photo dessus, et il est configuré en privé.

— Vous voyez cet avatar qu'il a utilisé sur le message ?

Elle leva les yeux et tapota la transcription imprimée.

— C'est le même dessin que le tatouage sur son biceps. Il le garde couvert par la manche de son t-shirt la plupart du temps.

— Et vous avez réussi à vous connecter à ce compte ? demanda Barnes.

— Ouais.

Elle renifla.

— Il utilise le même mot de passe pour tout, donc ce n'était pas difficile. Mais il n'y avait rien dans ces messages qui disait qu'elle était la fille de Joey, n'est-ce pas ? Alors j'ai pensé qu'elle essayait de s'immiscer dans ce que Joey et moi avons. Vous savez, ils sont sur le point de redevenir célèbres avec ce nouvel album et cette tournée, alors bien sûr tout le monde va sortir du bois maintenant et essayer de profiter de l'action, non ? Alors je lui ai dit de dégager. Je ne voulais pas qu'elle fiche en l'air la tournée, la musique, la... la...

— La relation que vous avez avec Joey ? suggéra Barnes.

— Exactement. Et puis vous venez me dire qu'elle est sa fille, elle apparaît en secret vendredi soir—

— Et a été assassinée, termina Barnes. N'oublions pas ça, d'accord ?

— Je n'ai rien à voir avec ça, dit-elle en levant les mains. Je n'ai rien fait. Tout ce que j'ai fait, c'est envoyer ce message.

— Vous êtes-vous reconnectée à ce compte depuis que vous l'avez envoyé ?

— Non.

Melanie s'affaissa dans son siège et croisa les bras, une moue boudeuse aux lèvres.

— Brian a changé le mot de passe la semaine dernière, et je n'ai pas réussi à trouver ce que c'était.

Barnes regarda l'avocat commis d'office pendant qu'il rassemblait les captures d'écran et fermait le dossier devant lui.

— Nous allons avoir besoin d'un échantillon d'ADN de votre cliente avant qu'elle ne quitte les lieux aujourd'hui. Je vous laisse lui expliquer la procédure.

CHAPITRE 43

Kay enfonça ses mains dans ses poches alors que le déluge s'apaisait et scruta le ravin entre son jardin et le verger pendant qu'un torrent d'eau se déversait.

Le niveau du ruisseau n'était qu'à quelques centimètres de la base du pont de fortune qu'elle et Adam avaient installé quelques mois auparavant, et menaçait de déborder sur la berge en passant sous la clôture vers la propriété voisine.

Tirant sa capuche sur ses yeux, elle essuya la pluie qui éclaboussait ses joues et son menton, et plissa les yeux à travers le verger jusqu'à ce qu'elle aperçoive Hovis abrité sous l'un des grands pommiers.

Il poussa un bêlement guttural et la fixa du regard.

— Ça ne sert à rien de te plaindre, dit-elle. D'ailleurs, tu pourrais toujours aller dans ta nouvelle cabane si ça t'embêtait tant que ça.

Hovis lui tourna le dos et s'éloigna d'un pas lourd.

— Je pense que d'ici demain matin, ça aura un peu baissé.

Elle se déplaça légèrement vers la gauche à la voix d'Adam, en faisant attention de ne pas glisser dans la boue qui se figeait autour de ses bottes imperméables, et elle lui adressa un sourire prudent.

— Tant qu'il ne pleut pas cette nuit.

— Ce n'est pas prévu.

Il la rejoignit, puis plissa les yeux en regardant le ciel.

— Encore quelques minutes et ça va passer de toute façon. Kevin a quelques sacs de sable, au cas où.

Kay jeta un coup d'œil vers la propriété de leur voisin, se souvenant que le jardin de l'autre côté de la clôture était plus bas que le leur.

— Tu crois qu'il va s'en sortir ?

— Je lui ai dit de frapper à la porte s'il avait besoin d'aide, mais il faudra plus que ça pour faire déborder les berges. J'ai consulté l'historique du ruisseau cet après-midi et il n'a pas débordé de notre vivant.

Elle tourna son attention vers le verger pour voir Hovis qui l'observait depuis l'intérieur de la cabane, ses yeux pâles ne cillant pas.

— Au moins, ça le dissuadera d'essayer quoi que ce soit jusqu'à ce qu'on ait installé un portail ou autre chose.

— Ouais, même si on va devoir attendre que le sol sèche maintenant avant que je n'essaie d'enfoncer des poteaux. Je n'ai pas envie d'essayer dans ces conditions.

Adam donna un coup de botte en caoutchouc dans la boue.

— Tu veux aller te sécher ? Je viens de commander un repas chinois à emporter et il sera là dans une demi-heure environ.

L'estomac de Kay gargouilla en réponse. Elle rit.

— Ce sera un oui. On a du Verdelho dans le frigo ?

— Ouais. Tu en veux ?

Il ouvrit la marche vers la maison, s'arrêtant sur le seuil pour enlever ses bottes, puis lui tendit la main pour la stabiliser pendant qu'elle faisait de même.

— Juste un verre. J'ai dit à Barnes que je resterais de garde ce soir parce qu'il emmène Pia dîner dans ce nouveau restaurant marocain.

— Je te donne quinze minutes, puis je sers.

— Je comprends l'allusion.

Elle sortit de la cuisine en retirant son chemisier par-dessus sa tête, monta les escaliers en courant et le jeta avec son pantalon de costume dans le panier à linge, et cinq minutes plus tard, elle se tenait sous les jets d'eau chaude dans la douche de la salle de bain attenante.

Tout en massant le shampoing sur son cuir chevelu, elle se demanda si l'équipe du laboratoire de Harriet travaillait déjà sur les échantillons d'ADN comme promis à Barnes, et si l'un d'eux s'avérerait correspondre aux éclaboussures de sang trouvées sur les bras de Tansy.

Il y avait trop de variables dans l'affaire, trop de preuves médico-légales à passer au crible sur la scène de crime, et pas assez de main-d'œuvre pour y faire face.

Elle savait qu'elle ne pouvait pas pousser son équipe plus qu'elle ne le faisait déjà. Chacun d'entre eux faisait des heures supplémentaires sans les réclamer – elle avait eu des soupçons, mais les avait confirmés plus tôt dans la journée lorsqu'elle avait vu les horodatages sur les rapports téléchargés dans HOLMES2.

Et elle savait qu'il valait mieux ne pas leur demander de se reposer, de ménager leurs efforts, car elle savait qu'ils étaient aussi désespérés qu'elle de trouver le meurtrier de Tansy.

Une détermination sinistre s'empara d'elle pendant qu'elle rinçait la mousse savonneuse de ses cheveux. Quoi qu'il arrive, elle savait qu'elle continuerait jusqu'à ce qu'elle ait toutes les réponses qu'elle cherchait. Même si le quartier général refusait de fournir plus de personnel, ou envoyait un auditeur pour passer au crible ses efforts jusqu'à présent.

Alors qu'elle se séchait avec une serviette, elle entendit la sonnette de la porte d'entrée, puis Adam qui sifflotait en remontant le couloir.

— Merde, ils sont en avance, siffla-t-elle entre ses dents, et elle enfila un jean et un sweat-shirt.

Elle frotta ses cheveux humides avec une serviette avant de descendre, et elle entra dans la cuisine, le riche arôme de la sauce sichuanaise emplissant la pièce.

Adam lui fit un clin d'œil et fit glisser un verre de vin blanc sur le plan de travail central.

— Quatorze minutes, sept secondes, sourit-il. Pas mal.

CHAPITRE 44

Clignant des yeux pour chasser le sommeil, Gavin tendit le bras et frappa de la main l'écran clignotant du téléphone sur la table de chevet, pour couper net la section de cuivres au milieu du morceau.

La lumière tamisée du soleil filtrait à travers une fente des stores et réchauffait ses jambes, et il remua les orteils en écoutant la machine à café s'animer au rez-de-chaussée.

— Je crois que je préférais le klaxon, grommela Leanne en s'éloignant de lui et en enfouissant sa tête sous l'oreiller. Il faut qu'on arrange nos horaires pour commencer en même temps.

— Bonne chance avec ça, dit-il en bâillant.

Il étira ses bras au-dessus de sa tête et écouta un rouge-gorge gazouiller joyeusement sur la gouttière au-dessus de la fenêtre de la chambre, le léger bruit de la circulation provenant du carrefour au bout de la rue se mêlant au doux roucoulement d'un pigeon ramier.

— Si tu fais du café, j'en prends un, dit Leanne, avant de jeter l'oreiller de côté et de repousser ses épaisses boucles de son visage. Je suis complètement réveillée maintenant.

— Désolé.

— Heureusement que je t'aime.

Elle lui donna un léger coup de poing sur le bras.

— Ma formation devrait finir tôt aujourd'hui. Tu veux qu'on sorte manger quelque chose ce soir ?

Il sourit, rejeta le drap et balança ses pieds sur le sol recouvert de moquette.

— Oui, ça me va. Je devrais pouvoir sortir vers 19 heures au plus tard, je pourrais te retrouver en ville. Tu veux aller où ?

— J'ai besoin de glucides, donc tout ce qui est italien me convient.

— Ok. Je connais l'endroit parfait.

Il se pencha pour l'embrasser.

— Le café arrive. Mais ne me pique pas la douche avant que j'y aille, je voulais arriver tôt pour essayer d'avancer sur la paperasse avant que la chef n'arrive.

Son téléphone vibra à ce moment-là, la vibration résonnant à travers la table de chevet en pin, et il jeta un coup d'œil par-dessus son épaule, puis gémit en voyant le nom familier sur l'écran.

— Quand on parle du loup.

La voix de Kay le coupa avant qu'il n'ait eu le temps de la saluer.

— Dans combien de temps peux-tu te rendre à Mote Park ?

Il fit un rapide calcul mental, puis :

— Vingt minutes ?

— Quinze si tu peux.

— Qu'est-ce qui ne va pas, chef ?

— Quelqu'un a trouvé un pantalon de jogging et un sweat-shirt dans une poubelle municipale près d'une des entrées. Les vêtements sont couverts de taches de sang.

Lissant d'une main ses cheveux humides avant d'extraire une cravate bleu uni de la poche de sa veste, Gavin se hâta le long du trottoir inégal vers une rangée de voitures de patrouille de la police du Kent.

Deux d'entre elles bloquaient l'accès est du parc tandis qu'une camionnette grise banalisée, qu'il identifia rapidement comme appartenant à l'équipe de Harriet, était garée de travers sur le trottoir à côté de la voiture la plus proche.

Il ajusta sa cravate sous son col, boutonna sa veste et s'approcha d'un jeune agent à côté d'une bande de ruban bleu et blanc délimitant la scène de crime qui bloquait son accès. Il jeta un coup d'œil au nom sur le gilet pare-balles et lui adressa un signe de tête reconnaissant lorsqu'un bloc-notes lui fut tendu.

— Merci, Greaves.

Le stylo bille noir qui l'accompagnait était chaud à cause de la prise nerveuse du jeune homme, et Gavin résista à l'envie de s'essuyer la main sur son pantalon après avoir griffonné son nom. Au lieu de cela, il fit un signe du menton vers un groupe de six personnes toutes vêtues de combinaisons protectrices identiques.

— C'est clairement l'équipe de la police scientifique, dit-il. Où est l'inspectrice principale Hunter ?

— Ici.

Il se retourna en entendant la voix pour voir Kay se faufiler entre la camionnette et la voiture, les manches de sa veste relevées jusqu'aux coudes.

— L'équipe de Harriet n'a pas traîné pour arriver ici alors, chef.

— Ils revenaient d'une intervention à Ashford, dit-elle. Viens, tu arrives juste à temps, je m'apprête à interroger le type de la mairie qui a trouvé les vêtements.

Elle le conduisit vers un homme trapu dans la soixantaine, vêtu d'une veste haute visibilité vert citron vif et d'un pantalon assorti malgré la température montante.

Il arborait ce qui semblait être un froncement de sourcils permanent vu les rides qui sillonnaient son front, et jeta un mégot de cigarette dans le caniveau avec une apparente absence d'ironie quand ils s'approchèrent.

— C'est pas trop tôt, articula-t-il d'une voix rauque, avant d'émettre une toux chargée de flegme.

— Désolée de vous avoir fait attendre, monsieur Wells, dit Kay. Nous apprécions que vous nous accordiez un peu de votre temps. Voici mon collègue, l'enquêteur Gavin Piper.

Gavin adressa un bref signe de tête à l'homme, puis sortit son carnet et le feuilleta jusqu'à une nouvelle page.

Wells continua de les regarder d'un air renfrogné.

— J'ai plus de cinquante poubelles à vider avant la fin de mon service, et j'ai un rapport à la fin du mois si elles sont pas faites, alors dépêchez-vous, d'accord ?

Kay ne se laissa pas démonter et semblait ignorer ostensiblement l'attitude de l'homme.

— À quelle heure avez-vous commencé votre service ce matin ?

— Six heures, comme toujours pendant l'été.

— Et où avez-vous commencé ?

Wells pointa son pouce par-dessus son épaule.

— De l'autre côté du parc. Vers Park Way.

Kay tendit le cou derrière lui et fronça les sourcils.

— Vous êtes venu à pied jusqu'ici ?

— Non, le camion est garé en bas de la côte. Je dois monter ici en ramassant d'abord les déchets, puis je commence avec les poubelles. C'est plus facile de descendre les sacs quand ils sont pleins, vous voyez ?

— D'accord, alors quelle était la première poubelle ?

— Celle-là, dit-il en montrant l'endroit où travaillait l'équipe de Harriet. Donc ça a foutu en l'air le reste de la matinée, pas vrai ?

— À quelle fréquence les videz-vous ? Chaque semaine ?

— Ouais. Habituellement le lundi, sauf que vos collègues ont bloqué ce trottoir depuis samedi, donc le planning est de toute façon foutu. C'est la première fois qu'on peut s'en approcher aujourd'hui.

Wells leva les yeux au ciel de manière théâtrale.

— Et c'est pas comme si la boîte payait les heures sup. On peut pas obtenir l'argent supplémentaire de la mairie, ou c'est ce qu'ils nous disent.

Gavin observa les détritus qui jonchaient le bas-côté et la haie entre le trottoir et la clôture du parc.

— Il y a toujours autant de déchets qui traînent ?

— Oui et non. Ça n'aide pas qu'il y ait eu ce festival. Je veux dire, ils ont mis des poubelles pour que les gens y jettent leurs merdes partout sur le site, mais ils les balancent quand même ici. Puis on a eu cette tempête, et ça a éparpillé des trucs partout aussi.

Wells fit claquer sa langue.

— Ça va me prendre le reste de la journée rien que pour finir cette partie.

— Je ne parierais pas sur la fin de votre tournée dans ce secteur aujourd'hui, monsieur Wells, dit Kay en sortant une carte de visite qu'elle lui tendit. Et si votre patron a un problème avec ça, qu'il m'appelle.

Il sourit largement, dévoilant une dent manquante à l'avant, et glissa la carte dans la poche de son pantalon.

— Je le ferai, merci.

— Dites-moi ce qui s'est passé quand vous avez trouvé les vêtements.

— J'ai eu la peur de ma vie, je vous le dis.

Wells se gratta le menton, son regard tourné vers l'endroit où travaillaient les techniciens de la police scientifique.

— Je veux dire, je vois les infos sur le meurtre de la fille, et puis quand j'ai ouvert le couvercle de la poubelle pour la vider, il y a un sweat-shirt fourré dedans avec du sang sur le devant. Il y avait des paquets de chips et d'autres trucs collés au tissu, mais j'ai tout de suite su qu'il y avait quelque chose de louche.

— Comment saviez-vous que c'était du sang ? demanda Gavin en levant les yeux de ses notes.

— Je me suis coupé le doigt il y a quelques semaines, méchamment, et même si je portais un jean noir à ce moment-là, ça l'a quand même taché.

L'homme secoua la tête et regarda ses pieds.

— Je savais très bien ce que je voyais. Alors j'ai appelé vos collègues.

— Avez-vous touché les vêtements ? demanda Kay.

— Non. Pas besoin. J'en ai vu assez dès que j'ai soulevé le couvercle de la poubelle. De toute façon, même si je l'avais fait, je portais mes gants.

Wells agita ses doigts enveloppés dans une paire de gros gants noirs couverts de taches.

— Un des agents là-bas a quand même pris mes empreintes.

Kay haussa un sourcil vers Gavin, mais il secoua la tête.

— Bien, monsieur Wells. Comme je l'ai dit, je doute fort que vous poursuiviez votre tournée sur cette portion de route aujourd'hui, mais merci pour votre réactivité. Vous avez ma carte, si vous pensez à autre chose qui pourrait nous aider, appelez-moi.

Elle ouvrit la marche pour retourner là où Gavin avait garé sa voiture, puis s'appuya contre la portière en observant l'équipe de Harriet.

— Tu penses que ce sont les vêtements de Tansy, alors ? demanda-t-elle.

— Ça ne peut être que ça, non ? Mais qu'est-ce qu'ils font ici ? Pourquoi son meurtrier n'a-t-il pas jeté les vêtements dans une des poubelles du parc, ou même quelque part dans le parc ?

Gavin rangea son carnet.

— C'est un sacré risque de les transporter jusqu'ici, non ?

— Peut-être l'ont-ils fait pour brouiller les pistes, étant donné qu'il s'agit là d'une poubelle municipale. Toutes les autres dans le parc devaient être vidées par des bénévoles du festival ou l'entreprise de nettoyage employée par Crusader Events. Je présume que Tansy portait cette robe sous le sweat-shirt et le jogging, si on suppose que c'était bien *elle* que toi et Sean avez vue sur les images de vidéosurveillance.

Kay se détacha de la voiture et soupira.

— Je suppose que si on part de l'hypothèse qu'elle s'est habillée avec ces vêtements sombres pour accéder au parc sans être vue, et qu'elle portait la robe en dessous pour se fondre dans la foule une fois qu'il ferait jour, ça pourrait coller.

— Et tout ça parce que Kasprak ne voulait pas qu'elle voie son père jouer en live... Je ne sais pas, chef. Quelque chose ne colle pas.

— Hunter !

Ils se retournèrent tous les deux au son de la voix de Harriet pour voir la responsable de la police scientifique leur faire signe de revenir vers le cordon.

Quand Gavin arriva, il put voir l'excitation dans ses yeux.

— Qu'est-ce que tu as pour nous ? demanda Kay.

— Ça.

Harriet brandit un sac à preuves scellé.

— C'était dans une des poches.

Gavin laissa échapper un grognement surpris en voyant ce qu'il y avait à l'intérieur.

— C'est la carte de visite de Brian Kasprak.

Kay prit le sac des mains de Harriet et le retourna, révélant une note manuscrite griffonnée au dos.

— Et ce n'est pas le numéro de portable que nous avons pour lui. C'en est un autre.

CHAPITRE 45

Brian Kasprak avait perdu un peu de son lustre la fois suivante où il entra dans la salle d'interrogatoire, précédé d'un agent en uniforme trapu.

Il se traîna vers la chaise à côté de son avocat, hocha brièvement la tête vers l'homme, puis s'affala en arrière et fixa Kay du regard pendant que Barnes mettait en marche l'équipement d'enregistrement.

Sans ses emblématiques lunettes de soleil aviateur et après quelques heures passées dans l'une des cellules austères du poste, on pouvait remarquer des cernes sombres sous les yeux de Kasprak, dont le blanc était injecté de sang.

Ses cheveux qui lui arrivaient presque aux épaules bouclaient dans différentes directions, renforçant l'intuition grandissante de Kay qu'il les avait lissés le matin même, et montraient désormais des signes d'avoir été ébouriffés par l'inquiétude à intervalles réguliers pendant qu'il avait été l'invité du sergent de garde.

Il avait laissé sa veste dans la cellule et frottait

maintenant ses bras nus tandis que la climatisation hérissait sa peau de chair de poule. Ce faisant, Kay remarqua les bords effilochés d'un tatouage, sans doute celui que Melanie avait mentionné comme avatar de son compte de réseaux sociaux autrefois secret.

Une fois les formalités terminées, elle ne perdit pas de temps et fit glisser une photo de la carte de visite découverte ce matin-là.

— Est-ce que c'est votre écriture ?

— Non, ce n'est pas la mienne.

— Reconnaissez-vous l'écriture de qui que ce soit ?

— Non.

— À qui appartient ce numéro de téléphone, monsieur Kasprak ?

Il plissa les yeux, regrettant visiblement d'avoir laissé ses lunettes de lecture dans la poche de sa veste, puis se pencha plus près.

— Je... je ne suis pas sûr. Je ne le reconnais pas.

— Est-ce quelqu'un associé au groupe ? Essayez-vous peut-être de protéger quelqu'un ?

— Écoutez, j'ai toutes sortes de numéros dans mon téléphone, d'accord ? Je ne peux pas me souvenir de tous. Je serais ravi de vérifier.

Il fit une pause et afficha un rictus satisfait.

— Mais vous avez mon téléphone.

— Inspecteur Barnes, pourriez-vous aller chercher le téléphone de monsieur Kasprak pour lui ? dit Kay. Peut-être que cela lui rafraîchira la mémoire quant à ce que diable faisait sa carte de visite dans la poche de Tansy Leneghan.

Le manager du groupe se redressa brusquement sur sa chaise.

— Qu'est-ce que vous avez dit ?

— Que l'enregistrement note que l'inspecteur Barnes a quitté la pièce, dit Kay, puis elle reprit la photographie et la glissa sous le dossier à côté d'elle. Réfléchissez bien, monsieur Kasprak. Les prochaines minutes vont être cruciales pour vous. À l'heure actuelle, vous êtes l'un des deux suspects dans la mutilation et la mort de Tansy, et votre échantillon d'ADN sera également testé par rapport aux vêtements tachés de sang qui ont été découverts dans une poubelle municipale à l'extérieur de Mote Park ce matin.

Elle observa le visage de l'homme pâlir davantage, une fine trace de sueur perlant à son front.

— Je ne comprends pas, marmonna-t-il en essuyant son visage avec la paume de sa main. Ce n'est pas ce qui s'est passé...

Il se tut alors, son attention tournée vers la surface ébréchée de la table tandis que les secondes s'écoulaient, jusqu'à ce que la porte s'ouvre et que Barnes réapparaisse pour lui tendre son téléphone portable.

Kasprak le lui arracha des mains avec l'enthousiasme d'un bambin en train de s'emparer de son jouet préféré. Il retint son souffle pendant que l'appareil s'allumait, puis poussa un soupir reconnaissant lorsque l'écran s'illumina et appuya son pouce pour activer le code d'accès.

— Avant que vous ne soyez tenté de vérifier vos e-mails ou quoi que ce soit, montrez-nous votre liste de contacts s'il vous plaît, dit Kay en tendant la main.

La lèvre supérieure de Kasprak se retroussa, mais il

baissa le téléphone et le fit glisser avec force sur la table vers elle.

Elle l'arrêta juste avant qu'il ne bascule de l'autre côté et commença à faire défiler la longue liste de noms qui s'affichait.

Le seul bruit qui perçait sa concentration était le *tic-tac* incessant de la trotteuse de l'horloge au-dessus de la porte pendant qu'elle travaillait, sa mâchoire se serrant de plus en plus à chaque instant qui passait.

Finalement, elle pinça les lèvres et se tourna vers Barnes pour lui faire un léger signe de tête négatif avant de faire glisser le téléphone vers le manager du groupe.

Le soulagement dans ses yeux ne fit rien pour apaiser sa frustration croissante et, semblant le sentir, il leva les mains.

— Écoutez, dit-il d'une voix calme. J'ai distribué *des dizaines* de ces cartes lors de ce festival. Vous ne pouvez pas imaginer le nombre de personnes qui essayaient d'approcher le groupe, d'obtenir des interviews exclusives, ou de découvrir le titre de l'album pour le divulguer à la presse avant que nous ne soyons prêts... et ce n'étaient que les demandes sensées. C'était la pagaille là-bas dès notre arrivée le jeudi et la tenue d'une première conférence de presse.

— Vous devez bien avoir une idée, dit Kay. Je ne peux pas imaginer que vous distribuiez ces cartes au grand public en règle générale, n'est-ce pas ?

— Non, mais regardez combien de personnes étaient impliquées en coulisses. Vos collègues ont dû tous les interroger, non ? Donc vous savez à quel point il m'est difficile de m'en souvenir.

Kay pointa du doigt le sac à preuves et le fusilla du regard.

— Ce numéro ne correspond à aucun des contacts que nous avons reçus dans les dépositions de témoins jusqu'à présent.

— Alors, vous avez dû oublier quelqu'un, insista Kasprak. Ou l'un d'entre eux vous a donné un mauvais numéro.

Un silence suivit ses paroles, puis Kay repoussa sa chaise, les pieds métalliques raclant le sol carrelé avec un grincement torturé.

— Interrogatoire suspendu à quatorze heures dix-sept.

Cinq minutes plus tard, le cœur battant, elle suivit Barnes dans la salle des opérations, les épaules tendues.

Tout autour d'elle, les téléphones sonnaient, les doigts tapaient sur les claviers et un bourdonnement constant d'activité emplissait l'air.

Personne ne leva les yeux de son travail à son passage, presque comme s'ils pouvaient sentir la tension qui flottait dans son sillage et préféraient garder les yeux rivés sur les écrans d'ordinateur ou s'efforçaient de trouver quelque chose à faire de l'autre côté de la pièce près du photocopieur plutôt que d'être dans son orbite.

— Il pourrait y avoir une autre explication, chef, dit Barnes en s'asseyant à son bureau et en tendant le bras pour attraper une bouteille d'eau.

— Je t'écoute, parce que je suis à court d'idées.

— Kasprak pourrait dire la vérité.

Il but une gorgée, laissant ses mots faire leur effet, puis haussa les épaules.

— Quelqu'un aurait pu recevoir une de ses cartes au

cours de jeudi ou vendredi comme il l'a dit, et l'utiliser ensuite, faute de papier, pour transmettre son numéro à Tansy si elle ne voulait pas l'enregistrer directement dans son téléphone. Ça pourrait être une simple coïncidence que ce soit la carte de Kasprak qui ait été utilisée.

Kay plissa les yeux en le regardant.

— Je ne veux même pas l'envisager.

— Je dis ça comme ça.

— Merde.

Kay jeta le dossier sur son bureau et posa ses mains sur ses hanches avant de se tourner vers son collègue.

— Désolé.

— Ce n'est pas de ta faute. C'est une remarque pertinente. Tu as essayé d'appeler le numéro ?

— Oui, et tout ce que j'obtiens, c'est un message automatique disant que le téléphone est éteint.

Il désigna le tableau blanc d'un mouvement du menton.

— Alors, qu'est-ce qu'on fait maintenant ? La compagnie de téléphone traîne des pieds pour nous dire à qui appartient le numéro.

— Il n'y a rien que nous *puissions* faire maintenant. Pas avant d'avoir ces résultats ADN.

Elle regarda sa montre.

— Et ils doivent arriver ce soir, sinon nous sommes vraiment dans la merde, n'est-ce pas ?

CHAPITRE 46

Kay replaça une mèche de cheveux rebelle derrière son oreille, cligna des yeux pour chasser la sensation de brûlure et se força à se concentrer sur le prochain e-mail qui apparut sur l'écran de son ordinateur.

Elle avait renvoyé Barnes et le reste de l'équipe chez eux une heure plus tôt, consciente que s'ils étaient aussi épuisés qu'elle au moment où ils avaient atteint un briefing d'après-midi court et frustrant, ils ne lui seraient d'aucune utilité pendant le week-end.

Réprimant un bâillement, elle tapa une réponse laconique à un e-mail du service du personnel du quartier général de Chatham, et baissa les yeux lorsque son portable vibra sur son bureau.

Malgré tout, elle sourit en voyant le numéro d'Adam s'afficher.

— Bonsoir, dit-elle en mettant le téléphone sur haut-parleur pour pouvoir continuer à travailler. Est-ce qu'on ne se connaîtrait pas de quelque part ?

— J'allais te poser la même question, dit-il, sans

méchanceté. Comment vas-tu ? Je suppose que tu es la seule à travailler si tard ?

— C'est le cas, ne t'inquiète pas, je ne leur ferais pas ça. De toute façon, je pense qu'à la fin du briefing, ils voulaient être aussi loin de moi que possible.

— Je suis sûr que ce n'est pas vrai. J'imagine qu'ils ressentent tous la pression en ce moment.

Elle l'entendit boire une gorgée de quelque chose, puis le gazouillis musical d'un merle résonna en arrière-plan.

— Tu es dehors ?

— Dans le verger. Je vérifiais juste que l'abri de Hovis était resté étanche ces derniers jours, mais ça semble aller.

— Et la barrière sur le pont ?

— Ne t'inquiète pas, j'ai commandé le bois dont j'ai besoin. Il devrait arriver la semaine prochaine.

Les doigts de Kay restèrent en suspens au-dessus de son clavier, et elle plissa les yeux en regardant le téléphone.

— L'eau du ruisseau va baisser rapidement, non ?

— Oui, mais il ne semble pas intéressé à traverser la planche qui le surplombe—

— Quand même, je serais plus rassurée si on pouvait mettre quelque chose de temporaire.

Il bâilla.

— D'accord, je regarderai demain si j'ai le temps. Oh, et Scott a appelé plus tôt. Ils ont besoin que je retourne à la clinique demain pour l'aider avec une procédure d'urgence, et je pourrais y aller dimanche pour lui donner un répit. Tu vas travailler tout le week-end, n'est-ce pas ?

Elle jeta un coup d'œil aux e-mails qui s'alignaient sur son écran et soupira.

— Je pense que oui, surtout vu comment l'affaire évolue.

— À quelle heure tu penses rentrer ce soir ?

— Donne-moi encore une heure pour traiter quelques e-mails et je serai là.

— Je vais mettre des pâtes à cuire.

— Je t'aime.

— Je t'aime aussi.

Souriante, elle mit fin à l'appel et commença à étirer ses bras au-dessus de sa tête tandis que ses épaules protestaient.

Elle se figea à mi-chemin lorsque son téléphone de bureau sonna et qu'une seule LED rouge clignotait au-dessus de son numéro de ligne directe.

Elle arracha le combiné de son socle, le cœur battant, et s'éclaircit la gorge avant de parler.

— Inspectrice principale Kay Hunter.

— Inspectrice Hunter, c'est Grahame Tanner du laboratoire médico-légal, dit une voix chaleureuse. Désolé d'appeler si tard, mais l'inspecteur Barnes nous a demandé de traiter en urgence quelques échantillons d'ADN pour lui et j'ai pensé que vous voudriez les résultats le plus tôt possible.

Le cœur battant, Kay attrapa son carnet et tourna rapidement les pages jusqu'à une page vierge.

— Grahame, c'est formidable, merci de faire ça pour nous.

— Ne le dites à personne d'autre, dit-il en riant. Ian n'a réussi à obtenir ça que parce qu'il m'a battu à plate couture au golf il y a quelques mois et que j'ai fait l'erreur de parier qu'il n'y arriverait pas. Je vais probablement le regretter pour le reste de ma carrière.

Elle sourit et réprima l'envie de lui dire de se dépêcher.

— Ça ressemble bien au Ian que je connais.

— N'est-ce pas ?

Il remua quelques papiers, puis elle l'entendit mettre le téléphone sur haut-parleur, sa voix devenant un peu plus sèche. Une station de radio diffusait doucement en arrière-plan, émettant une sorte d'ensemble de jazz qui ne faisait rien pour calmer ses nerfs.

— C'est plus facile comme ça. Bon, alors nous avions des résultats ADN de trois personnes : Tansy Leneghan, votre victime, puis Melanie Cranwick et Brian Kasprak. Ensuite, nous avons la carte de visite. C'était un désordre d'ailleurs, beaucoup de traces de preuves étalées partout dessus.

Kay ferma les yeux un instant, anticipant les problèmes à venir.

— Continuez.

— Vos deux personnes ont manipulé cette carte à un moment donné, confirma Tanner. Celles de Kasprak étant les plus dominantes, ce qui est logique étant donné que c'est son nom qui figure au recto.

— Mais vous dites que les empreintes de Melanie Cranwick y étaient aussi ?

— Elles y étaient, mais, comment expliquer cela, plus comme un bruit de fond.

— Donc elle a manipulé la carte à un moment donné, mais pas récemment, quelque chose comme ça ?

— Exactement. Par exemple, si les cartes avaient été

commandées par elle et puis déballées lorsqu'elle les a reçues avant de les transmettre à Kasprak pour qu'il les utilise.

— Ok, je comprends.

— Ce n'est pas une raison définitive bien sûr, mais cela vous donne une idée du genre de chose que vous allez devoir prendre en compte.

— Compris.

Il tourna une page, le bruissement du papier se transmettant jusqu'où Kay était assise tandis que son talon tapait nerveusement sur la moquette.

— Il y a ensuite une quatrième empreinte.

Le téléphone glissa de sa main, et elle le rattrapa juste avant qu'il ne heurte le bureau, puis le mit sur haut-parleur.

— Qu'est-ce que vous avez dit ?

— Il y a une quatrième empreinte sur la carte, dans le coin supérieur droit. Un pouce et une empreinte partielle de doigt, je dirais. Elle ne correspond définitivement à aucun des échantillons fournis.

— Est-ce qu'elle est dans le système ?

— Pas que je puisse voir, mais je vous l'enverrai pour que vous puissiez vérifier.

Il fit une pause, et elle entendit le sourire dans sa voix.

— Il y a autre chose aussi qui pourrait vous aider. Nous essayons d'être minutieux ici quand nous faisons des tests, pour éviter les allers-retours si l'un de nos clients a besoin d'informations supplémentaires.

— Que voulez-vous dire ?

— Je peux sentir votre impatience d'ici, inspectrice Hunter, alors je ne vais pas prolonger l'agonie davantage.

J'ai testé ceci pour toutes les traces de preuves, pas seulement les empreintes digitales. Je peux confirmer qu'il y a un minuscule, et je veux dire minuscule, échantillon de sang sur le bord gauche de la carte.

— Elle a été trouvée dans la poche de vêtements tachés de sang que nous pensons avoir appartenu à notre victime. Ian ne vous l'a pas dit ?

— Il l'a fait, mais c'est là que ça devient intéressant. Ce sang ne correspond pas à votre victime, et l'ADN ne correspond ni à Melanie Cranwick ni à Brian Kasprak.

— Merde, murmura Kay. Quelqu'un d'autre a tué Tansy...

CHAPITRE 47

Le lendemain matin, Laura glissa ses lunettes de soleil sur son nez et fit un signe de tête reconnaissant au serveur avant de se frayer un chemin vers la sortie du café.

Elle fut assaillie par une lumière aveuglante qui se reflétait sur les dalles de béton brut bordant Jubilee Square, une erreur architecturale qui avait abouti à une étendue fade sans ombre, à l'exception d'un arrêt de bus face à High Street.

Plissant les yeux, elle hissa son sac à main sur son épaule puis passa son gobelet à emporter d'une main à l'autre tout en remontant les manches de sa veste, observant simultanément la peau pâle qui apparaissait et enviant la facilité avec laquelle Gavin bronzait.

— J'ai besoin de nouvelles fichues vacances, marmonna-t-elle. Je commence à ressembler à un vampire à nouveau.

Elle tourna à droite et descendit Gabriel's Hill, la pente agrippant ses mollets, et elle se précipita dans la maigre ombre offerte par les auvents des magasins du côté gauche de la rue pavée, puis elle accéléra le pas à mesure qu'elle s'approchait du poste de police.

Au-dessus de sa tête, les mouettes criaient et se chamaillaient tout en faisant de leur mieux pour déjouer la myriade de pigeons qui encombraient les toits et plongeaient sur les emballages de plats à emporter renversés. Des piles de déchets de restauration rapide rejoignaient les détritus qui bordaient les caniveaux, pas encore balayés par une équipe d'agents municipaux regroupés devant l'entrée du centre commercial, en train de parler à voix basse et de profiter d'une cigarette ou d'une vapoteuse avant de poursuivre leur service du matin.

Les deux voies de circulation qui serpentaient autour de Palace Avenue au pied de la colline étaient déjà bouchées, avec un flux constant de voitures qui tournaient vers le parking à étages, et les esprits s'échauffaient à en juger par les coups de klaxon qu'on entendait résonner plus loin dans la file.

Zigzaguant entre une camionnette blanche à l'arrêt et une paire de grosses motos qui rugissaient avec une sonorité qui lui secouait les tympans, Laura attendit qu'une voiture de patrouille aux couleurs de la police sorte du parking du commissariat puis elle se faufila sous la barrière avant qu'elle ne se referme.

Elle aperçut Barnes qui s'approchait d'elle et sourit quand il lui ouvrit la porte de sécurité.

— Bon timing, inspecteur.

— Tu as un café pour moi ?

— Désolée, c'était bondé. On m'a déjà fusillée du regard pour en avoir commandé un.

— Ah, les joies de la saison touristique.

Il passa sa carte contre le panneau à côté de la porte intérieure et la guida dans les escaliers vers la salle des opérations.

— Tu as eu des nouvelles de Kay hier soir ?

— J'ai reçu un message.

Laura s'arrêta sur le palier pour boire une gorgée de café.

— Ce n'est pas bon, hein ?

Le détective plus âgé secoua la tête, sa main sur la rampe.

— Non, ça ne l'est pas. À ce rythme, Sharp va débarquer ici pour nous demander à quoi on joue. Ou pire, quelqu'un d'autre.

— Merde.

La porte en haut des escaliers s'ouvrit vers l'extérieur et Kay les regarda.

— Briefing dans deux minutes, dit-elle, puis elle se retourna et laissa la porte se refermer derrière elle.

— Je jure qu'elle a un sixième sens quand il s'agit de café, marmonna Laura.

— Et quand on parle d'elle.

Riant doucement, elle suivit Barnes dans la salle des opérations, vida rapidement son gobelet à emporter et le jeta dans la première poubelle de recyclage qu'elle croisa avant d'allumer son ordinateur.

Elle enleva sa veste pendant que la machine ronronnait, et salua d'un signe de tête Gavin et Kyle, puis roula sa chaise vers le tableau blanc où le reste de l'équipe était déjà rassemblé.

Quelques retardataires entrèrent dans la pièce mais

Laura garda son attention sur Kay, qui faisait les cent pas devant l'équipe avec une énergie palpable.

L'effet créait une atmosphère électrique tandis que Debbie distribuait les ordres du jour du briefing fraîchement sortis de HOLMES2 et que les voix commençaient à s'estomper.

— Nous avons un problème, dit Kay en s'arrêtant dans ses pas pour se tenir devant la photo de Tansy.

Elle regarda chaque membre de l'équipe pour s'assurer d'avoir toute leur attention avant de poursuivre.

— Tard hier soir, les résultats ADN de la carte de visite de Kasprak sont arrivés, et même si ses empreintes et celles de Melanie Cranwick ont été confirmées comme présentes, aux côtés de celles de Tansy, il y avait un quatrième jeu d'empreintes. Pire pour nous, il y a aussi des traces de sang, et il n'appartient pas à notre victime.

Le cœur de Laura cogna contre ses côtes et sa mâchoire se relâcha.

— Chef, le labo dit qu'on a des preuves ADN de son tueur ?

— Nous en avons, mais cet ADN ne correspond à rien dans le système, dit Kay. Ce qui nous pose un problème plus important que certains d'entre vous ne l'apprécieront, car vous étiez probablement encore à l'école quand les changements sont intervenus.

Sean Gastrell leva les yeux de son carnet.

— Quels changements ?

— Avant que la loi ne change en 2012 ici au Royaume-Uni, les résultats ADN ne pouvaient être conservés que pendant une période maximale de cinq ans pour toute personne inculpée d'un délit. De nos jours, les résultats sont conservés indéfiniment, c'est ainsi que nous parvenons à faire correspondre les récidivistes à tout nouveau crime. Avant 2012, une fois qu'une personne donnait un échantillon d'ADN, le compte à rebours commençait.

Kay passa une main dans ses cheveux, et Laura vit alors à quel point l'inspectrice était sous tension.

— Donc nous avons trois scénarios à considérer maintenant. Soit celui qui a tué Tansy n'a jamais été arrêté auparavant, soit il l'a été mais c'était avant 2012 donc le dossier est perdu, ou alors—

— Il a déjà tué, mais n'a jamais été attrapé, termina Laura. Merde.

L'inspectrice principale la pointa du doigt.

— Exactement. Merde.

— Et étant donné la façon dont Tansy a été tuée, nous devons supposer que son meurtrier avait de l'expérience, dit Barnes.

Il indiqua d'un mouvement de menton les photographies prises lors de l'autopsie.

— Vu les blessures qu'elle a subies.

— Je suis d'accord.

Kay laissa tomber l'ordre du jour sur un bureau proche et soupira.

— Dans ces circonstances, je suis encline à libérer Brian Kasprak et Melanie Cranwick sans suite. Quelqu'un a-t-il un problème avec ça ?

La salle tomba dans le silence.

— Bien, poursuivit-elle. Prochaines étapes alors. Nous examinons de plus près les autres personnes autour de Joey Twist. Cela inclut tous ceux qui auraient pu entrer en contact avec Tansy, y compris le détective privé qu'elle a engagé. Kasprak a été contacté par lui, il devrait donc être en mesure de nous donner les coordonnées du type. Il a peut-être découvert quelque chose lors de son enquête sans en réaliser l'importance. *Nous* pourrions le faire, s'il nous le communique, ce que je suis sûre qu'il fera, s'il veut notre coopération à l'avenir.

Laura parcourut du regard les photographies derrière Kay tout en écoutant, luttant contre le sentiment accablant que le meurtrier de Tansy leur échappait pendant que la voix de l'inspectrice principale l'enveloppait, donnant des instructions et des encouragements à parts égales.

Elle s'en souvint alors, une histoire qui avait été au cœur de l'implosion du groupe et de sa réunion ultérieure, une histoire qui était devenue une partie du mystère et de la légende du groupe. Une histoire qui—

— Chef ?

Sa main se leva pour attirer l'attention de Kay.

— Et Thommo ?

L'inspectrice principale cessa de parler à Gavin, son attention entièrement tournée vers Laura.

— Explique.

Laura prit une profonde inspiration, se leva de sa chaise et s'approcha du tableau blanc pour scruter la photo officielle du groupe qui avait été prise pour annoncer le prochain album et la tournée.

Le guitariste posait à droite de ses camarades, la hanche nonchalamment décalée et la bouche en une grimace théâtrale tandis qu'il regardait l'objectif du photographe de haut, son attitude rebelle.

— J'essaie juste de penser à quelqu'un d'autre qui

voudrait se débarrasser de Tansy, dit Laura. Kasprak nous a dit que Thommo était le boute-en-train du groupe, toujours en train de faire des bêtises, mais s'il avait aussi un côté vindicatif ? Je veux dire, on sait qu'il peut être violent, on a tous entendu parler de la bagarre entre lui et Joey en coulisses il y a quinze ans. Il ne s'était pas retenu à l'époque, n'est-ce pas ?

— Il y a un grand pas entre se battre sur scène et tuer la fille de ton pote, dit Gavin.

Elle pivota sur ses talons pour lui faire face.

— Mais Joey *n'est pas* son pote, n'est-ce pas ? Ils ne se reparlent que parce qu'ils ont besoin de l'argent de cette tournée. Kasprak l'a dit. Et en regardant leurs carrières respectives depuis la séparation, Thommo est probablement celui qui en a le plus besoin. Les autres ont eu du travail de session ou des choses comme ça au fil des ans. Pas Thommo. Il a vécu des allocations entre des petits boulots. Il a besoin que cette tournée se fasse.

— Donc, tu penses qu'il a découvert l'existence de Tansy et a décidé de la rencontrer pour s'assurer qu'elle ne gâche pas leurs plans, c'est ça ?

Kay prit un stylo et écrivit la suggestion de Laura sur le tableau.

— Tu veux qu'on le fasse venir pour un interrogatoire formel en tant que suspect potentiel sur cette base ?

En voyant cela noir sur blanc, l'écriture bouclée de sa supérieure en train d'inscrire officiellement ses réflexions dans l'enquête, Laura fit une pause avant de répondre.

Était-elle sûre ?

Miserait-elle sa place dans l'équipe là-dessus ?

— Oui, répondit-elle finalement. Oui, je le veux. Parce

qu'alors on pourra aussi exiger un échantillon d'ADN à jour de sa part, n'est-ce pas ?

Elle entendit la brusque inspiration de Nadine depuis l'endroit où la jeune agente était assise au premier rang, mais elle garda son regard fermement fixé sur l'inspectrice principale.

Un lent sourire commença à se former, puis Kay agita son stylo vers elle.

— J'ai toujours su que tu avais l'étoffe d'une détective extraordinaire, enquêteuse Hanway.

CHAPITRE 48

Malgré ses vingt-quatre heures passées en garde à vue, ou peut-être à cause de cela, lorsque Brian Kasprak entra d'un pas décidé dans la zone d'accueil aux côtés de Thomas « Thommo » Smith, l'apparence du manager ressemblait à nouveau à sa tentative habituelle de paraître négligé avec style.

Cravate de travers, cheveux humides là où il avait sans doute fait usage des douches pour hommes dans l'heure précédente, sa mâchoire mal rasée ne faisait qu'accentuer son côté rustre.

Et pourtant, ce n'était rien comparé au guitariste élancé.

Quinze ans loin des projecteurs n'avaient en rien diminué le charisme de Thommo, et Kay observa avec intérêt la jeune agente derrière le comptoir de garde à vue rougir tandis qu'elle passait en revue les différents documents avec l'homme, s'assurant qu'il comprenait ce qui allait se passer ensuite.

Son jean bleu serré et son débardeur noir accentuaient des membres maigres qui devaient plus à une mauvaise alimentation et de bons gènes qu'à une quelconque forme d'activité physique, tandis que sa silhouette était encore allongée par des cheveux brun foncé qui lui arrivaient au milieu du dos. Des tatouages s'enroulaient autour de ses avant-bras et de ses biceps, créant des touches de couleurs vives qui contrastaient avec les tons bleu foncé plus anciens.

Lorsqu'il se tourna vers elle après avoir griffonné sa signature caractéristique sur les dernières pages de documentation, elle vit une grisaille dans ses traits qu'aucune teinture capillaire ne pouvait effacer.

— Est-ce que vous avez un avocat ? demanda-t-elle en guise de salutation, ou est-ce que nous devons en désigner un pour vous ?

— Elle sera bientôt là, répondit Kasprak. Ne vous inquiétez pas.

— Je ne m'inquiète pas. Votre client a droit aux mêmes droits que tous ceux qui ont été interrogés aujourd'hui, et s'il ne pouvait pas se permettre une représentation légale, nous pourrions appeler un avocat local pour agir en son nom.

— Ce ne sera pas nécessaire, détective Hunter.

Elle se retourna au son d'une voix hautaine pour voir une femme brune d'un âge similaire au sien s'avancer à grands pas vers le petit groupe, son entrée dans la pièce faisant tourner les têtes parmi les jeunes agents masculins qui traînaient dans les parages.

Vêtue d'une mini-jupe noire et d'une veste assortie, elle débordait de confiance – et d'argent.

— Et vous êtes ? dit Kay en haussant un sourcil.

— Ma femme, répondit Thommo avec un grand sourire. Elle est canon, hein ?

— Comment diable ne savions-nous pas que sa femme est une foutue avocate ? siffla Kay à Laura tandis qu'elle observait le couple s'installer sur les chaises en plastique dur d'un côté de la table recouverte de Formica dans la salle d'interrogatoire numéro quatre.

Laura avait pâli de trois teintes à l'arrivée de Felicity Smith, ses mouvements maladroits.

En l'espace de trente secondes, la détective autrefois confiante s'était transformée en la stagiaire que Kay avait formée dès son arrivée dans l'équipe, et sa nervosité était palpable.

— Je ne sais pas, chef, balbutia-t-elle dans un murmure à peine audible. Je veux dire, évidemment avec son travail et tout, les deux n'étaient pas du tout liés sur les réseaux sociaux, et sans qu'il soit inculpé, nous ne pouvions pas creuser beaucoup plus son passé au-delà de ce qui est disponible via une recherche Internet de base, donc—

Kay leva la main.

— Prends une grande inspiration. Peut-être trois. Vas-y. Nous avons le temps.

Sa collègue inspira profondément, un peu de couleur revenant à ses joues.

— Désolée, chef.

— Pas de quoi être désolée. Au moins, l'équipe financière au quartier général voudra savoir pourquoi il réclamait des allocations chômage s'il est marié à une avocate, n'est-ce pas ?

Elle fit un clin d'œil, puis se retourna et ouvrit la marche dans la salle d'interrogatoire, entendant la porte claquer derrière sa collègue avant d'attendre que Laura démarre l'équipement d'enregistrement et récite l'avertissement formel.

Au moment où c'était fait, le visage de la jeune détective avait repris des couleurs, et sa voix avait gagné en assurance.

Kay prit un moment pour feuilleter les papiers dans le dossier devant elle, et elle se demanda ce qu'elle devrait commander au restaurant chinois à emporter de Spot Lane quand Adam rentrerait ce soir-là.

Pas que Thommo ou sa femme ne le sauraient.

Tout ce qu'ils verraient serait une détective qui prenait son temps pour examiner les preuves – aussi minces soient-elles – et se demandait pourquoi elle avait insisté pour qu'un échantillon d'ADN soit prélevé dès l'arrivée de Thommo au poste.

— Parlez-moi de Tansy Leneghan, dit-elle finalement en croisant les mains et en regardant l'homme. Quand l'avez-vous rencontrée ?

Kay entendit un petit couinement de sa collègue, rapidement transformé en toux.

Thommo émit un grognement surpris.

— J'ai jamais dit que je l'avais rencontrée.

— Non, mais vous l'*avez* rencontrée, n'est-ce pas ? Que s'est-il passé ?

Après avoir jeté un coup d'œil à sa femme, qui acquiesça brièvement en réponse, il se retourna vers Kay.

— C'était une pure coïncidence, le destin... peu importe. Je ne savais pas qui elle était au début. Je l'ai juste trouvée en train de rôder près d'une des entrées principales du parc tard vendredi soir.

— Attendez, à quelle heure ?

— J'sais pas. C'était plus comme samedi matin, vous savez quand on commence à sentir le ciel s'éclaircir ? Disons après trois heures, au moins. J'porte pas de montre, voyez ? Alors je suis pas sûr.

— Que faisiez-vous là ? Je croyais que Kasprak vous avait tous fait rester au pub ?

— J'voulais pas. Je dors pas beaucoup avant un grand concert comme ça, j'ai jamais dormi. J'ai besoin de tout revérifier, de prendre le pouls de l'endroit, alors je marche un peu. Brian m'avait mis dans une des tentes chic mais l'avait fait installer derrière la scène principale, hors de vue du public.

— Continuez.

— C'est comme je l'ai dit, j'étais sorti faire un tour et j'ai vu cette fille en robe qui rôdait près d'une des entrées. Elle est apparue de nulle part après que j'ai vu un des gars de la sécurité passer alors elle a dû se cacher jusqu'à ce qu'il soit parti et penser que la voie était libre. Je lui ai foutu une de ces trouilles, je vous le dis.

Il laissa échapper un petit rire.

— Je lui ai demandé ce qu'elle faisait, et elle... Elle avait l'air triste, quoi. Pas désespérée, pas un de ces types qui essaient juste pour dire qu'elles ont couché avec quelqu'un du groupe. Pas que ça arrive encore de nos jours.

Kay observa avec amusement l'homme jeter un coup

d'œil de côté à sa femme qui restait assise dans un silence de marbre, son regard fermement fixé sur le bloc-notes juridique devant elle.

— Que lui avez-vous dit ?

— Je lui ai demandé ce qu'elle faisait. J'ai eu le choc de ma vie quand elle m'a dit qu'elle voulait juste voir son père jouer en live plus tard dans la journée mais qu'elle ne pouvait pas entrer. J'ai pensé qu'elle parlait d'un des groupes de première partie ou quelque chose comme ça, et elle voulait manifestement juste parler alors je lui ai demandé avec qui il jouait. J'ai eu le choc de ma vie quand elle m'a dit que c'était notre Joey.

— Elle vous l'a dit comme ça ?

— Ouais. Je pense qu'elle avait abandonné à ce moment-là, mais je pouvais voir que ça comptait beaucoup pour elle.

Il se frotta les mains.

— Je regrette de l'avoir fait, maintenant qu'elle est... maintenant qu'elle est morte, mais je voulais aider. Alors je lui ai dit de rester où elle était, et j'ai couru jusqu'à ma tente. J'avais un vieux pantalon de survêtement et un sweat-shirt qui étaient relativement propres, alors je les ai lancés par-dessus la clôture de sécurité.

— Elle a porté vos vêtements pour entrer dans le parc ?

— Ouais, j'ai attendu que le prochain agent de sécurité soit passé, puis je lui ai dit que j'avais remarqué que certaines maisons de la rue d'à côté donnaient sur le parc, alors elle pourrait probablement entrer par là, et ensuite se cacher. Je me suis dit que si elle portait des vêtements de couleur sombre, elle pourrait se faufiler le long des bords du parc, attendre qu'il fasse vraiment jour et puis se débarrasser de mes vêtements. Elle portait toujours sa robe et un truc comme un cardigan en dessous, vous voyez, alors elle se fondrait parfaitement avec le reste des détenteurs de billets.

Kay laissa Laura rattraper sa prise de notes puis se retourna vers le guitariste.

— Ça ne vous posait pas de problème que Tansy essaie d'entrer en contact avec son père ?

— Putain, j'ai fait pas mal d'erreurs dans ma vie, dit-il. Surtout avec ce fiasco il y a quinze ans. Le moins que je puisse faire pour me racheter auprès de Joey serait d'aider sa fille, non ?

— Et la tournée et les implications que ça aurait pu avoir si Joey l'avait invitée à venir ? demanda Kay.

Thommo haussa les épaules.

— Je ne voyais pas de problème moi-même. Ç'aurait été la même chose que Flick ici qui vient avec nous, et Kasprak n'a rien dit contre le fait qu'elle soit en tournée avec nous.

— Pourquoi ne pas simplement lui donner un pass backstage ? demanda Laura.

Le guitariste ricana.

— Vous plaisantez ? Kasprak garde ces trucs comme s'ils étaient en or. En plus, s'il lui avait déjà dit qu'il n'y avait aucune chance qu'il lui en donne un, c'est fini. Il ne change jamais d'avis une fois qu'il a pris une décision. Il y a des chances qu'il les ait tous donnés à des gens qu'il pensait pouvoir nous aider à faire passer le nouvel album à la radio et à le vendre de toute façon.

— Donc, le plan était que Tansy se faufile dans le parc pendant la nuit et ensuite quoi, qu'elle aille devant la scène quand votre groupe monterait sur scène ?

— Ouais, ou quoi qu'elle ait prévu de faire. Je veux dire, je lui ai dit de ne pas essayer d'aller en coulisses ou d'attirer l'attention sur elle. Elle semblait assez contente juste de pouvoir entrer et voir son père jouer en live.

Kay leva les yeux du dossier et fronça les sourcils.

— Attendez. Si vous l'avez fait entrer dans le parc, alors pourquoi n'est-elle pas restée avec vous jusqu'à ce qu'il fasse jour ?

La mâchoire de Thommo se crispa sous sa barbe de trois jours à la mode.

— Parce que j'avais d'autres affaires à régler. Et avant que vous ne disiez quelque chose, ouais, ça me trotte dans la tête depuis que si je ne l'avais pas laissée toute seule, il y a des chances qu'elle soit encore en vie maintenant.

— D'autres affaires ? Comme quoi ?

— Écoutez, je n'en suis pas fier, d'accord, surtout après ce qui s'est passé et tout, mais quelqu'un a réussi à me procurer quelque chose... pour m'aider avec mon trac. Ça faisait un moment qu'on n'avait pas joué un concert aussi important et j'étais inquiet, c'est tout.

— J'imagine qu'on parle de drogues récréatives plutôt que de médicaments sur ordonnance ?

Il hocha la tête, baissant le regard, et tordit la chevalière à son doigt.

— Ouais.

— De qui était le numéro de téléphone que vous avez écrit sur la carte de Kasprak ?

— Je vous l'ai dit, je n'étais pas content de la

laisser toute seule, mais j'avais besoin... Bref, c'est le numéro de mon frère. Il travaillait ce week-end-là et je me suis dit que si Tansy avait besoin de quoi que ce soit, il était la meilleure personne à qui parler en cas d'urgence.

— Votre frère travaille aussi avec le groupe ?

Kay feuilleta ses notes.

— Nous ne l'avons pas listé comme faisant partie de votre entourage.

— Non, il ne travaille pas pour nous, répondit-il en souriant. On n'est pas si proches. Il travaille pour Crusader Events.

— Ceux qui ont organisé le festival ? Il fait quoi ?

— Eh bien, c'est le propriétaire.

Kay fronça les sourcils.

— Comment s'appelle-t-il ?

— Alistair Featheringham.

Thommo haussa les épaules.

— Il a gardé le nom de famille. Joey n'était pas le seul à avoir décidé que son nom n'était pas approprié pour le groupe quand on a commencé, vous voyez ?

Dix minutes plus tard, après la fin officielle de l'entretien, Kay et Laura se tenaient dans le couloir et regardaient un agent en uniforme raccompagner Thommo Smith et sa femme vers la sortie.

Le mépris de l'avocate pour tout le processus était palpable, sa voix portant au-dessus des têtes d'une paire d'employés administratifs qui se hâtèrent de s'écarter de son chemin alors qu'elle marchait d'un pas vif devant son mari.

Laura regarda la porte extérieure se refermer derrière

eux, puis se tourna vers Kay, qui arborait une expression attentive.

— Comment est-ce que tu savais qu'il avait rencontré Tansy cette nuit-là, chef ?

— C'était juste une intuition, répondit Kay en souriant. Et heureusement pour nous, ça a payé.

CHAPITRE 49

Au cours de l'après-midi, les trois membres restants du groupe furent réinterrogés un par un sous caution, puis libérés sans autre enquête après que chacun eut fourni un alibi solide.

Finalement, à seize heures trente, Brian Kasprak entra dans la zone d'accueil accompagné de son avocat, une canette de boisson énergisante de Gavin fermement serrée dans sa main.

Il s'approcha de Kay pendant que Danny, le chanteur, était libéré par le dernier occupant du bureau d'accueil, et lui donna un coup de coude.

— Écoutez, Hunter, sans rancune, d'accord ? On sait tous que vous ne faites que votre travail. Nous aussi, on veut que vous trouviez l'assassin de Tansy. Joey est dévasté, et plus vite vous trouverez l'enfoiré qui a fait ça à sa petite fille, mieux ce sera.

Kay murmura ses remerciements, puis retourna dans la salle des opérations avec une détermination renouvelée dans sa démarche.

— Bon, le reste du groupe est hors de cause, dit-elle en se dirigeant vers son groupe soudé de détectives qui l'attendait près du tableau blanc. Alors, qu'avez-vous réussi à trouver sur Alistair Featheringham ?

— À part le fait qu'il soit un citoyen modèle, rien, répondit Barnes en faisant la moue.

Il pointa du pouce par-dessus son épaule vers le tableau.

— Il est actif sur les réseaux sociaux, soutient beaucoup de collectes de fonds caritatives en participant à des courses de cinq kilomètres, ce genre de choses, et semble être plus proche que Thommo de leurs parents. Ils vivent à Hastings, au fait. Tous les deux ont plus de quatre-vingt-dix ans.

— Et ses antécédents ? Quelque chose ?

— Pas même une contravention pour excès de vitesse, chef, répondit Kyle. Et vu le genre de voitures qu'il aime conduire, ça veut dire quelque chose. Désolé.

Les épaules de Kay s'affaissèrent.

— Bon sang, je pensais qu'on tenait peut-être quelque chose. Et sa déposition, vous avez bien vérifié au cas où quelque chose aurait été oublié lors de son interrogatoire samedi dernier ?

— Je l'ai fait, et je n'ai rien trouvé d'autre que l'équipe sur place aurait pu lui demander, répondit Barnes. Et à moins qu'on ait quelque chose de concret sur quoi travailler, on ne pourra pas le convoquer pour l'interroger, et encore moins exiger un échantillon d'ADN pour le comparer à celui de la carte de visite de Kasprak.

— Ouais, je sais, on a déjà forcé la chance en faisant ça avec Thommo.

Elle posa ses mains sur ses hanches et fixa le tableau blanc d'un air menaçant, refusant d'admettre la défaite.

— Des suggestions ?

— Il ne vit qu'à Charing, non ? dit Kyle. Et si on allait lui parler ?

Kay se retourna.

— Quoi, maintenant ?

— Ouais.

Il sourit.

— Si ça se trouve, ça va le déstabiliser qu'on débarque à l'improviste chez lui, surtout quand vous allez formellement le mettre en garde. On ne sait jamais ce qu'on pourrait découvrir comme ça, chef.

— J'adore son style, murmura Barnes, puis il plongea la main dans la poche de son pantalon et lança son trousseau de clés au jeune enquêteur stagiaire. Tu ferais mieux d'y aller avec elle, alors.

L'homme qui ouvrit la porte d'entrée de la grange en pierre de silex convertie portait des lunettes à monture métallique à la mode et arborait un froncement de sourcils perplexe.

— Il y a un panneau sur le poteau du portail qui dit « pas de visiteurs non invités », dit-il. Ça inclut le facteur, alors... Attendez, je vous ai rencontrée au festival samedi dernier, non ?

Kay brandit sa carte professionnelle.

— Inspectrice principale Hunter, police du Kent. Voici

mon collègue, l'enquêteur Kyle Walker. Pouvez-vous confirmer que votre frère est Thomas Smith ?

Il cligna des yeux.

— Thommo va bien ?

— Oui. Nous pouvons entrer ?

— Pourquoi ?

— Il vaudrait mieux qu'on s'explique à l'intérieur, monsieur Featheringham.

— Je suis en train de préparer le dîner. Nous attendons des invités à—

— Plus vite nous parlerons, plus vite nous partirons.

Kay sourit malicieusement et fit un signe en direction de la voiture de service peu reluisante qui avait été assignée à l'équipe cette semaine.

— À moins que vous ne préfériez qu'on attende l'arrivée de vos invités ? On est bien garés là, n'est-ce pas ?

L'homme jeta un coup d'œil au véhicule et recula.

— Entrez. Nous allons utiliser la salle de réception, ma femme a envahi le salon avec les enfants de sa sœur.

Kyle lui adressa un bref signe de tête, puis le suivit le long d'un large couloir jusqu'à une grande pièce rectangulaire peinte dans une audacieuse nuance d'ambre.

Trois canapés blancs étaient disposés en U face aux portes-fenêtres au fond de la pièce, offrant une vue sur une pelouse d'un vert impossible. Une cheminée vide s'étirait le long du mur de gauche, au-dessus de laquelle un énorme téléviseur diffusait silencieusement un match de cricket d'outre-mer, n'offrant que peu d'espoir pour l'équipe d'Angleterre actuelle.

Featheringham s'arrêta au centre de la pièce et se tourna vers eux, croisant les bras sur sa poitrine.

— Très bien, vous êtes entrés. Faites vite, s'il vous plaît. J'imagine que c'est à propos de la jeune femme retrouvée morte le week-end dernier ? Vous savez que j'ai déjà fait une déposition ?

— En effet, et je le sais, répondit Kay en examinant les photographies encadrées et les récompenses qui ornaient le mur à côté d'elle. Cependant, je suis surprise que vous n'ayez pas mentionné que votre frère était la tête d'affiche.

— Ça ne semblait pas pertinent sur le moment.

— Et maintenant ?

— Maintenant, je commence à m'énerver, dit-il. Avez-vous quelque chose à me demander, ou dois-je dire aux médias que je suis harcelé par la police après avoir déjà passé la majeure partie de cette semaine à parler à ma compagnie d'assurance ? Avez-vous une idée des dégâts que vos collègues ont causés à la réputation de mon organisation ?

— Franchement, je m'en fiche pas mal, répliqua Kay en faisant un pas en avant. Est-ce que Tansy Leneghan vous a appelé ?

Il y eut une fraction de seconde de pause, puis Featheringham cligna des yeux.

— Quoi ? Qui ?

— Elle l'a fait, n'est-ce pas ? Quand ?

— Je... je ne suis pas sûr.

— Quand, monsieur Featheringham ? C'est important.

— Je n'ai pas dit qu'elle l'avait fait.

— Vous n'aviez pas besoin de le dire.

Kay releva le menton et le fusilla du regard.

— Je fais ce métier depuis assez longtemps pour savoir quand quelqu'un ment. Quand Tansy vous a-t-elle appelé ? Nous savons que Thommo lui a donné votre numéro de portable quand il l'a vue quelques heures avant qu'elle ne soit tuée, alors—

— C'était vers seize heures quinze, lâcha Featheringham. Je ne le sais que parce que j'étais ici, en train de faire une sieste de quelques heures, et le téléphone a réveillé ma femme. Elle n'était pas contente, je peux vous le dire, surtout quand elle a entendu la voix d'une autre femme. Peu de gens ont mon numéro direct.

— En parlant de ça, nous avons essayé d'appeler. Pourquoi votre téléphone est-il éteint ?

— Parce que j'avais besoin d'une pause de tous ces appels que je reçois à propos de l'annulation de l'événement, voilà pourquoi. Au moins jusqu'à ce que j'aie une réponse concrète de mes assureurs sur ce qu'ils vont faire pour dédommager tous nos fournisseurs.

— Que voulait Tansy ?

Il baissa le regard vers le tapis ornemental sous leurs pieds et le frotta du bout de son mocassin en daim.

— Je ne sais pas.

— Que voulez-vous dire ? Vous lui avez parlé, n'est-ce pas ?

Kay observa avec un étonnement silencieux les yeux de l'homme se remplir de larmes, sa voix tremblant avec ses prochains mots.

— Je n'en ai pas eu l'occasion. J'ai demandé qui c'était, parce que je ne reconnaissais pas le numéro. C'était un téléphone portable, et comme je l'ai dit, très peu de gens ont mon numéro direct. Tous les contacts locaux sont enregistrés dans ma liste de contacts, donc leur nom serait apparu à la place.

— Donc vous lui *avez* parlé. Vous venez de dire que vous ne l'aviez pas fait...

— Mais je ne l'ai pas fait. J'ai demandé qui c'était, comme je l'ai dit, mais il n'y a pas eu de réponse. Il y a eu... une sorte de bousculade au bout de la ligne, puis ça a coupé.

— Quoi ?

— Ça a coupé. J'ai essayé de rappeler, mais la première fois c'était occupé, et la deuxième fois que j'ai essayé cinq minutes plus tard, ça a sonné dans le vide. Personne n'a décroché.

Featheringham s'essuya les yeux et la fusilla du regard.

— Et maintenant vous êtes là. C'était elle, n'est-ce pas ? Tansy. C'était elle qui essayait de m'appeler. Pourquoi, détective Hunter ? Pourquoi la fille de Joey Twist essayait-elle de m'appeler ?

Sur la suggestion de Kay, la femme d'Alistair Featheringham avait pris les choses en main et annulé leurs projets de dîner pour ce soir-là.

La femme avait rapidement fait monter sa sœur et ses enfants dans sa voiture et les avait emmenés dans un pub gastronomique voisin, son teint pâle trahissant son choc malgré son efficacité brusque.

Featheringham était maintenant assis sur un tabouret de bar à armature chromée dans la vaste cuisine du couple, ses doigts serrés autour d'une tasse de thé sucré que Kyle lui avait préparée avant de se retirer dans le couloir, son carnet et son téléphone à la main.

Kay avait déjà parlé à la femme de Featheringham, qui avait confirmé que Tansy avait seulement demandé à parler à Alistair et semblait essoufflée.

Elle n'avait pas pu fournir d'autres informations simplement parce qu'elle était sortie de la chambre en colère pendant qu'il essayait d'obtenir une réponse supplémentaire de l'appelant.

— Chef ? dit Kyle en lui faisant signe depuis la porte ouverte du couloir. Je peux vous parler une minute ?

Elle le suivit et attendit qu'ils aient atteint le bas de l'escalier pour lever alors un sourcil interrogateur.

— Qu'est-ce qu'il y a ?

— C'est à propos de ce téléphone portable qui a été utilisé pour l'appeler, dit-il. Laura a fait des recherches, et le numéro correspond à un téléphone qui a été signalé comme volé sous une tente en bordure du camping samedi matin.

— Ça explique comment Tansy a réussi à appeler Featheringham alors qu'elle avait laissé le sien à l'hôtel. Ok, merci. Allons voir ce qu'il peut nous dire d'autre.

Elle retourna à la cuisine et s'installa sur l'un des tabourets de bar en face du propriétaire de l'entreprise d'événementiel.

— Depuis combien de temps dirigez-vous Crusader ? demanda-t-elle, ramenant Featheringham sur un terrain plus sûr et familier. Ça fait un moment, n'est-ce pas ?

— Vingt-quatre ans.

Sa main tremblait lorsqu'il porta la tasse à ses lèvres. Après avoir pris une gorgée, il soupira.

— Même si je ne me suis réimpliqué plus activement que ces quatre dernières années environ. Nous étions évidemment en pause pendant un moment, avec une équipe plus petite qui travaillait juste de la maison pendant que nous attendions de voir s'il y aurait encore une entreprise après tous les confinements et tout ça, et je n'ai pas encore réussi à m'en extraire à nouveau.

— Vous ne vous impliquez pas dans les événements ?

— J'essaie de ne pas le faire. J'ai du personnel pour ça. Ces quinze dernières années, je me suis concentré sur l'aspect investissement et expansion de l'entreprise, en travaillant avec des partenaires étrangers pour obtenir des parrainages d'entreprises. Nous avons de très gros investisseurs, vous savez. Ils requièrent tous mon temps pour s'assurer que chacun sente qu'il en a pour son argent. Je n'y suis allé ce week-end que parce que ce festival était pour ainsi dire sur le pas de la porte. Je ne veux pas que mon personnel pense que je les surveille tout le temps, je suis entièrement pour le fait de les responsabiliser afin qu'ils réalisent leur potentiel.

Kay sourit alors que l'homme se remettait à parler comme un homme d'affaires, sa voix devenant plus forte à mesure qu'il développait son sujet.

— Vous devez être incroyablement fier de ce que vous avez accompli.

— Oh, vous savez... ça me tient occupé.

Il parvint à sourire.

— Et ça paie l'essence.

— Oui, j'ai vu que vous êtes un grand amateur de voitures classiques.

— C'est juste un moyen de me défouler.

Elle regarda autour de la cuisine, les appareils étincelants et les plans de travail en granit, la lumière au-delà des fenêtres s'estompant lentement alors qu'un coucher de soleil ocre brûlé commençait à colorer l'horizon, puis elle revint à Featheringham.

— Y a-t-il autre chose qui vous vient à l'esprit qui pourrait nous aider dans notre enquête ? demanda-t-elle, détestant le désespoir qui saturait ses mots. N'importe quoi ?

— J'aimerais qu'il y ait quelque chose, répondit-il.

Il repoussa la boisson chaude, puis secoua la tête.

— J'aimerais vraiment qu'il y ait quelque chose.

CHAPITRE 50

Un doux coucher de soleil s'était transformé en un crépuscule teinté d'indigo lorsque Kay termina le briefing de l'équipe.

Alors qu'elle parcourait du regard les visages fatigués devant elle, elle pouvait sentir la frustration qui émanait du groupe et presque entendre le grincement des dents tandis qu'ils revisitaient les preuves encore et encore.

Et pourtant, il n'y avait rien.

Absolument rien.

Elle jeta un coup d'œil à l'horloge murale alors que Barnes étouffait un bâillement.

— Écoutez, faites une pause, tous. Rentrez chez vous, mangez quelque chose et dormez un peu. Peut-être que nous aurons une perspective différente sur les choses demain matin.

Elle remarqua une réticence dans la façon dont ils quittèrent la pièce en traînant les pieds, et un sentiment de fierté lui parcourut les épaules.

Aucun d'entre eux ne voulait admettre la défaite, elle

pouvait le voir, mais en regardant la myriade de théories qui s'étalaient maintenant sur le tableau blanc, elle retint un soupir en réalisant que l'enquête lui échappait lentement mais sûrement.

Celui qui avait tué Tansy était trop doué, trop expérimenté – et chanceux.

Ignorant les tiraillements de la faim qui lui pinçaient l'estomac, Kay traversa la pièce jusqu'à son bureau et ouvrit le dossier que Barnes lui avait laissé.

Après quelques instants, elle ferma le dossier avec un soupir, son regard se portant vers les fenêtres couvertes de stores, et elle se demanda quand Adam et elle pourraient à nouveau s'échapper.

Elle donnerait tout pour voir l'assassin de Tansy arrêté et inculpé pour son meurtre, mais elle était également bien consciente que son niveau d'énergie commençait à baisser avec l'effort de s'assurer que son équipe restait concentrée sur l'enquête.

Le téléphone fixe de Gavin sonna depuis le poste de travail à côté du sien, et elle jeta un coup d'œil par-dessus la cloison basse pour voir un numéro de Gravesend s'afficher.

— Inspectrice principale Hunter.

— Détective Hunter, c'est l'enquêteur Paul Solomon du QG, dit la voix familière. Gavin est là ?

— Je viens de les renvoyer tous chez eux pour la soirée, dit-elle en saisissant un post-it. Vous voulez lui laisser un message ?

— En fait... Je suppose que je pourrais vous le dire, pour lui éviter de se répéter.

— Oh ? De quoi s'agit-il ?

— Quand Gav était ici la semaine dernière, il a mentionné ce meurtre du festival dont vous vous occupez. Il a dit que vous vouliez savoir si je connaissais des affaires similaires non résolues. Il a dit que la théorie actuelle est que le meurtrier de votre victime a déjà fait ça avant, n'est-ce pas ?

— Vu l'état de ses blessures et le fait qu'il s'en soit tiré, jusqu'à présent, je dirais que oui.

Kay arrêta de faire tourner son stylo entre ses doigts et s'assit sur la chaise de son collègue.

— Pourquoi, vous avez trouvé quelque chose ?

— Je ne sais pas... peut-être.

— Allez-y. Malgré ce que Gavin a pu vous dire, je ne mords pas. Pas le week-end, en tout cas.

Paul rit.

— C'est bon à savoir, chef. OK, eh bien je n'ai rien trouvé dans notre secteur, mais quelque chose a fait tilt alors j'ai passé quelques coups de fil à des collègues d'autres forces dans le sud avec qui je me suis familiarisé au fil des ans. Essex, East et West Sussex, et Hampshire, pour être précis.

Kay se pencha en avant, fixant le numéro affiché sur l'écran du téléphone.

— Vous *avez* trouvé quelque chose, n'est-ce pas ?

— Peut-être. Vous avez un stylo à portée de main ? Je vais vous envoyer tout ça par e-mail dans un moment, mais j'ai un briefing tardif auquel je dois assister dans dix minutes. Nous avons un gang armé que nous essayons d'arrêter demain matin.

— Allez-y. Je suis prête quand vous voulez.

— Donc, rien n'est apparu dans la division est. Pour

autant que je sache, sans plus d'informations, la mort de Tansy est la première de ce genre dans le Kent. Cependant, il y a une mort suspecte non résolue dans le Hampshire lors d'un festival folk de taille moyenne près de Winchester il y a huit ans qui semble similaire. La victime était un homme d'une vingtaine d'années qui a été coupé, puis étranglé et laissé dans un bois à proximité. Ses bouts de doigts avaient été enlevés, ainsi que ses lobes d'oreilles.

Kay grimaça.

— Ses lobes d'oreilles ?

— Il portait des boucles d'oreilles assez distinctives, du genre qui sont incrustées dans les lobes, plutôt que des piercings.

— Ok...

Elle entendit l'horreur dans sa voix et cligna des yeux pour chasser l'image.

— Autre chose ?

— Oui. Quatre de plus dans le sud, une fois que j'ai parlé à mon contact dans le Hampshire, ils ont ensuite soulevé la question avec des gens qu'ils connaissent dans le Dorset, et aussi dans les forces du Devon et de Cornouailles. Chef, on parle de six autres morts suspectes sur vingt ans. Et ce sont celles dont nous avons connaissance. Dans chaque cas, les bouts de doigts ont été enlevés post-mortem, et parfois d'autres parties du corps aussi s'il y avait des caractéristiques distinctives. Mais dans la plupart de ces cas, il n'y avait pas les coupures et la strangulation associées que vous avez avec le meurtre de Tansy. Quatre étaient suspectées d'être des overdoses de drogue, avec les mutilations ultérieures attribuées à un salopard malade qui aurait interféré avec le cadavre avant que le corps ne soit signalé aux autorités. Les mutilations n'ont jamais été rendues publiques dans ces cas, c'est pourquoi il a fallu creuser un peu pour obtenir les détails.

— Bon Dieu.

— Vous êtes définitivement sur quelque chose, chef.

Sa main couvrit le récepteur, et elle entendit des voix étouffées en arrière-plan avant qu'il ne revienne.

— Désolé, je dois y aller, mais je vous enverrai cela par e-mail après le briefing, et vous aurez mon numéro dans le système si vous avez besoin de moi. Ça vous va ?

— Absolument, et merci, Paul. Je vous en dois une.

— Attrapez juste le salaud qui a fait ça, chef. Avant qu'il ne tue quelqu'un d'autre.

CHAPITRE 51

La mâchoire serrée, Kay faisait tinter une douzaine de punaises colorées dans sa main tout en examinant la carte fraîchement imprimée qui s'étalait maintenant sur un tableau de liège près de son bureau.

Une matinée morne et nuageuse enveloppait la ville du comté, une lumière terne filtrant à travers les stores des fenêtres de la salle des opérations, promettant la même chose pour le reste de la journée.

L'éclairage au néon du plafond projetait un reflet jaunâtre et maladif sur le tableau blanc à sa gauche, sa présence lui rappelant constamment ce qui était en jeu si elle échouait maintenant.

— Allez, Hunter. Concentre-toi, marmonna-t-elle.

Elle avait passé le temps depuis son arrivée une heure plus tôt à cartographier les six sites des scènes de crime pour les affaires non résolues qui présentaient une ressemblance frappante avec le meurtre de Tansy.

L'e-mail de Paul Solomon était arrivé comme promis, accompagné des numéros de référence des dossiers pour chaque enquête qui avait abouti à une impasse en raison du manque d'informations ou de pistes solides pour les faire progresser.

Elle n'avait pas dormi depuis sa lecture, et était restée éveillée à imaginer la douleur de six autres familles comme celle de Tansy, qui restaient désespérées d'obtenir des réponses, désespérées de comprendre pourquoi leurs proches leur avaient été enlevés si cruellement.

Elle enleva ses chaussures pour remuer ses orteils sur la moquette fine, fit craquer son cou et essaya de se concentrer à nouveau.

— Ok, dit-elle en parcourant du regard les punaises sur le tableau. Six morts suspectes, six lieux différents, six événements complètement distincts. Qu'est-ce qui les relie ? Les routes ? La facilité de fuite ? Quoi ?

Sauf qu'aucune des scènes de crime n'était dans un rayon de cent soixante kilomètres l'une de l'autre.

Chacune était dispersée à travers les comtés, une station balnéaire sur la côte du Dorset ici, une ferme dans le Hampshire là, un parc à thème dans le Sussex...

Alors, où était le tueur ?

— Merde, marmonna-t-elle, et elle jeta les punaises sur le bureau de Gavin.

Son propre bureau était caché sous toute la documentation des affaires qu'elle avait imprimée depuis HOLMES2 juste après avoir relu l'e-mail de Solomon à son arrivée ce matin-là.

Elle remonta les manches de sa veste pour fouiller dans les papiers, même si elle en connaissait maintenant la plupart du contenu par cœur.

Il devait bien y avoir quelque chose, un fait qu'elle avait raté.

Elle réprima un bâillement, sachant que son épuisement contribuait à ses efforts frustrés mais refusant de lâcher la sensation qu'elle était proche... si proche...

— Bonjour, chef.

Le salut joyeux de Laura la tira de sa réflexion embrumée et elle leva les yeux pour voir l'enquêteuse allumer son ordinateur, puis Kyle et Gavin apparurent à la porte, déjà engagés dans une dispute amicale à propos du match de football de la veille à la télévision.

Barnes fut le dernier à franchir la porte, mais il lui adressa un sourire et lui tendit un gobelet de café à emporter en passant vers son bureau, fronçant les sourcils en voyant le désordre éparpillé sur le sien.

— Je suppose que les femmes de ménage ont évité le tien hier soir, chef, dit-il. Qu'est-ce que tu as fabriqué ?

— Bon sang, chef, dit Gavin en laissant tomber son sac à dos sur sa chaise. Attends que Debbie apprenne que tu as épuisé à toi seule notre réserve de papier.

— Je pense qu'elle me pardonnera, dit Kay avec un sourire fatigué. Ton ami Paul au QG a tenu parole.

— S'il te plaît, dis-moi que tu n'es pas restée ici toute la nuit, chef, dit Barnes. C'est le cas ?

— Pas tout à fait, mais ne t'inquiète pas. Je suis bien rentrée chez moi quelques heures.

Il hocha la tête, mais n'avait pas l'air convaincu.

— Ok, tu veux nous dire ce que tu as fait pendant que le reste d'entre nous dormait paisiblement ?

Elle prit une profonde inspiration.

— Je ne veux pas que cette théorie sorte de cette pièce

tant que nous n'aurons pas plus de preuves pour l'étayer, c'est compris ?

Quatre visages la regardèrent fixement, puis Kyle prit la parole.

— Chef, je ne travaille pas avec vous depuis longtemps, mais si vous avez besoin de nous demander ça, je pense que nous faisons quelque chose de mal.

— Oui, c'est vrai. Donc, voilà le truc. Tout ce temps, nous avons cherché quelqu'un qui aurait ciblé Tansy avant le festival. Quelqu'un qui était proche du groupe, dit-elle en arpentant la moquette.

Elle s'arrêta, puis les regarda tour à tour.

— Je pense que nous avions tort.

— Tu veux dire que nous avons abordé cela de la mauvaise manière ? dit Barnes.

— C'est ça, oui. Peut-être que cela n'a rien à voir avec la tournée de retrouvailles, ou Joey, ou même Tansy.

Le cœur battant, elle examina le tableau blanc et son regard parcourut les différents flux d'informations et les photographies.

— Et si un tueur expérimenté se trouvait *à l'intérieur* du festival à la recherche de sa prochaine victime ? Et si Thommo Smith avait par inadvertance mis Tansy directement sur le chemin du tueur ?

Un silence stupéfait emplit la salle des opérations, rompu seulement lorsque le photocopieur décida de se recalibrer avec un grondement assourdissant.

— Euh, chef... ? dit Gavin avec hésitation. Est-ce que tu es en train de suggérer que Tansy a été assassinée par un tueur en série ?

Kay se retourna pour le voir lui et les autres détectives la regarder fixement, les yeux écarquillés.

— C'est exactement ce que je dis. Je pense que nous avons affaire à un tueur en série qui utilise des événements comme celui-ci à travers le pays pour rester caché depuis longtemps. Peut-être depuis plus de vingt ans.

CHAPITRE 52

Ian Barnes passa la main sur sa mâchoire et observa Kay avec un sentiment d'anticipation grandissant.

Il travaillait avec elle depuis plusieurs années maintenant, faisait confiance à son jugement, et l'avait vue gagner en assurance à mesure qu'elle trouvait ses marques dans son rôle d'inspectrice principale.

Et il ne l'avait jamais vue tirer de conclusions hâtives.

— Qu'est-ce qui te rend si sûre ? demanda-t-il, sachant qu'il était probablement la seule personne de l'équipe assez courageuse pour poser une telle question, mais avec la certitude qu'elle s'y attendait.

Un léger sourire se dessina sur ses lèvres avant qu'elle ne réponde.

— Parce que la même société événementielle, Crusader Events, était impliquée dans chacun de ces festivals.

Barnes se balança en arrière sur sa chaise, le cœur battant.

— On fait venir Alistair Featheringham pour un interrogatoire formel, alors ?

— Oui, mais pas en tant que suspect.

Kay prit une liasse de documents sur son bureau et les agita devant lui.

— J'ai déjà fait les vérifications ROSO. Comme il nous l'a dit à Kyle et moi hier soir, il ne s'implique pas sur le terrain quand il y a un festival parce qu'il y a tellement d'autres choses en cours dans cette entreprise. Sauf dans un cas, celui de Tansy. Et, comme il l'a dit, c'est uniquement parce que le festival était ici, près de chez lui. On va lui reparler, c'est vrai, mais cette fois ce sera parce que je veux tous ses dossiers d'embauche des vingt dernières années.

— Bon sang, chef, je ne pense pas qu'il voudra faire ça sans—

Kay jeta un coup d'œil par-dessus son épaule alors que le téléphone portable de Gavin vibrait sur son bureau et elle leva un doigt pour imposer le silence aux autres pendant qu'il prenait l'appel.

Barnes se tourna vers Laura et haussa un sourcil interrogateur devant son air stupéfait.

— Tu t'amuses bien jusqu'ici ?

— Bon sang, chef, chuchota-t-elle. Un tueur en série ? Sérieusement ?

— Je pense qu'elle tient quelque chose, pas toi ? Et qu'en est-il de—

— C'était Harriet, dit Gavin, sa voix couvrant les leurs. Ils ont retrouvé le cardigan disparu de Tansy.

Barnes prit automatiquement son carnet.

— Où ça ?

— Dans l'une des poubelles de déchets biologiques qu'ils passent au crible depuis samedi.

— Et l'ADN ? Des traces ?

— Des éclaboussures de sang, donc ils les font analyser tout de suite pour les comparer à l'échantillon prélevé sur la carte de visite de Kasprak qui a été trouvée dans la poche de Tansy aussi.

— Pourquoi est-ce qu'ils ont mis si longtemps ? demanda Laura. Je veux dire, ça fait une semaine.

— Leur priorité était de traiter toutes les preuves recueillies là où le corps de Tansy a été trouvé, et puis bien sûr la poubelle municipale où les vêtements ont été découverts, expliqua Kay. Les poubelles de déchets biologiques ont été collectées à différents endroits sur le site du festival, ce sont celles utilisées pour collecter les aiguilles et tout ça, c'est pour ça que ça a pris tant de temps. L'équipe de Harriet a dû être très prudente dans la manipulation de tout ça. La dernière chose dont on avait besoin, c'était qu'un de ses techniciens se pique avec une aiguille par négligence.

Barnes s'approcha du tableau blanc et parcourut du regard les différentes photographies de la scène de crime du week-end précédent.

— Gav, Harriet a-t-elle mentionné dans quelle poubelle de déchets biologiques le cardigan a été trouvé ?

— Elle a dit que c'était une de celles utilisées dans la tente des bénévoles. Ils en gardaient quelques-unes là-bas chaque jour pendant le festival pour rassembler tout ce qui était remis.

Barnes se tourna vers Kay tandis qu'un sourire se formait sur ses lèvres.

— Et l'un de ces bénévoles gère cette tente à chaque fois que Crusader Events est impliqué dans un festival, n'est-ce pas, chef ?

CHAPITRE 53

— Tu es absolument sûre de ça, Kay ?

Le commandant divisionnaire Devon Sharp scrutait à travers les stores de son ancien bureau, les lattes déformées par l'âge et poussiéreuses par manque d'utilisation.

— Honnêtement ?

Kay soupira, puis le rejoignit et regarda Dana Schuldberg être conduite d'une voiture de patrouille à travers un parking détrempé par la pluie et entrer par la porte arrière du commissariat.

— Oui. Oui, je le suis. Je crois.

Il rit doucement.

— Qu'est-ce que Featheringham en a dit ?

Elle se détourna et s'affaira à rassembler quelques-uns des objets jetés sur le vieux bureau marqué de Sharp et à les fourrer dans un classeur déjà débordant avec une bosse sur le côté.

— Il était choqué, de manière compréhensible, mais il a été très coopératif dans les circonstances. Kyle a emmené trois de nos agents en uniforme à l'unité de stockage que

Crusader Events utilise pour garder toute sa vieille documentation afin de réduire ses coûts, et ils sont revenus avec tous les dossiers du personnel.

— Tous ? Quoi, depuis, combien de temps, une vingtaine d'années que l'entreprise existe ?

— Apparemment, Featheringham est un peu maniaque quand il s'agit de garder les choses, dit Kay en fermant le tiroir du classeur d'un coup de pied. J'ai discuté avec sa femme pendant qu'il était au téléphone avec l'entreprise de stockage, et elle pense que leur grenier est un cauchemar.

— Eh bien, Dieu merci pour ça.

Sharp se détourna de la fenêtre.

— Quelque chose dans ces dossiers pour soutenir ta théorie ?

Kay souffla sa frange de ses yeux et sourit.

— Ouais. Dana était présente à chacun de ces six festivals où nous avons une mort suspecte.

— Vraiment ?

— Et nous avons dressé une liste de chaque festival où elle était responsable de la tente des bénévoles pour que nous puissions la partager avec les forces de police du pays afin de savoir s'il y a d'autres affaires non résolues.

Sharp siffla doucement.

— Pas étonnant que tu m'aies appelé.

— Je ne voulais pas affronter les médias toute seule si cette histoire éclate avant que nous ne soyons prêts, chef. Et c'est pour ça que seul un petit pourcentage de mon équipe d'enquête sait ce qui se passe réellement en ce moment. Nous ne pouvons pas nous permettre de fuites.

— Je suis d'accord. Bon, ça ne prendra pas longtemps

pour la faire passer par la garde à vue, alors tu ferais mieux de me montrer ce que vous avez rassemblé.

Kay le conduisit dans la salle des opérations, lui tendit un dossier avec les preuves de l'équipe et le regarda commencer à lire.

Il contenait tout ce qu'ils avaient pu glaner en l'espace de deux heures sur Dana Schuldberg, ainsi qu'un résumé exécutif que Barnes avait tapé avec leurs suggestions.

C'était brutalement court, soulignant simplement que la femme semblait immergée dans sa carrière et son travail caritatif. À l'exception d'une relation de six ans qui s'était mal terminée trois ans plus tôt, ses publications sur les réseaux sociaux étaient remplies de photos prises avec des amis et de la famille, de certains des festivals auxquels elle avait assisté au fil des années – à la fois en tant qu'employée et à d'autres où elle avait acheté un billet – et de vacances passées dans des lieux exotiques ensoleillés.

— Attends, dit Sharp. Il est dit dans sa déclaration qu'elle ne travaille avec Crusader que depuis quatre ans, alors comment expliques-tu sa présence lors de ces six meurtres ?

— J'en ai parlé à Alistair Featheringham à ce sujet, et il a confirmé qu'elle était bénévole pendant plusieurs années avant de postuler pour le poste à temps plein qu'elle occupe maintenant. Tiens, regarde.

Kay tendit la main et feuilleta jusqu'à une liste agrafée vers la fin du dossier.

— Voici une liste complète de chaque événement auquel elle a assisté au fil des ans, à la fois en tant qu'employée et en tant que bénévole. Crusader Events doit les conserver pour des raisons d'assurance, normalement pas aussi longtemps qu'il insiste pour les stocker.

— Dieu merci pour son habitude de tout garder alors, murmura Sharp en parcourant la liste des yeux avant de tourner la page. Et les six sites de morts suspectes sont là-dessus, n'est-ce pas ?

— Oui, et c'est la liste que j'ai partagée avec d'autres équipes, même si Kyle l'a revue et nettoyée pour la version envoyée afin qu'elle ne montre que celles pertinentes pour chaque région. Je ne voulais pas les surcharger d'un seul coup.

— C'est probablement sage.

Sharp ferma le dossier d'un coup sec et le lui rendit.

— Qui l'interroge avec toi ?

— Je pensais que tu voudrais peut-être le faire, étant donné que ça pourrait avoir des implications plus larges dans tout le pays.

— D'accord. Ok, allons voir ce que madame Schuldberg a à dire pour sa défense, d'accord ?

Dana Schuldberg était assise, les mains fermement jointes, les jointures blanches pendant que Kay lisait la mise en garde formelle et demandait à l'avocat de la femme de se présenter pour l'enregistrement.

— Andrew Gillow, déclara-t-il d'un ton ennuyé.

Kay observa Dana qui s'agitait sur la chaise en plastique inconfortable et resserrait son gilet autour de ses épaules pour contrer l'air froid de la climatisation, que Sharp avait réglée quatre degrés plus bas que d'habitude.

C'était une astuce que Kay l'avait vu mettre en œuvre de temps en temps au cours des années où elle avait travaillé avec lui, et qui avait sans doute été apprise lors de son passage dans la police militaire.

Un gobelet en plastique rempli d'eau se tenait intact devant la responsable des bénévoles, malgré la demande de son avocat qu'on lui en apporte un après qu'elle avait fourni un échantillon d'ADN quarante-cinq minutes plus tôt.

Immédiatement après cela, Gavin avait transporté le même échantillon d'ADN vers le laboratoire médico-légal avec son mépris caractéristique pour les autres usagers de la route.

Kay résista à l'envie de regarder sa montre ou l'horloge au mur derrière l'avocat.

Le test était certainement en cours maintenant, n'est-ce pas ?

— Dana, pouvez-vous commencer par confirmer depuis combien de temps vous travaillez pour Crusader Events ? commença Sharp.

— Quatre ans.

Le regard de la femme passa de lui à Kay, puis revint.

— Vous ne pensez pas honnêtement que j'ai tué cette femme, n'est-ce pas ?

— Être responsable de tous les bénévoles pour les festivals doit vous donner certains pouvoirs, poursuivit Sharp. Comme l'accès aux zones des coulisses, aux zones sécurisées, des endroits comme ça, n'est-ce pas ? Trouvez-vous facile de vous déplacer sur un site de festival, ou devez-vous avoir des privilèges de sécurité supplémentaires ?

— Non, je... Je, euh... Je suppose que je peux à peu près aller et venir comme bon me semble. Je n'y ai jamais vraiment réfléchi, pour être honnête.

— Comment avez-vous commencé à travailler pour Crusader ?

— J'étais bénévole, je donnais juste un coup de main quand je pouvais pour ne pas avoir à payer de billet pour leurs festivals.

— Combien de temps cela a-t-il duré avant que vous ne postuliez pour un poste dans l'entreprise ?

— Près de vingt ans, je suppose. J'étais bénévole pour d'autres festivals aussi, pas seulement les leurs. Autour de Bristol, d'où je viens, il y a plein de festivals en été, donc j'avais vraiment l'embarras du choix. C'est juste que le poste chez Crusader s'est présenté et j'ai pu faire ce que j'aime à plein temps.

Kay baissa les yeux vers son carnet, un frisson lui parcourant les épaules à l'idée que le meurtrier de Tansy avait jeté un filet plus large que ce qu'elle et son équipe avaient d'abord pensé.

Combien d'autres meurtres non résolus restaient-ils encore à découvrir ?

Sharp ouvrit le dossier et fit glisser une photographie vers Dana.

— Parlez-moi de cet homme. Où l'avez-vous rencontré ?

Le front de la femme se plissa alors qu'elle examinait l'image.

— Je... je suis désolée, je ne sais pas qui c'est. Je ne l'ai jamais rencontré.

— Il a été assassiné lors d'un festival dans le Hampshire il y a deux ans. À l'époque, cela a été traité comme une overdose accidentelle, mais sa famille a toujours insisté sur le fait qu'il ne consommait pas de drogue et a demandé qu'une seconde enquête du médecin légiste soit menée.

Sharp haussa les épaules.

— Inhabituel, mais compréhensible dans ces circonstances, et heureusement, il a été découvert plus tard qu'un acte criminel était impliqué. Plus précisément, une blessure traumatique qu'on pensait d'abord avoir été causée par une chute et un coup à la tête. Il s'avère que cette blessure a été infligée par un tiers. Quelqu'un l'a assassiné.

Dana cligna des yeux.

— C'est horrible.

— Ensuite, il y a Alicia Scotsman, dit Sharp en faisant glisser une autre photographie sur la table vers elle. Dix-neuf ans, retrouvée morte dans sa tente le matin après la dernière nuit d'un festival dans le Sussex. Et cette femme a été assassinée lors d'un festival à Weymouth il y a neuf ans—

— Je ne comprends pas, l'interrompit Dana en jetant un coup d'œil à son avocat. Quel rapport avec moi ?

— Vous étiez présente à chacun de ces événements, répondit Sharp.

— Je travaille sur de nombreux événements. C'est mon métier. C'est ce que je fais. Je vous l'ai déjà dit, je suis responsable des bénévoles pour tout ce qu'organise Crusader.

— Et vous êtes capable de vous déplacer librement sur

chaque site de festival, comme vous l'avez précédemment confirmé, sans être questionnée.

Sharp feuilleta le dossier en prenant son temps.

— En fait, selon les registres de Crusader, vous quittez rarement le site une fois sur place et on vous voit souvent aider les fournisseurs et les festivaliers. « Indispensable » est le terme utilisé dans l'une de vos évaluations annuelles. Cette responsabilité doit peser lourd sur vous. Comment votre vie personnelle tient-elle le coup ?

— Quoi ?

Dana se rejeta en arrière sur sa chaise face au soudain changement de direction que prenait le commandant divisionnaire avec ses questions.

— En quoi cela vous regarde-t-il ?

— Répondez à la question s'il vous plaît, madame Schuldberg. Fréquentez-vous quelqu'un entre vos missions de gestion à vous seule des aspects bénévoles de l'activité de Crusader ?

— Je-je le fais. En quelque sorte.

Elle rougit et regarda son avocat.

— Dois-je vraiment lui répondre ?

Andrew Gillow inclina légèrement la tête en réponse, et Dana se retourna vers Sharp.

— Je trouve vos questions intrusives.

— Je trouve votre réticence à répondre intrigante.

La femme se tortilla sur son siège avant de répondre.

— Je vois un ou deux hommes, oui. Aucun ne vit avec moi, et notre arrangement convient à nos vies bien remplies.

— Nous allons avoir besoin de leurs coordonnées.

— C'est absur... oh, peu importe.

Elle agita la main avec impatience.

— Je suppose que vous pouvez faire ce que vous voulez, n'est-ce pas ? Vous êtes la police après tout.

Kay leva les yeux au ton de la femme, mais ne vit qu'une acceptation fatiguée dans les yeux de Dana.

— Pourquoi avez-vous tué Tansy Leneghan ? poursuivit Sharp. Avez-vous entendu parler de son lien avec Joey Twist et pensé cibler quelqu'un de plus médiatique cette fois-ci, ou était-ce simplement sa malchance d'être seule dans le parc le week-end dernier ?

— Je ne l'ai pas tuée. Je vous l'ai dit. Pourquoi l'aurais-je fait ?

Sharp ne dit rien, et Kay suivit son exemple, laissant le silence s'installer tout en observant la femme jouer avec une bague en argent à son petit doigt.

— Je ne l'ai pas tuée, répéta doucement Dana en baissant les yeux vers la table. Vous vous trompez complètement.

— Comment avez-vous choisi vos autres victimes ? demanda Sharp. Vous avez accès à tous les noms des détenteurs de billets en tant que responsable des bénévoles, n'est-ce pas, au cas où vous auriez besoin de prévenir leurs proches s'il y a une urgence médicale. Est-ce ainsi que vous les avez choisies ? Vous êtes-vous déjà demandé combien de douleur vous infligiez à ces proches chaque fois que vous preniez une vie ?

— Arrêtez !

Dana se rejeta en arrière sur sa chaise et essuya les larmes qui coulaient sur son visage, le mascara se brouillant pour créer des traînées noires qui zigzaguaient sur ses joues.

— Arrêtez.

— Inspecteurs, je voudrais demander une pause pour ma cliente, dit Gillow en déboutonnant sa veste avant de sortir un paquet de mouchoirs en papier d'une poche intérieure. Au moins vingt minutes, je pense, qu'en dites-vous ?

Sharp rassembla les photographies et ferma le dossier avant de faire un signe de tête à Kay.

— Entretien suspendu à onze heures quarante-cinq, dit-elle, puis elle arrêta l'équipement d'enregistrement et le suivit hors de la pièce.

CHAPITRE 54

— Elle est douée, je dois l'admettre.

Sharp finit la dernière goutte d'eau dans son gobelet en plastique, puis le plaça sous le robinet filtrant pour le remplir à nouveau tandis que Kay alternait entre vérifier sa montre et son téléphone portable.

Il y avait maintenant une énergie frénétique dans la salle des opérations qui lui serrait le cœur et lui donnait la chair de poule.

— Allez, Gav, marmonna-t-elle. Donne-nous ce résultat, et vite.

— Combien de faveurs as-tu dû demander pour ça ?

— Trop, chef. Mais le labo est en alerte depuis quarante-huit heures et ils travaillent sur deux enquêtes pour meurtre pour la division est ce week-end aussi, donc pour une fois ils ont assez de personnel pour nous aider.

— C'est bon à savoir.

— Chef ?

Kay se retourna en entendant la voix de Kyle pour voir

l'enquêteur stagiaire s'avancer vers elle avec un dossier ouvert rempli de pages fraîchement imprimées.

— Qu'est-ce que tu as là ?

— C'est la liste épurée des bénévoles qui ont travaillé en continu avec Crusader Events ces vingt dernières années, répondit-il en feuilletant les documents. Je voulais juste confirmer que Dana apparaît dans chacune d'entre elles, et j'ai lié son nom à deux autres festivals où il y a eu des morts suspectes. Il y en a un dans le North Somerset en 2015 et un autre en Cornouailles en 2017 que nous devrions probablement inclure.

— Mon Dieu, donc on parle d'au moins un meurtre par an.

— Il semblerait, chef. Je vais continuer à creuser mais j'attends que d'autres équipes me rappellent et ça pourrait ne pas arriver avant demain ou mardi, selon les plannings et ce genre de choses.

— Ok, merci, Kyle. Fais ce que tu peux, et ajoute ces morts au tableau, tu veux bien ? Commence à établir des profils de victimes, réseaux sociaux, ce genre de choses. Je suppose que les coordonnées des proches sont sur HOLMES2 ?

— Elles y sont, et j'ai aussi vérifié que les responsables d'enquête de l'époque sont disponibles si nous avons besoin de leur parler rapidement. L'un d'eux a pris sa retraite il y a trois ans mais son adresse e-mail et son portable sont dans le dossier, donc je demanderai l'autorisation avant de le contacter.

— Bon travail.

Elle pivota sur ses talons pour faire face à Sharp.

— Bon sang, combien d’autres cas allons-nous trouver ?

— Je vais contacter le QG et leur mettre un coup de pied aux fesses pour qu’ils t’envoient du personnel supplémentaire, dit-il en sortant déjà son téléphone portable. Tu aurais dû avoir de l’aide supplémentaire il y a des jours. C’est une grosse affaire, Kay, nous allons devoir commencer à réfléchir à la façon dont nous allons gérer les médias aussi, étant donné que ça va être une affaire nationale. Je suis sûr que nos collègues des autres comtés voudront s’assurer que nous ne les présentons pas sous un mauvais jour.

— Ça me semble être un bon plan, et merci pour l’aide concernant le personnel supplémentaire. Et pour—

Son téléphone vibra dans sa main, et elle répondit automatiquement.

— Gav ?

Il y eut un petit rire à l’autre bout de la ligne, puis :

— Jonathan Aspley, du *Kentish Times*. Est-ce que je vous dérange, détective Hunter ?

— Jonathan, vous me dérangez toujours, répondit-elle. Qu’est-ce que vous voulez ?

— J’entends une rumeur selon laquelle le meurtrier de Tansy Leneghan aurait déjà fait ça avant. Vous voulez commenter ?

— Pas pour le moment. Je suis au milieu d’une enquête. Je peux vous rappeler plus tard ?

— J’espère bien.

Elle mit fin à l’appel, croisa le regard de Sharp et soupira.

— Les vautours commencent à tourner. Je ne sais pas combien de temps je vais pouvoir—

— Chef !

La voix de Laura résonna dans la salle des opérations, et quand Kay vit la pâleur maladive sur le visage de l'enquêteuse, son cœur se serra.

— Qu'est-ce qu'il y a ?

— J'ai Gavin au téléphone, chef. Il n'arrivait pas à te joindre sur ton portable.

Laura se fraya un chemin parmi les membres du personnel administratif avec une excuse hâtive pour les rejoindre.

— Il est au labo, et ils viennent de terminer l'analyse de l'échantillon d'ADN de Dana, chef. Ce n'est pas elle.

— Ce n'est pas elle ?

— L'échantillon ne correspond ni au sang sur les vêtements ni aux traces trouvées sur la carte de visite de Kasprak, dit Laura, les yeux écarquillés. Qu'est-ce qu'on fait maintenant ?

— Putain.

Sharp fit volte-face en passant une main sur ses cheveux ras.

Kay déglutit et sentit l'angoisse lui nouer l'estomac.

— Ils sont sûrs ? Ils ont vérifié ?

— Ils refont le test, chef, mais ils sont sûrs à quatre-vingt-dix pour cent. Dana Schuldberg n'a pas tué Tansy Leneghan.

— Et donc probablement pas ces autres victimes non plus.

Kay redressa les épaules et se dirigea vers le tableau blanc.

Kyle fixait la liste, les marques fraîches de stylo brillant encore là où il avait ajouté les noms des deux autres victimes à une liste effroyable qui ne cessait de s'allonger. Mâchoire serrée, il ouvrit le dossier et recommença à feuilleter les pages.

— Bon sang, Kyle, ne me dis pas que tu as pensé à une autre victime, dit-elle.

Il ne dit rien pendant un moment, puis s'accroupit et posa le dossier par terre à côté d'elle pour étaler les pages autour de ses pieds tandis qu'il murmurait entre ses dents.

— Tu en as trouvé une autre, n'est-ce pas ? Où ? Par ici, ou plus loin ?

Elle le regarda saisir une des pages, puis il leva les yeux vers elle, les yeux écarquillés.

— Il y a un autre nom qui apparaît sur chacune de ces listes de bénévoles pour les festivals organisés par Crusader Events, dit-il. C'est Lewis Molton.

— Molton ?

Barnes s'approcha.

— Ce n'est pas l'homme plus âgé qu'on a vu dans la tente des bénévoles avant de parler à Dana pour la première fois ?

— Il est indiqué ici que c'est un ancien infirmier militaire, dit Kyle en se redressant avant de lui tendre la page.

Kay Parcourut les détails des yeux, la main tremblante, et elle sentit une nouvelle poussée d'adrénaline la traverser.

— Je pense que tu tiens quelque chose.

Sharp fit signe à Laura.

— Dites à Gavin de revenir ici dès que possible, sans

dépasser les limites de vitesse si possible. Et je veux que vous et Kyle vous rendiez à cette adresse enregistrée pour Molton. Nous allons établir un profil pendant ce temps et organiser la libération de Dana, mais Molton est maintenant notre priorité numéro un. Je le veux en garde à vue dans l'heure.

— Compris, chef.

— Si vous avez le moindre doute, appelez des renforts.

— Je le ferai.

— Il est sérieux, Laura, ajouta Kay. Si nous avons raison et que c'est notre tueur, alors il est dangereux. Surtout s'il sait que nous sommes sur sa piste.

CHAPITRE 55

Laura observait le bungalow d'aspect fatigué à cinquante mètres de là et tambourinait des doigts sur le volant.

La maison de Lewis Molton était nichée dans une impasse banale dans l'un des quartiers les plus anciens de Maidstone, avec une haie de troène mal entretenue qui cachait le jardin avant. De sa position, elle pouvait voir le crépi couleur crème qui s'écaillait au-dessus d'un cadre de fenêtre en saillie marqué par la pourriture, et la gouttière du toit était affaissée par endroits avec des éclaboussures de moisissure verte qui s'ajoutaient à une façade d'aspect déjà désolé.

Un portail noir déformé bloquait l'accès à une allée en béton à gauche du bungalow qui menait à un garage dont la porte en aluminium bleu foncé restait résolument fermée.

Elle expira pour essayer de calmer son rythme cardiaque effréné qui accompagnait la tension dans ses épaules.

À côté d'elle, Kyle avait son téléphone à la main et

scrutait une application de cartes, pinçant et tirant sur l'image satellite de la propriété.

— Il y a un accès latéral entre le garage et la maison, selon ça, dit-il. Derrière la maison, on dirait qu'il y a un jardin principalement engazonné, et il y a un abri, plutôt comme une de ces cabanes de jardin, dans le coin arrière, en diagonale par rapport à l'arrière du garage.

— Quelle voiture est la sienne ?

Il passa de la carte à son application de messages, puis pointa du doigt un break gris garé plus loin dans la rue, sa peinture écaillée et rouillée autour des passages de roues et des joints de porte.

— Je suppose qu'il est là, alors.

— Peut-être. Je n'ai encore vu aucun signe de mouvement.

— Tu crois qu'il nous a repérés ?

Kyle haussa les épaules.

— Difficile à dire.

— Ok, allons voir.

Laura tira sur la poignée de la porte, puis jeta un coup d'œil par-dessus son épaule. Son collègue n'avait pas bougé.

— Ça va pour toi ? Je veux dire, après—

— Ça va.

— Allez, viens alors.

Son collègue se lança hors de la voiture après elle, traversant la route et calquant son pas décidé le long du trottoir et à travers le portail d'entrée.

— Attends, dit-il en attrapant sa manche avant qu'elle n'atteigne la porte d'entrée. Mets-toi derrière moi au cas où il nous attendrait.

Elle acquiesça, peu disposée à admettre que son cœur battait si fort entre ses côtes qu'elle pensait qu'il pouvait probablement l'entendre. Les paumes moites, elle s'écarta et regarda pendant qu'il martelait la porte de son poing.

Il n'y eut pas de réponse, et quand elle jeta un coup d'œil à la fenêtre de devant, elle ne vit aucune ombre derrière le rideau en tulle jauni.

Kyle protégea ses yeux de sa main et regarda à travers le panneau de verre dépoli de la porte, puis secoua la tête.

— Je ne vois aucun mouvement.

— Essayons par derrière. Peut-être que ce garage est aussi déverrouillé.

— On peut entrer ?

Elle passa en revue les détails de l'arrestation prévue dans sa tête, puis acquiesça.

— Je pense que oui.

— Si sa voiture est garée dans la rue, il devrait être là, non ?

— Peut-être qu'il est allé à l'épicerie du coin à pied ou quelque chose comme ça.

Elle le suivit le long du chemin puis traversa quatre dalles ébréchées jusqu'à l'allée, et s'arrêta au coin du bungalow. Elle sortit son téléphone alors qu'il vibrait.

— Nous y sommes maintenant, chef. Non, aucun signe des renforts pour l'instant. Oui, je vais le lui faire savoir.

Kyle haussa un sourcil.

— On attend ou on continue ?

— On continue.

Elle parvint à injecter un semblant d'aplomb dans sa voix, puis lui fit un clin d'œil.

— Avec prudence, bien sûr.

— Tu es sûre ?

— On peut juste jeter un coup d'œil avant qu'ils n'arrivent, non ?

Elle le dépassa et se dirigea vers la porte du garage, enfila une paire de gants de protection de la poche de son pantalon, puis se pencha pour actionner le loquet rouillé.

Il ne bougea pas.

— C'est verrouillé ? dit Kyle.

— Soit ça, soit complètement coincé.

Elle plissa le nez.

— Dieu sait quand ce truc a été ouvert pour la dernière fois.

— C'est probablement pour ça que sa voiture est dans la rue alors.

— Ouais.

Elle se redressa.

— Je me demande pourquoi il ne s'est pas garé dans l'allée.

— Peut-être que c'est plus facile de se garer là-bas s'il sort plus tard, surtout si les gens ont l'habitude de bloquer l'allée.

— Peut-être.

Elle se retourna et se fraya un chemin le long du garage par un sentier étroit qui longeait le côté du bungalow.

En passant devant chacune des deux fenêtres, elle essaya de regarder à travers les rideaux en tulle, mais ne put rien voir à part une bouteille de liquide vaisselle et une bombe insecticide sur le rebord de la seconde, dans ce qui était visiblement la cuisine.

Il n'y avait toujours aucun signe de mouvement cependant.

Un frisson lui parcourut les épaules, la chair de poule couvrant ses avant-bras à la pensée soudaine que Molton pourrait être en train de les observer alors qu'ils se faufilaient sur sa propriété.

Quand ils atteignirent l'arrière du bungalow, elle put voir une porte à l'arrière du garage en parpaings qui était accessible depuis le jardin. Elle était fermée, mais elle pouvait entendre un bourdonnement bas et incessant à l'intérieur.

Elle leva les yeux pour voir un câble électrique qui s'étendait de la maison au garage.

— Qu'est-ce qu'il manigance ? murmura-t-elle.

Puis Kyle lui tapota le coude, et elle laissa échapper un petit cri étouffé.

— Chut, dit-il avant de pointer du doigt une petite construction de style chalet qui occupait le coin arrière d'une pelouse soigneusement tondue. Il est dans la cabane de jardin, regarde.

Elle se figea en observant la structure en bois bleu pâle avec ses deux marches peu profondes menant à un chemin de gravier soigné qui serpentait autour de la pelouse jusqu'au garage puis vers la maison.

Il y avait des stores vénitiens à la fenêtre au lieu de rideaux en tulle, et elle pouvait tout juste distinguer les teintes bleues familières d'un écran d'ordinateur.

La porte de la cabane de jardin était entrouverte, la voix d'un homme à peine audible, mais en tendant l'oreille, elle n'entendait personne d'autre.

— Je pense qu'il est au téléphone, dit-elle.

— Essaie la porte du garage pendant qu'il est occupé, alors, dit Kyle en s'y précipitant. Autant jeter un coup d'œil ici si on peut.

— Ok.

Laura jeta un coup d'œil par-dessus son épaule en apercevant du mouvement au bout de l'allée et elle poussa un soupir de soulagement en voyant deux agents en uniforme s'approcher d'eux.

— Au moins, ils sont là. Tu n'as pas vu d'autre issue du jardin, n'est-ce pas ?

— Non.

— Très bien, dit-elle en ouvrant la porte. Au moins, il ne peut pas s'échapper pendant qu'on jette un coup d'œil à l'inté—

Un essaim de mouches l'enveloppa soudain.

Elle agita les mains devant son visage pour tenter de les chasser, et scruta ensuite l'obscurité au-delà de la lumière du soleil qui filtrait par l'ouverture.

— Qu'est-ce que...

Six grands congélateurs-coffres s'alignaient le long des murs, l'un d'eux bloquant la porte basculante verrouillée à l'avant du garage. La rouille mouchetait les coins de deux d'entre eux, les structures rectangulaires bourdonnant efficacement malgré leur âge évident.

Le sol en béton avait été balayé et aucun autre meuble n'était visible.

Laura expira, chassa une autre mouche de ses yeux et s'approcha, son cœur battant la chamade dans ses oreilles. Un sentiment de terreur l'envahit, toute son attention portée sur le congélateur le plus proche d'elle.

Celui avec un badge du fabricant tout neuf et un joint

en caoutchouc blanc propre et brillant autour du couvercle qui restait résolument fermé.

— C'est maintenant ou jamais, Hanway, murmura-t-elle.

Elle prit une profonde inspiration, souleva le couvercle et regarda à l'intérieur.

Pendant un bref instant, son cerveau refusa de comprendre ce que ses yeux voyaient.

Il y avait des plateaux disposés en rangées bien ordonnées, superposés les uns sur les autres, tous avec de petites étiquettes colorées qui contrastaient avec l'horrible exposition.

Des rangées d'ongles colorés, des lobes d'oreilles qui s'étaient flétris avec le temps avec des disques argentés ou noirs pincés sur les restes de peau, des tatouages qui avaient été découpés des membres, et est-ce que c'était un...

Elle sentit le premier spasme lui serrer l'estomac avant de rabattre le couvercle et de se précipiter vers la porte ouverte.

— Reste là, lança-t-elle à Kyle en le dépassant. N'entre pas.

Elle atteignit l'autre côté de la pelouse avant que son estomac ne se contracte violemment, et elle vomit dans un amas désordonné d'arbustes trop grands.

Respirant lourdement, elle ferma les yeux et essaya de combattre l'horreur pure qui menaçait de surpasser sa formation.

— On l'a, cria l'un des agents, sa voix portant à travers la pelouse jusqu'à l'endroit où elle restait pliée en deux.

Elle se redressa pour voir un retraité alerte aux côtés de

l'officier, vêtu d'une chemise en coton noir et d'un pantalon vert olive, son regard passant de la porte ouverte du garage aux deux détectives.

Un frisson lui parcourut l'échine lorsque ses yeux la trouvèrent, une vigilance presque reptilienne les illuminant avant qu'un sourire ne se forme sur ses lèvres.

— Vous avez trouvé ma petite collection, n'est-ce pas ? dit-il d'une voix chantante.

Il n'y avait ni remords, ni peur, ni tentative de déni.

Au contraire, il redressa les épaules et serra la mâchoire, comme s'il était fier de partager enfin son travail macabre avec un public.

Laura prit un mouchoir en papier que Kyle lui tendait avec un bref signe de tête de remerciement et s'essuya les lèvres, avant d'avaler de grandes goulées d'air frais.

— Appelle Kay. Dis-lui qu'on va avoir besoin de l'équipe de Harriet ici, et fais mettre Molton en détention, la nuit va être longue.

CHAPITRE 56

Kay posa une tasse de thé sucré à côté de Laura et posa sa main sur l'épaule de sa collègue.

— Comment tu tiens le coup ?

L'autre femme frissonna, mais prit la boisson avec un murmure de remerciement.

— Je suis juste en train de terminer mon rapport, chef. Ça ne devrait pas être long.

— Ce n'est pas ce que je voulais dire, et tu le sais bien.

S'asseyant sur une chaise libre à côté du bureau de la jeune détective, Kay vérifia par-dessus son épaule que le reste de l'équipe était hors de portée de voix.

— Par expérience personnelle, je te recommande de parler à un professionnel en début de semaine prochaine. Tu es seule chez toi en ce moment, n'est-ce pas ?

Laura hocha la tête et reposa la tasse d'une main tremblante.

— Ouais. Le dernier connard est parti il y a quelques semaines.

— Bien, alors demain soir je veux que tu viennes dîner

chez Adam et moi, d'accord ? Ne t'inquiète pas, on restera discrets plutôt que d'avoir toute l'équipe, même si Barnes fait des allusions à un barbecue bientôt. Mais j'ai besoin de m'assurer que tu ne refoules pas ce que tu as vécu cet après-midi, d'accord ?

— D'accord.

Sa collègue renifla.

— Je pense qu'il me reste environ dix minutes là-dessus, et puis ce sera dans HOLMES2 et j'imprimerai des copies pour l'interrogatoire. J'ai demandé à Harriet de prendre quelques photos initiales quand elle et Patrick sont arrivés aussi.

— Excellente initiative, merci.

Kay regarda par-dessus la tête de sa collègue alors que Sharp entrait dans la salle des opérations, et elle tapota la main de Laura.

— Je dois y aller.

— Chef ?

Elle se retourna pour voir un regard renouvelé de détermination sur le visage de Laura.

— Quoi ?

— Ne le laisse pas s'en tirer. Cloue-le au mur, d'accord ?

— Je vais le faire, ne t'inquiète pas.

Se précipitant vers l'endroit où le reste de l'équipe se tenait autour du tableau blanc avec le commandant divisionnaire, elle remonta ses manches de chemise.

— Ian ? Tu es prêt ?

— Toujours.

Il lui tendit deux dossiers et donna un ensemble identique à Sharp.

— La salle d'observation est prête pour vous, chef. Gavin va vous y rejoindre.

— Bien.

Le commandant divisionnaire parcourut rapidement le résumé en points que Barnes avait épinglé à l'intérieur du dossier du dessus, et hocha brièvement la tête.

— Bon, je vais contacter le QG pour qu'ils puissent coordonner avec les autres équipes au fur et à mesure. Comme ça, si nous avons besoin de corréler quelque chose que Molton dit par rapport à une autre affaire non résolue, nous pourrons espérer obtenir l'information rapidement. Je n'imagine pas que tout le monde va travailler aux mêmes heures que nous ce soir.

Kay jeta un coup d'œil par-dessus son épaule alors que Kyle entrait dans la pièce avec une pile de pizzas à emporter dans les mains qu'il distribuait parmi les agents en uniforme qui s'étaient portés volontaires pour rester tard. Elle essaya d'ignorer le grondement dans son estomac, puis sourit alors qu'il ouvrait le couvercle de la dernière boîte et la lui tendait.

— Vous feriez mieux, Barnes et vous, d'en manger un peu, chef, avant que tout disparaisse, dit-il. Je n'imagine pas que vous aurez une autre chance.

— Merci.

Elle mordit dans une part, puis le poussa doucement à l'écart du groupe.

— Tu peux me rendre un service ? Garde un œil sur Laura pour moi.

— Ne vous inquiétez pas, je vais le faire.

— Et toi ? Ça va ?

— Ouais, j'ai fait ce qu'elle a dit et je ne suis pas entré.

Il regarda derrière elle vers Laura assise à son bureau, la tête baissée pendant qu'elle mettait tranquillement la touche finale à son rapport d'arrestation.

— J'aurais aimé être entré à sa place, cependant.

Kay s'essuya les mains avec une serviette.

— Ne pense pas comme ça. Elle était responsable de l'arrestation, et elle a pris cette décision. Aucun de vous ne pouvait avoir la moindre idée de ce qu'il y avait dans ce garage.

— Je suppose que vous avez raison. Vous avez eu des nouvelles de Harriet ?

— Pas ces trente dernières minutes, non. J'imagine qu'ils vont y rester encore quelques jours.

Elle revint vers Barnes qui se servait une deuxième part de pizza.

— Mange ça, et ensuite on commence.

— L'avocat de Molton est là, chef, appela Debbie depuis son bureau. Et l'échantillon d'ADN de Molton vient d'être emmené au laboratoire par Dave Morrison. Il était de service ce soir de toute façon, alors je l'ai envoyé. Et ne partez pas d'ici sans ce dossier, il contient les informations du fichier Crusader Events.

— Merci.

Barnes lui lança un sourire sinistre.

— Prête à livrer bataille ?

— Je te suis.

CHAPITRE 57

Kay ouvrit le premier des dossiers et, malgré une répulsion croissante pour l'homme assis en face d'elle, rapprocha sa chaise de la table.

Lewis Molton l'observait avec un intérêt froid tandis que Barnes récitait la mise en garde. Les mains manucurées du tueur étaient jointes sur la table, sa posture détendue. Il gardait les manches de sa chemise baissées pendant que la climatisation émettait un doux bourdonnement dans le silence qui suivit les présentations formelles.

La lingette antibactérienne que Molton avait reçue après avoir fourni un jeu complet d'empreintes digitales et un échantillon d'ADN était maintenant froissée sur la table à côté de son coude, et une odeur persistante d'antiseptique flottait jusqu'à l'endroit où elle était assise. Son après-rasage se mêlait à cette senteur, lui envoyant un curieux mélange d'agrumes et de bois de santal qu'elle savait qu'elle aurait dans le nez pendant des jours.

— Depuis combien de temps êtes-vous bénévole pour Crusader Events ? commença-t-elle.

— Environ vingt-deux ans.

— Pour quelles organisations étiez-vous bénévole avant cela ?

— Une des grandes organisations de premiers secours.

Molton sourit.

— Ils appréciaient mes compétences.

— Vous étiez infirmier dans l'armée, n'est-ce pas ?

Kay baissa les yeux et parcourut la documentation.

— Quand avez-vous quitté l'armée ?

— J'étais dans l'armée territoriale, donc je n'y suis resté qu'environ dix ans. Ensuite, le travail est devenu... plus prenant, alors j'ai dû partir.

— Et en quoi consistait exactement ce travail, monsieur Molton ?

— J'étais paysagiste dans une grande propriété au sud de Staplehurst. Ils ont décidé de se lancer dans le régénération écologique avant que ce ne soit à la mode, puis ils ont ouvert au public. J'étais essentiel à la conception et à la gestion du projet jusqu'à ce que je prenne ma retraite il y a six ans.

Kay fit une pause pour prendre une note, se demandant combien de victimes de Molton avaient pu finir dans les jardins d'ornement à l'insu du propriétaire, tout en luttant contre un sentiment croissant de répulsion face au manque d'émotion de l'homme.

— Dites-moi comment vous avez commencé à faire du bénévolat avec Crusader Events.

— Oh.

Il agita la main devant son visage.

— Vous ne voulez pas vraiment entendre ça, n'est-ce pas ?

— Monsieur Molton, répondez à la question, s'il vous plaît.

— Très bien.

Il fit la moue, se pencha en arrière sur sa chaise et croisa les bras.

— Ils avaient mis une annonce dans le journal local. C'était aussi annoncé en ligne, mais il y avait encore un journal gratuit régulier à l'époque. Il y avait un festival folk qu'ils organisaient à environ vingt kilomètres d'ici, et ils manquaient de bénévoles pendant les mois d'été. La formation aux premiers secours était l'une des préférences qu'ils avaient listées, alors j'ai postulé.

— Pourquoi avez-vous postulé ? Vous aviez déjà un travail prenant comme paysagiste.

Il haussa les épaules.

— Je devais quand même prendre des congés. J'avais vingt jours de congés annuels à utiliser, et pas de famille avec qui les passer, alors je me suis dit que j'irais voir de la musique live à la place. Entre autres choses.

— Quel genre de choses ?

— Crusader organise des festivals de bière, des salons de l'automobile, des salons de caravanes et de camping-cars. Ce genre de choses, en fait.

Kay fit une pause alors que Barnes commençait à griffonner frénétiquement dans son carnet, la page inclinée hors de la vue du tueur. Elle ne pouvait qu'imaginer la liste de tâches qu'il concoctait pour l'équipe déjà surchargée à l'étage. Avec la confession de Molton, ils auraient désormais encore plus d'événements passés à scruter pour trouver des victimes potentielles.

Elle lutta pour ne pas laisser transparaître son dégoût croissant et se tourna vers le deuxième dossier devant elle.

— Votre dossier personnel chez Crusader ne mentionne pas de tâches de premiers secours avant il y a quatre ans. Que faisiez-vous quand vous vous êtes inscrit chez eux au début ?

— Distribuer de la crème solaire, des plans du festival, répondre aux questions, dit-il d'un ton monotone et ennuyé. Des choses triviales.

— Vous utilisiez ces choses triviales, comme vous les appelez, pour chercher vos victimes, n'est-ce pas ? dit-elle en sortant une série d'images du dossier. Comme ces hommes et ces femmes, tous jeunes festivaliers, tous innocents. Qu'est-ce qui vous a poussé à cibler ces personnes-là en particulier ?

— Oh, je ne sais pas, soupira-t-il. Parfois j'aimais ce qu'ils portaient, parfois c'était la façon dont ils me souriaient ou me parlaient. Je pouvais dire tout de suite qu'ils me faisaient confiance, bien sûr. Et, pourquoi pas ?

Il écarta les mains.

— J'étais là pour les aider, non ?

Le regard de Kay s'attarda un moment sur chacune des photographies étalées sur la table, et elle déglutit. Molton avait raison, il n'y avait pas de schéma évident dans son choix de victimes, pas de similitudes entre les yeux accusateurs qui la fixaient depuis chaque image.

Une tristesse lui perça le cœur en pensant aux vies écourtées par quelqu'un qui parlait avec si peu d'émotion, si peu de compassion.

Toutes ces filles, ces fils, ces mères, ces pères, ces sœurs, ces frères... tous emportés par le monstre assis en face d'elle, sa suffisance palpable.

Le stylo de Barnes cessa de gratter la surface de son carnet et il s'éclaircit la gorge avec expectative.

— Quand avez-vous commencé à utiliser les événements pour assassiner vos victimes ? demanda-t-elle, clignant des yeux pour effacer la sensation de picotement aux coins de ses yeux.

— Presque immédiatement, répondit Molton avec un sourire malveillant. C'était facile, vraiment. Les gens se saoulent et font des choses stupides tout le temps. Les sites sont souvent proches de la campagne pour ne pas déranger les voisins... il y a beaucoup d'animaux sauvages pour expliquer les petites morsures et les morceaux manquants. Et ce n'est pas comme si je devais me soucier de me débarrasser des corps. Est-ce que vous saviez que, à au moins quatre occasions, il a fallu *trois jours* avant que quelqu'un ne les découvre ? Tout le monde était trop occupé à faire la fête, à se droguer, à se saouler, à danser... Qu'est-ce que ça vous dit sur l'humanité, détective ?

Il se pencha en avant.

— Personne n'en avait rien à faire.

— Pourquoi les garder ? demanda Kay en refoulant le goût nauséabond dans sa bouche à ses paroles. Pourquoi prendre les bouts de doigts de Tansy ? Vous a-t-elle griffé ? Aviez-vous peur d'avoir laissé une partie de vous-même derrière ?

— Mon Dieu, non. Je n'avais pas peur.

Molton rit, un aboiement rauque qui résonna sur les murs de plâtre nus. Il se pencha encore en avant.

— Ils étaient jolis. Vous les avez trouvés ? Si jolis. Je les voulais.

— Pourquoi Tansy Leneghan ?

— Je n'arrivais pas à dormir cette nuit-là. J'étais trop excité. Toutes ces personnes, toutes ces *options*.

Il passa sa langue sur ses lèvres.

— J'ai décidé d'aller me promener. Et puis je l'ai vue.

— Où ?

— Elle pensait être maligne.

Un sourire sournois se dessina sur son visage, ses yeux prenant un air rêveur.

— Je me promenais en haut de la colline quand j'ai vu une silhouette émerger de la haie. Elle avait manifestement réussi à escalader une clôture pour éviter la patrouille de sécurité. Je ne savais pas qui elle était, bien sûr, juste que je venais de me voir offrir une occasion exquise que je ne pouvais pas laisser passer.

— Racontez-moi ce qui s'est passé, dit Kay, consciente du silence qui suivit les paroles de Molton.

La bouche sèche, elle se força à joindre les mains et à adopter une posture non menaçante, sachant que ce serait sa seule chance de découvrir la vérité.

— Oh, il n'y a pas grand-chose à dire, répondit-il en se penchant en arrière dans sa chaise et en soupirant. J'ai un peu d'expérience, voyez-vous. Même si je ne m'attendais vraiment pas à ce qu'elle se débatte autant.

Sur ces mots, il déboutonna les manchettes de sa chemise en coton et remonta ses manches.

Une série de marques de griffures en forme de sillons lacérait sa peau entre ses poignets et ses coudes.

— Elle avait du cran, je dois le reconnaître, dit-il d'une

voix empreinte de tristesse. Pas que ça lui ait servi à grand-chose. Ça ne sert jamais à rien.

— Pourquoi l'avez-vous déplacée après l'avoir tuée ?

Il renifla avec dédain.

— Cette idiote refusait de mourir. Je pensais qu'elle était morte après que je l'ai étranglée, jusqu'à ce qu'elle commence à se débattre quand j'ai commencé à lui arracher les ongles.

Kay réprima un frisson.

— Pourquoi avoir jeté le sweat-shirt et le pantalon dans la poubelle municipale, et son gilet dans une poubelle de déchets biologiques ?

— Pour vous embrouiller, bien sûr. Pour quelle autre raison ?

Le visage de Molton se durcit.

— Je ne suis pas venu aussi loin pour faciliter la tâche à qui que ce soit. Vous avez juste eu de la chance, détective Hunter, c'est tout.

— Combien ? Vous prenez la peine de compter ? Est-ce que vous vous demandez seulement combien de vies vous avez ruinées au fil des années ?

— Trois cent quatre.

Elle entendit Barnes et l'avocat retenir brusquement leur souffle.

— Pardon ?

— Trois cent quatre.

Molton roula des épaules, puis soupira.

— Je n'ai pas réussi à les cataloguer toutes, bien sûr. Ça aurait été impossible, question d'espace. Je veux dire, vous avez vu mon garage. Et puis, le temps ravage tout. Même certains des plus beaux spécimens se sont ternis au fil des ans, et je ne pouvais pas les laisser souiller les plus jolis. Alors il a fallu s'en débarrasser. Mais oui, trois cent quatre.

Kay rassembla les photographies et ferma le dossier.

— Dans ce cas, je peux vous assurer, monsieur Molton, que vous n'allez plus jamais revoir la lumière du jour.

— Ça ne me dérange pas. J'ai toujours voulu écrire un livre.

Il sourit.

— Et maintenant, je vais avoir le temps de le faire.

La mâchoire de Kay tomba.

— Un livre ?

— Je suis sûr qu'il y a beaucoup de gens qui voudront lire à mon sujet.

Elle regarda Molton puis son avocat, qui garda prudemment son regard fixé sur son bloc-notes, son stylo en suspens au-dessus de la page.

À côté d'elle, Barnes étouffa un reniflement de dégoût.

Kay regarda le tueur en face d'elle, redressa les épaules et prononça les mots pour lesquels son équipe avait tant travaillé.

— Lewis Molton, vous êtes accusé d'agression et de meurtre illégal sur la personne de Tansy Leneghan...

CHAPITRE 58

Kay passa sa langue sur ses lèvres, savourant la légère trace de cognac qui persistait, et suivit Barnes de l'autre côté de la rue en direction du poste de police.

Après que Lewis Molton avait été transféré en cellule en attendant son transport vers un centre de détention provisoire, son collègue avait suggéré qu'ils aillent dans un pub tranquille en bordure de High Street.

C'était une offre qu'elle avait acceptée sans hésitation.

Autour d'un verre bien rempli, ils avaient murmuré leur dégoût et leur incrédulité face aux aveux du tueur.

Sous le choc de ses paroles, déjà submergés par l'ampleur du travail qui les attendait, ils avaient passé quelques instants à réfléchir aux retombées de leur enquête, avant de lever solennellement un toast silencieux aux victimes et à leurs familles pour la justice qui allait rapidement suivre.

— Tiens, dit Barnes une fois qu'ils eurent traversé la rue en toute sécurité. Juste au cas où.

Elle prit le paquet de pastilles à la menthe qu'il lui

tendait et en mit une dans sa bouche avec un signe de tête reconnaissant.

— Je pense qu'on va faire un bref briefing ce soir, Ian, et puis on va renvoyer tout le monde chez soi. Je vais leur dire de s'assurer d'être là pour neuf heures demain matin, ils vont avoir besoin de faire la grasse matinée après tout ça.

— Ça me va, chef.

Il leva les yeux vers le ciel qui s'assombrissait.

— Il va faire beau ces prochains jours, pour changer. Tu veux qu'on essaie d'organiser un barbecue après le travail cette semaine ? Pia n'arrête pas de me tanner pour qu'on réunisse tout le monde.

— Oui, ce serait bien. Je crois que je suis d'astreinte, mais le reste d'entre vous devrait pouvoir s'en sortir. Je vais vérifier le planning avec Debbie demain matin.

Elle ouvrit la marche à travers la porte de sécurité et monta les escaliers, une fatigue s'installant à chaque marche alors que la frustration et la peur des derniers jours cédaient la place au soulagement.

C'était ce sentiment, cette certitude qu'elle pourrait dormir ce soir avec le meurtrier de Tansy derrière les barreaux, incapable de nuire à quiconque d'autre, qui la soutenait dans ses moments les plus sombres, qui la faisait tenir quand tout semblait perdu.

Elle s'arrêta en haut des escaliers et sourit.

— Merci, Ian. On l'a eu. On l'a vraiment eu, ce salaud.

— On l'a vraiment eu.

Il sourit.

— Ce n'est pas une mauvaise équipe qu'on a là-dedans, hein ?

— Ils font l'affaire.

Son sourire s'élargit lorsqu'ils entrèrent dans la salle des opérations.

Une atmosphère presque festive enveloppait l'équipe, tout le monde parlant en même temps, les rires emplissant l'espace où, quelques heures auparavant seulement, régnait une tension palpable.

Maintenant, alors qu'elle se dirigeait vers l'endroit où ses jeunes détectives étaient rassemblés autour du bureau de Gavin, elle ressentit le sentiment familier de fierté pour leur travail, et elle se fraya un chemin à travers les membres de l'équipe administrative pour les rejoindre.

Mais ils ne levèrent pas les yeux de l'écran de Gavin.

Au lieu de cela, Kyle et Laura se penchèrent plus près et poursuivirent une discussion animée sur un e-mail qu'ils lisaient.

— Qu'est-ce qui se passe ? demanda Kay, perplexe.

Tous les trois sursautèrent visiblement.

— On ne t'avait pas vue, chef, dit Laura, rougissante.

Kay tendit le cou.

— Qu'est-ce que c'est que ça ?

— Le pari, dit Gavin.

— Quoi ?

— Celui pour Hovis, expliqua Kyle. On a dû commencer un tableur. Je lui ai demandé de voir à combien on en était. Gav ?

— Quatre cents livres, répondit l'enquêteur. L'équipe de Paul Disher des tactiques d'intervention en a eu vent d'une manière ou d'une autre et a décidé de participer, et Harriet aussi. Puis il y a le labo médico-légal et une partie de l'équipe de Paul Solomon à Northfleet—

— Vous vous foutez de moi...

Kay soupira.

— Bon, ça suffit. Allez, briefing, et après vous pouvez tous ficher le camp.

Elle tourna le dos aux rires et se concentra sur le tableau blanc pour la dernière fois.

— Voilà pour toi, chef. Un dernier pour te tenir en forme un peu plus longtemps, dit Debbie en lui tendant une tasse fumante de café.

— Merci. Comment on s'en sort niveau provisions ?

L'agente fit un clin d'œil.

— Je passerai une nouvelle commande demain, ne t'inquiète pas.

Une fois que le personnel en uniforme et les administrateurs les eurent rejoints, elle fit signe à Kyle.

— On a déjà les résultats des tests ADN du labo ?

— Oui, chef. Ils ont confirmé que le sang de Molton correspond aux échantillons prélevés sur les vêtements de Thommo trouvés dans cette poubelle municipale, et à la tache de sang trouvée sur la carte de visite de Kasprak.

— On le tient.

Kay serra le poing.

— Ça, plus ses aveux. Le ministère public va avoir du pain sur la planche, mais au moins c'est un début.

— Et pour toutes les autres victimes, chef ? demanda Debbie, les yeux écarquillés. Qu'est-ce qu'on fait pour elles ?

— Nous allons devoir travailler avec l'avocat de Molton pour voir si son client nous donnera des noms, s'il les connaît, et nous allons récupérer tous les dossiers de morts suspectes dans tout le pays, dit Kay en expirant. Ça va prendre du temps, mais crois-moi, nous allons l'inculper d'autant de meurtres que possible pour que le ministère public puisse recommander qu'il passe le reste de sa vie derrière les barreaux.

Un soupir collectif se fit entendre dans l'équipe.

— Ensuite, j'ai besoin qu'un communiqué de presse soit rédigé pour être diffusé demain matin à la première heure. Gavin, tu peux t'en charger, s'il te plaît ? Il faudra l'envoyer au quartier général au cas où ils voudraient ajouter quelque chose sur l'enquête en cours concernant les autres affaires, mais pour l'instant, concentre-toi sur l'inculpation de Molton pour le meurtre de Tansy.

— Je m'en occupe, chef.

Elle continua à déléguer les différentes tâches à son équipe, traitant une par une les questions en suspens inscrites sur le tableau blanc avant de lever la main pour demander le silence.

— Je suis fière de vous tous pour votre dévouement durant cette enquête. Ça n'a pas été facile, et je sais que pour certains d'entre vous, les répercussions de ce que nous traitons vous hanteront pendant longtemps. Je l'ai déjà dit, mais si vous avez besoin de parler, venez me voir. Je serai toujours là pour vous, et une aide professionnelle est également disponible en toute confidentialité, alors n'ayez pas peur de demander. Cela ne remet pas en question vos compétences en tant que policiers, et parfois nous ne pouvons pas parler de ces choses avec nos familles. C'est bien compris ?

Il y eut des hochements de tête et des murmures d'assentiment dans la pièce, et elle sourit avant de prendre sa tasse de café.

— Dans ce cas, terminez ce que vous pouvez au cours de la prochaine demi-heure environ et rentrez chez vous. On se retrouve ici à neuf heures demain pour que vous puissiez avoir un semblant de grasse matinée, et je veux—

Elle s'interrompit lorsque le téléphone de Barnes commença à sonner et fronça les sourcils quand il répondit et se mit à rire.

Perplexe, elle le regarda murmurer une réponse à son interlocuteur, puis essuyer les larmes de ses joues tout en essayant de reprendre son souffle.

— Oui, bien sûr, je vais l'en informer.

La salle des opérations tomba dans le silence lorsqu'il raccrocha, puis il se tourna vers elle et sourit.

— C'était Adam, chef, dit-il. Il dit que tu vas peut-être vouloir acheter d'autres rosiers demain matin.

— Quoi ?

Kay baissa sa tasse de café.

— Tu veux dire que Hovis...

Son collègue regarda sa montre, toujours souriant.

— Ouais, et selon notre pari, je suis plus riche de quatre cents livres, merci.

Elle regarda autour d'elle tandis que le reste de son équipe commençait à rire, les fusillant du regard avant de se retourner vers Barnes.

— Ce foutu mouton. Je jure qu'il ne tiendra pas jusqu'à Noël à ce rythme-là.

BIOGRAPHIE DE L'AUTEUR

Rachel Amphlett est l'auteure de romans policiers et de thrillers d'espionnage les plus vendus par USA Today, et la plupart de ses livres ont été traduits dans le monde entier.

Ses romans sont disponibles en format numérique, en version imprimée et en livres audio dans les bibliothèques et chez les détaillants, ainsi que sur son site web.

Grande voyageuse et détective privée par accident, Rachel possède les nationalités australienne et britannique.

Pour en savoir plus sur les livres de Rachel, rendez-vous à l'adresse suivante : www.rachelamphlett.com.

www.ingramcontent.com/pod-product-compliance
Lightning Source LLC
Chambersburg PA
CBHW010421170726
48283CB00011B/3001
* 9 7 8 1 9 1 7 1 6 6 4 1 6 *